MIRA®

Der Preis dieses Bandes versteht sich einschließlich
der gesetzlichen Mehrwertsteuer.

Umwelthinweis:
Dieses Buch wurde auf chlor- und säurefreiem Papier gedruckt.

Die Stanislaskis 5: Der lange Traum vom Glück

Die attraktive Frederica würde alles tun, um den Komponisten Nick für sich zu gewinnen. Doch zu spät merkt sie, dass sie sich mit ihm auf ein gefährliches Spiel einlässt. Denn ein dunkles Geheimnis überschattet Nicks Leben und zwingt ihn, sich schweren Herzens von Frederica zu trennen. Doch sie ahnt, dass seine Liebe zu ihr stärker ist als die Fesseln der Vergangenheit ...

Nora Roberts

Die Stanislaski 5
Der lange Traum vom Glück

Roman

Aus dem Amerikanischen von
Emma Luxx

MIRA®

MIRA® TASCHENBUCH
Band 25152
1. Auflage: Oktober 2005

MIRA® TASCHENBÜCHER
erscheinen in der Cora Verlag GmbH & Co. KG,
Axel-Springer-Platz 1, 20350 Hamburg
Deutsche Taschenbucherstausgabe

Titel der nordamerikanischen Originalausgabe:
Waiting For Nick

erschienen bei: Silhouette Books, Toronto
Published by arrangement with
Harlequin Enterprises II B.V., Amsterdam

Konzeption/Reihengestaltung: fredeboldpartner.network, Köln
Umschlaggestaltung: pecher und soiron, Köln
Redaktion: Sarah Sporer
Titelabbildung: Getty Images, München
Autorenfoto: © by Harlequin Enterprise S.A., Schweiz
Satz: Buch-Werkstatt GmbH, Bad Aibling
Druck und Bindearbeiten: Ebner & Spiegel, Ulm
Printed in Germany
ISBN 3-89941-191-9

www.mira-taschenbuch.de

1. KAPITEL

Sie war eine Frau mit einer Mission. Ihr Entschluss, von West Virginia nach New York umzuziehen, hatte eine Menge wohl durchdachter Gründe. Dort würde sie den idealen Ort zum Leben finden, beruflichen Erfolg und ihren Traummann.

Bevorzugt, aber nicht zwingend in genau dieser Reihenfolge.

Frederica Kimball hielt sich für eine flexible Frau.

Während sie im Zwielicht des frühen Frühlingsabends den Bürgersteig an der East Side hinunterschlenderte, dachte sie an daheim. Das Haus in Shepherdstown, West Virginia, mit den Geschwistern und Eltern war Freddies Meinung nach ein ideales Zuhause. Weiträumig, voller Musik und Leben.

Es war kaum anzunehmen, dass sie es je geschafft hätte, von dort wegzugehen, wenn sie nicht die Gewissheit gehabt hätte, jederzeit wieder mit offenen Armen aufgenommen zu werden.

Obwohl sie schon oft in New York gewesen war und in dieser Stadt auch über zahlreiche Bindungen verfügte, hatte sie doch stets ihre vertraute Umgebung vermisst, denn hier war ihr eigenes Zimmer im ersten Stock des alten Steinhauses, die Liebe und Kameradschaft ihrer Geschwister, die Musik ihres Vaters, das Lachen ihrer Mutter.

Doch nun war sie kein Kind mehr. Sie war mittlerweile vierundzwanzig und sollte eigentlich schon längst auf eigenen Beinen stehen.

Auf jeden Fall fühlte sie sich durchaus zu Hause in Manhattan. Schließlich hatte sie dort ihre ersten Lebensjahre verbracht. Und danach war sie oft zu Besuch hier gewesen – allerdings immer mit ihrer Familie, wie sie einräumen musste.

Nun, diesmal ist es anders. Du bist jetzt auf dich allein gestellt, dachte sie und straffte die Schultern. Und sie hatte etwas zu tun. Als Allererstes würde sie Nicholas LeBeck überzeugen müssen, dass er eine Partnerin brauchte.

Sein Erfolg und der Ruf, den er sich in den vergangenen Jahren als Komponist erworben hatte, würden noch wachsen, wenn sie ihm erst als Texterin zur Seite stand. Sie brauchte nur die Augen zu schließen, dann konnte sie bereits die Namen LeBeck/Kimball in Leuchtschrift vor sich sehen, während die Musik, die sie zusammen schreiben würden, auf sie einströmte.

Jetzt musst du nur noch erreichen, dass Nick dasselbe sieht und hört, dachte sie mit einem selbstironischen Lächeln.

Sie konnte, falls nötig, die Familie einspannen, um

ihn zu überzeugen. Nick und sie waren angeheiratete Cousins.

Und am Ende ihrer Mission würde Nick sie genauso leidenschaftlich lieben wie sie ihn. Wie sie ihn schon immer geliebt hatte.

Sie hatte zehn Jahre auf ihn gewartet, und das war lange genug.

Es wird höchste Zeit, Nick, dachte sie, während sie an dem Saum ihres königsblauen Blazers zupfte.

Noch war sie voller Zuversicht, als sie da vor der Tür des „Lower the Boom“ stand. Die beliebte Bar gehörte Zack Muldoon, Nicks Bruder. Stiefbruder genau genommen, aber in Freddies Familie schaute man da nicht so genau hin, allein die Zuneigung zählte. Die Tatsache, dass Zack die Schwester von Freddies Stiefmutter geheiratet hatte, machte aus den Familien Stanislaski, Muldoon, Kimball und LeBeck einen über tausend Ecken verwandten und verschwägerten Clan.

Freddies lang gehegter Traum war es, diesen Verwicklungen durch ihre Verbindung mit Nick noch eine weitere hinzuzufügen.

Sie holte tief Atem, zerrte noch einmal am Saum ihrer Jacke und fuhr sich mit der Hand glättend über ihre ungebändigten blonden Locken, wobei sie sich wieder einmal das exotische Aussehen der Stanislaskis wünschte. Dann streckte sie die Hand nach der Türklinke aus.

Es würde ihr nichts anderes übrig bleiben, als sich mit dem, was ihr das Schicksal mitgegeben hatte, zu bescheiden, und sie würde dafür sorgen müssen, dass es genug war.

Die Luft im „Lower the Boom“ war angereichert mit heftigem Biergeruch, über dem der würzige, scharfe Duft von Oregano lag. Rio, Zacks langjähriger Koch, schien offensichtlich gerade eine Pasta Spezial auf dem Herd zu haben.

Alles war so wie immer, angefangen von den holzgetäfelten Wänden mit den Seefahrermotiven bis hin zu der langen verschrammten Theke und den funkelnden Gläsern. Nur von Nick war weit und breit nichts zu sehen. Trotzdem lächelte Freddie, als sie zur Theke ging und sich auf einen der gepolsterten Barhocker setzte.

„Spendierst du mir einen Drink, Seemann?“

Zack, der gerade ein Bier zapfte, schaute auf. Sein lässiges Lächeln verwandelte sich umgehend in ein breites Grinsen. „Freddie! Hi! Ich dachte, du kommst erst Ende der Woche?“

„Ich liebe Überraschungen.“

„So eine Überraschung lasse ich mir gern gefallen.“ Zack versetzte dem randvollen Bierkrug einen geübten Schubs, so dass er die Theke entlangschlitterte und direkt in den wartenden Händen des Gastes landete. Dann beugte er sich vor, umrahmte Freddies Gesicht mit seinen großen Händen und gab ihr einen schmatzenden Kuss. „Hübscher denn je."

„Du auch."

Was tatsächlich stimmte. Zack war wie guter Whiskey, dessen Aroma erst im Laufe der Jahre zu voller Blüte heranreift. Sein dunkles Haar war noch immer voll und lockig, und die dunkelblauen Augen hatten einen magnetischen Glanz. Sein Gesicht war kantig und sonnengebräunt, mit Lachfältchen, die seinen Charme noch erhöhten.

Nicht das erste Mal in ihrem Leben fragte Freddie sich, warum sie nur von diesen außergewöhnlich gut aussehenden Menschen umgeben war. „Wie geht es Rachel?" erkundigte sich Freddie.

„Euer Ehren geht es prächtig."

Freddie grinste. Zacks Frau – ihre Tante – war kürzlich zur Richterin ernannt worden. „Wir sind alle so stolz auf sie."

„Eine Richterin in der Familie zu haben ist schon was." In seinen Augenwinkeln bildeten sich Lachfältchen. „Und sie sieht großartig aus in dieser schwarzen Robe."

„Das kann ich mir gut vorstellen. Wie geht's den Kindern?"

„Dem schrecklichen Trio? Bestens. Was trinkst du, ein Mineralwasser?"

Sie legte den Kopf schräg. „Willst du dich mit mir anlegen, Zack? Ich bin vierundzwanzig, erinnerst du dich?“

Sein Kinn reibend, musterte er sie. Ihre zierliche Gestalt und die weiche Haut würden vielleicht immer über ihr wahres Alter hinwegtäuschen. Wenn er sie nicht ebenso gut gekannt hätte wie seine eigenen Kinder, hätte er sich ihren Ausweis zeigen lassen.

„Nimm es mir nicht übel. Ich kann es nur noch immer nicht fassen. Die kleine Freddie – erwachsen.“

„Du sagst es.“ Sie schlug die Beine übereinander. „Warum also gibst du mir nicht einen Weißwein?“

„Sofort.“ Seine langjährige Erfahrung befähigte ihn, ohne sich umzudrehen, nach dem richtigen Glas zu greifen. „Und wie geht es deinen Leuten so?“

„Auch gut, danke. Ich soll von allen schöne Grüße bestellen.“ Sie nahm das gefüllte Glas entgegen und prostete ihm zu. „Auf die Familie.“

Zack stieß mit einer Flasche Mineralwasser mit ihr an. „So, und was hast du für Pläne, Honey?“

„Oh, eine ganze Menge.“ Sie lächelte, ehe sie einen Schluck nahm. Und sich fragte, was er wohl dazu sagen würde, wenn sie ihm von ihrem Generalstabsplan, seinen jüngeren Bruder betreffend, erzählte. „Als Erstes muss ich eine Wohnung finden.“

„Du weißt, dass du so lange bei uns wohnen kannst, wie du willst.“

„Ich weiß. Oder bei Grandma und Papa oder Mikhail und Sydney oder Alex und Bess.“ Sie lächelte erneut. Es war tröstlich zu wissen, dass man von Menschen, die einen liebten, umgeben war. Aber ... „Ich will wirklich meine eigene Wohnung.“ Sie stützte sich mit einem Ellbogen auf der Theke auf. „Es wird Zeit für einen kleinen Vorstoß ins Unbekannte.“ Als er widersprechen wollte, schüttelte sie lächelnd den Kopf. „Du hast doch nicht etwa vor, mich eines Besseren zu belehren, Onkel Zack? Ausgerechnet du, der schon als Junge zur See gefahren ist?“

Jetzt hat sie dich, dachte er. Er war viel jünger gewesen als vierundzwanzig, als er von zu Hause weggegangen war. „Also schön, dann eben keine Belehrung. Aber ich werde dich gut im Auge behalten.“

„Davon gehe ich aus.“ Freddie lehnte sich zurück und kippelte ein bisschen mit dem Barhocker, dann fragte sie – beiläufig, wie sie hoffte: „Und was treibt Nick so? Ich war darauf gefasst, ihm direkt in die Arme zu laufen.“

„Er ist hinten in der Küche und schaufelt sich Rios Spezialpasta rein.“

Sie hob die Nase. „Riecht himmlisch. Ich denke, ich geh mal kurz nach hinten und begrüße ihn.“

„Tu das. Und sag Nick, dass wir erwarten, dass er für sein Mittagessen etwas spielt.“

„Mach ich."

Sie griff nach ihrem Weinglas und widerstand dem Drang, erneut an ihrem Jackensaum zu zerren. Was ihre äußere Erscheinung anbelangte, hatte sie ohnehin längst resigniert. „Niedlich" war anscheinend das Äußerste, was sich aus ihrer zierlichen Figur herausholen ließ. Ihre Fantasien von üppigen Kurven hatte sie bereits seit langem ad acta gelegt.

Zusätzlich zu ihrem zarten Knochenbau und den wilden goldenen Locken musste sie auch noch mit Sommersprossen auf einer kecken Stupsnase leben. Hinzu kamen große graue Augen und Grübchen. Im Teenageralter hatte sie sich danach gesehnt, kühl, distanziert und weltgewandt auszusehen. Oder wild und verrucht, mit atemberaubenden Rundungen. Doch mit der Zeit hatte sie gelernt, sich so zu akzeptieren, wie sie war – zumindest redete sie sich das gern ein.

Und doch gab es immer noch diese Momente, in denen sie trauerte, dass sie es niemals mit einer der Renaissance-Skulpturen im Haus ihrer Eltern würde aufnehmen können.

Aber dann erinnerte sie sich immer wieder daran, dass sie sich zuerst selbst ernst nehmen musste, wenn sie wollte, dass Nick sie als Frau ernst nahm.

Eingedenk dieser Erkenntnis stieß sie jetzt die Küchentür auf. Und ihr Herz setzte einen Schlag lang aus.

Es gab nichts, was sie dagegen hätte tun können. So war es jedes Mal gewesen, wenn sie ihn wieder gesehen hatte, seit zehn Jahren nun schon. Alles, was sie sich je ersehnt, und alles, wovon sie je geträumt hatte, saß dort, über einen Teller Fettucine Marinara gebeugt, am Küchentisch.

Nicholas LeBeck, der böse Junge, den ihre Tante Rachel vor Gericht so leidenschaftlich verteidigt hatte. Tante Rachel, der es mit Liebe, Fürsorge und Familiendisziplin gelungen war, den auf die schiefe Bahn geratenen Jugendlichen auf den rechten Weg zurückzubringen.

Jetzt war er ein Mann, aber man konnte ihm noch immer etwas von der Rebellion und Wildheit seiner Jugendjahre ansehen. Es liegt in seinen Augen, dachte sie, während sie spürte, wie ihr Herz wild klopfte. Diese wunderschönen grünen Augen, die sein hitziges Temperament widerspiegelten. Sein Haar, das einen dunklen Bronzeton hatte, trug er lang und im Nacken zu einem kleinen Pferdeschwanz zusammengebunden. Er hatte den Mund eines Dichters, das Kinn eines Boxers und die Hände eines Künstlers.

Sie hatte viele Nächte damit zugebracht, sich diese langgliedrigen und doch kräftigen Hände in Erinnerung zu rufen. Sein Körperbau war der eines Sprinters, hoch gewachsen und sehnig, mit langen, muskulösen Armen und Beinen. Er trug alte graue Jeans, die an den

Knien bereits weiß wurden. Seine Ärmel hatte er bis zu den Ellbogen hochgekrempelt, und an seinem Hemd fehlte ein Knopf.

Während er aß, unterhielt er sich mit dem riesigen schwarzen Koch, der gerade das Fett aus einem Drahtkorb für Pommes frites herausschrubbte.

„Ich habe nicht gesagt, dass es zu viel Knoblauch ist. Ich sagte, ich liebe viel Knoblauch." Wie um seine Behauptung zu unterstreichen, ließ sich Nick noch eine Gabel Pasta schmecken. „Du bist wirklich noch ganz schön temperamentvoll für dein Alter, Kumpel", fügte er kauend hinzu.

In Rios gutmütigem Fluch schwang die Musik der Karibik mit. „Erzähl du mir nichts von Alter, du halbe Portion, du. Mit dir nehme ich es immer noch mit einer Hand auf, wenn es sein muss."

„Mir schlottern die Knie." Grinsend brach Nick sich ein Stück Knoblauchbrot ab, als hinter Freddie die Drehtür zuschwang. Seine Augen leuchteten freudig auf, während er das Brot wieder zurücklegte und sich erhob. „He, Rio, schau mal, wer uns die Ehre gibt. Wie läuft's denn so, Freddie?"

Er kam zu ihr herüber, um sie brüderlich zu umarmen. Doch als ihn der Körper, den er da an sich presste, daran erinnerte, dass die kleine Freddie mittlerweile eine Frau war, ließ er sie eilig los.

„Äh …“ Er wich einen Schritt zurück, noch immer lächelnd, die Hände jetzt aber vorsichtshalber in den Hosentaschen. „Ich dachte, du wolltest erst Ende der Woche hier aufkreuzen.“

„Ich habe umdisponiert. Hi, Rio.“ Freddie stellte ihr Weinglas ab, damit sie die bärenhafte Umarmung angemessen erwidern konnte.

„Püppchen. Komm, setz dich hin und iss.“

„Ich wüsste nicht, was ich lieber täte. Ich habe die ganze Fahrt über im Zug von deinem Essen geträumt, Rio.“ Sie setzte sich an den Küchentisch und winkte Nick zu. „Setz dich doch auch wieder, dein Essen wird kalt.“

„Ja.“ Er ließ sich neben ihr nieder. „Und wie geht es allen? Spielt Brandon immer noch in der Mannschaft?“

„Ja, sie sind aufgestiegen.“ Sie stieß einen langen, genüsslichen Seufzer aus, als Rio einen riesigen Teller vor sie hinstellte. „Und Katies letzter Ballettabend war traumhaft. Wir waren alle begeistert. Mama hat vor Rührung sogar geweint, aber … ihr steigt ja auch das Wasser in die Augen, wenn Brandon einen Homerun schlägt. Über Mamas Spielzeugladen wurde in der Washington Post berichtet, und Dad hat eben eine neue Komposition fertig gestellt.“ Sie wickelte sich Nudeln um ihre Gabel. „Und wie läuft's bei dir?“

„Bestens.“

„Arbeitest du an einem neuen Stück?“

„Ich habe vielleicht demnächst wieder so einen Broadway-Kram in Aussicht." Er zuckte mit den Schultern. Es fiel ihm noch immer schwer, aus sich herauszugehen, wenn ihn irgendetwas berührte.

„Du hättest den Tony für das geniale ‚Last Stop' gewinnen sollen."

„Nominiert zu werden war doch auch schon ziemlich gut."

Sie schüttelte den Kopf. Es war längst nicht gut genug für ihn – oder für sie. „Es war eine fabelhafte Partitur, Nick. Es ist eine fabelhafte Partitur", korrigierte sie sich, weil das Musical noch immer vor ausverkauften Häusern lief. „Wir sind alle schrecklich stolz auf dich."

„Na ja. Irgendwie muss man sein Geld ja verdienen nicht wahr."

„Setz ihm bloß keine Flausen in seinen hübschen Kopf, sonst plustert er sich noch mehr auf", warnte Rio vom Herd her.

„He, ich hab dich eben dabei ertappt, wie du ‚This Once' gesummt hast", mischte sich Nick mit einem Grinsen ein.

Rio zuckte wegwerfend die Schultern. „Also schön, ein oder zwei von den Songs sind vielleicht gar nicht mal so schlecht. Iss."

„Arbeitest du wieder mit irgendwem zusammen?"

tastete sich Freddie behutsam vor. „Bei dem neuen Stück, meine ich?"

„Bis jetzt noch nicht. Es befindet sich noch im Vorbereitungsstadium. Ich habe kaum angefangen."

Genau das hatte sie hören wollen. „Ich habe irgendwo gelesen, dass Michael Lorrey an einem anderen Projekt arbeitet. Du wirst einen neuen Texter brauchen."

„Ja." Nick runzelte die Stirn. „Verdammt schade. Wir waren ein gutes Gespann. Es gibt einfach viel zu viele Leute da draußen, die die Musik nicht hören, sondern nur ihre eigenen Worte."

„Dann hast du tatsächlich ein Problem", machte Freddie sich selbst den Weg frei. „Weißt du, ich finde, du brauchst jemanden mit einem wirklich soliden Musikhintergrund, der die Worte zusammen mit der Melodie hört."

„Exakt." Er griff nach seinem Bier und nahm einen Schluck.

„Ich kann dir ganz genau sagen, wen du brauchst, Nick." Freddie machte eine Kunstpause und fuhr dann entschieden fort: „Mich."

Nick schluckte hastig, stellte sein Glas ab und schaute Freddie an, als ob sie aufgehört hätte, Englisch zu sprechen. „Hä?"

„Ich habe mein Leben lang mit Musik zu tun gehabt." Es war ein Kampf, aber sie schaffte es, den Eifer aus ihrer Stimme herauszuhalten und kühl und sachlich zu bleiben. „Eine meiner ersten Erinnerungen ist, dass ich auf dem Schoß meines Vaters sitze und auf dem Klavier herumklimpere. Aber zu seiner Enttäuschung war nicht das Komponieren meine große Liebe, sondern es waren die Worte. Sie sind es immer noch. Ich könnte dir deine Texte schreiben, Nick, und ich könnte es besser als jeder andere.“ Ihre Augen, groß und ruhig und lächelnd, begegneten den seinen. „Weil ich nicht nur deine Musik verstehe, sondern auch dich. Was hältst du davon?“

Er rutschte auf seinem Stuhl herum und atmete laut aus. „Tja … also … ich weiß nicht so recht, Freddie. Das kommt ziemlich überraschend, ehrlich gesagt.“

„Ich weiß nicht, was daran überraschend sein soll. Du weißt, dass ich für einige von Dads Kompositionen den Text geschrieben habe. Und für ein paar andere Leute auch.“ Sie brach sich ein Stück Brot ab. „Es erscheint mir eine nur logische und vernünftige Lösung. Ich suche Arbeit, und du suchst einen Texter.“

„Ja.“ Aber die Vorstellung, mit ihr zu arbeiten, machte ihn irgendwie nervös. Wenn er ganz ehrlich war, musste er zugeben, dass sie schon in den letzten Jahren angefangen hatte, ihn nervös zu machen.

„Dann denk eben noch ein bisschen darüber nach.“ Sie lächelte wieder. Als Mitglied einer großen Familie beherrschte sie die Taktik des strategischen Rückzugs vollkommen. „Und wenn du anfängst, an der Idee Geschmack zu finden, könntest du sie dem Produzenten nahe bringen."

„Das könnte ich", sagte Nick bedächtig. „Sicher könnte ich das."

„Großartig, Nick. Ich schaue ab und zu hier rein, und wenn sonst etwas ist, kannst du mich im Waldorf erreichen."

„Im Waldorf? Warum wohnst du denn im Hotel?"

„Es ist nur vorübergehend, bis ich eine Wohnung gefunden habe. Du weißt nicht zufällig etwas hier in der Gegend, nein? Ich mag das Viertel."

„Nein, ich .... Mir war nicht klar, dass du vorhast, auf Dauer hier zu wohnen." Er zog die Brauen zusammen. „Ich meine, dass du richtig umziehen willst."

„Schön, jetzt weißt du's. Und bevor du damit anfängst – nein, ich habe nicht die Absicht, bei der Familie zu wohnen. Ich will wissen, wie es ist, allein zu leben. Du wohnst immer noch oben, stimmt's? In Zacks alter Wohnung?"

„Ja."

„Also, wenn du irgendetwas von einer freien Wohnung hörst, sag mir Bescheid."

Es überraschte ihn, dass er sich, wenn auch nur für einen Moment, Gedanken darüber machte, was ihr Umzug nach New York für ihn bedeuten könnte. Natürlich bedeutete es gar nichts.

„Dich kann ich mir besser in der Park Avenue vorstellen."

„Ich habe schon einmal in der Park Avenue gewohnt", sagte sie, während sie die letzten Nudeln in den Mund schob. „Ich suche jetzt etwas anderes." Und wäre es nicht praktisch, wenn die Wohnung ganz in seiner Nähe läge? Sie schob sich das Haar aus dem Gesicht und rutschte mit ihrem Stuhl vom Tisch ab. „Rio, deine Pasta war sensationell. Wenn ich hier in der Nähe etwas finde, komme ich jeden Abend zum Essen vorbei."

„Vielleicht schmeißen wir Nick ja raus, damit du oben wohnen kannst." Rio zwinkerte ihr zu. „Ich würde viel lieber dich in meiner Küche sehen."

„Schön, und in der Zwischenzeit ...", sie stand auf und küsste Rio die vernarbte Wange, „... bittet dich Zack, nach draußen zu kommen, wenn du fertig bist, Nick, und etwas zu spielen."

„Bin gleich unterwegs."

„Ich sag es ihm. Vielleicht bleibe ich noch ein bisschen und höre zu. Tschüss, Rio."

„Tschüss, Püppchen." Rio pfiff eine Melodie, während er wieder anfing, sich an seinem Herd zu schaffen zu machen. „Die kleine Freddie ist erwachsen geworden. Hübsch, wie gemalt."

„Ja, sie ist okay.“ Nick schob den Gedanken, dass der würzige Duft ihres Parfums an seinen Sinnen zerrte wie ein Fisch am Angelhaken, weit von sich. „Aber noch immer naiv. Sie hat ja keinen Schimmer, was sie in dieser Stadt und in diesem Geschäft erwartet.“

„Deshalb musst du auf sie aufpassen.“ Rio klatschte sich mit einer Gabel auf die riesige Handfläche. „Und ich passe auf dich auf.“

„Geschwätz.“ Nick schnappte sich seine Bierflasche und stiefelte nach draußen.

Was sie an New York am meisten liebte, war die Tatsache, dass sie alles, was ihr Herz begehrte, im Umkreis von zwei Straßen fand und praktisch nur um die Ecke zu gehen brauchte. Ein Kleid in einer schickem Boutique, ein interessantes Gesicht in der Menge, Straßenmusikanten, die für ein paar Münzen im Hut spielten. Sie wusste, dass sie in gewisser Hinsicht naiv war – wie eine junge Frau, die in einem liebevollen Elternhaus in einer Kleinstadt großgeworden war, eben naiv war. Nie würde sie Nicks tollkühne Abgeklärtheit erreichen, wenn es darum ging, wie man sich auf den Straßen einer Großstadt zu bewegen hatte, aber sie war eigentlich überzeugt, über einen gesunden Menschenverstand zu verfügen. Und den würde sie einsetzen, um ihren ersten Tag in der Stadt zu planen.

Während sie an ihrem Frühstückscroissant knabberte, ließ sie den Blick aus dem Fenster des Hotelspeisesaals über die Stadt schweifen. Sie hatte sich für heute eine ganze Menge vorgenommen. Als Erstes würde sie Onkel Mikhail in seiner Galerie besuchen und damit zwei Fliegen mit einer Klappe schlagen. Sie würde sich über alle Neuigkeiten informieren können, und vielleicht wusste Sydney, Mikhails Frau, durch ihre Verbindung zur Immobilienbranche ja etwas über eine freie Wohnung.

Außerdem konnte es nichts schaden, ihm – und den anderen Familienmitgliedern – durch die Blume zu verstehen zu geben, dass sie darauf hoffte, bei Nicks neuestem Werk mitarbeiten zu können.

Nicht gerade fair, gestand sie sich still ein, als sie sich ihre zweite Tasse Kaffee einschenkte. Aber in der Liebe galt Fairness nicht unbedingt viel. Und sie würde auch nie auf eine solch unwürdige Taktik verfallen, wenn sie nicht von ihrem eigenen Talent überzeugt wäre. Denn was Musik und Texten anbelangte, da war sie sich ihrer ganz sicher. Nur wenn es darum ging, Wirkung auf Nick zu machen, kam sie ins Stolpern.

Aber wenn sie erst einmal eng zusammenarbeiteten, würde er aufhören, sie nur als die kleine Cousine aus West Virginia anzusehen. Und da sie sich bewusst war, dass sie nie mit den lasziven und üppigen Damen konkurrieren konnte, die Nick normalerweise vorzog, würde sie eben die gemeinsame Liebe zur Musik als die Hintertür benutzen, durch die sie sich in sein Herz schleichen konnte.

Schließlich war das alles ja nur zu seinem Besten. Sie war das Beste, was ihm passieren konnte. Sie musste es ihm nur noch klarmachen.

Und da es nie eine bessere Zeit als das Jetzt gab, erhob sie sich vom Frühstückstisch und eilte in ihr Zimmer, um sich umzuziehen.

Eine knappe Stunde später stieg Freddie vor einer Galerie in Soho aus dem Taxi. Die Chancen standen fünfzig zu fünfzig, dass sie ihren Onkel hier wirklich antreffen würde. Es konnte genauso gut sein, dass er in dem Haus in Connecticut war und an einer Skulptur arbeitete oder mit den Kindern spielte. Oder er war vielleicht mit seinem Vater irgendwo in der Stadt zu irgendeinem Tischlerjob unterwegs.

Freddie schob die schwere Glastür auf. Wenn sie Mikhail nicht antraf, dann würde sie eben bei Sydney im Büro vorbeischauen. Oder Rachel im Gerichtsgebäude besuchen. Oder Bess im Fernsehstudio. Oder Alex auf der Wache. Sie musste lächeln. Egal wohin sie auch ging, überall würde sie über Familie stolpern.

Das Erste, was sie in dem sonnendurchfluteten Raum

wahrnahm, war Mikhails neueste Arbeit. Auch wenn sie das Stück noch nicht gesehen hatte, so erkannte sie doch sofort die typische Handschrift ihres Onkels und auch das Thema. Er hatte seine Frau geschnitzt, in Mahagoni. Wie eine Madonna hielt Sydney ihr Neugeborenes im Arm. Die Jüngste, Laurel. Zu Sydneys Füßen saßen drei weitere Kinder. Freddie erkannte ihre Cousins und ihre Cousine, Griff, Adam und Moira. Sie konnte nicht widerstehen und fuhr dem Baby mit dem Zeigefinger über die Wange.

Eines Tages, so dachte sie, werde ich mein eigenes Kind so halten. Nicks und mein Kind.

„Ich warte nicht auf Faxe!" erscholl da Mikhails erregte Stimme, als er aus dem hinteren Raum in die Galerie kam. „Du wartest auf Faxe! Ich habe zu arbeiten!"

„… Aber Mik", folgte eine vorwurfsvolle Antwort aus dem Zimmer, „Washington hat gesagt …"

„Was interessiert mich, was Washington gesagt hat! Sag ihnen, sie können drei Stücke haben, mehr nicht."

„Aber …"

„Nicht eines mehr", betonte er noch einmal und murmelte erbost in Ukrainisch vor sich hin, während er die Galerie durchschritt. Worte, die, wie Freddie mit einer hochgezogenen Augenbraue feststellte, ganz sicher nicht für ihre Ohren bestimmt waren.

„Eine sehr bildhafte Ausdrucksweise, Onkel Mik."

Er brach mitten in einem weiteren Fluch ab. „Freddie!" Lachend hob er sie vom Boden hoch und wirbelte sie herum, als wäre sie leicht wie eine Feder. „Immer noch ein Fliegengewicht." Er küsste sie herzhaft und stellte sie wieder auf den Boden. „Wie geht es unserem hübschen Mädchen?"

„Ich freu mich so, wieder hier zu sein. Und dich zu sehen, natürlich."

Er war ein unglaublich gut aussehender Mann, ungebändigt, exotisch, voller Energie und Lebenslust, mit den gold-braunen Augen und dem rabenschwarzen Haar der Stanislaskis. Hätte sie Talent zum Malen, so würde sie die Stanislaski-Familie mit schwungvollen Strichen in elektrisierenden Farben malen.

„Ich habe gerade dein neuestes Werk bewundert", sagte sie lächelnd. „Es ist wunderschön."

„Es ist leicht, etwas Schönes zu erschaffen, wenn man das passende Material zum Arbeiten hat." Liebevoll betrachtete er die Skulptur. Er bezog sich nicht nur auf das edle Holz, sondern auch auf das Motiv. „Also", wandte er sich wieder an Freddie, „du willst den Sprung ins kalte Wasser wagen und die Großstadt erobern, ja?"

„Das habe ich vor." Sie hakte sich bei ihm ein und ging mit ihm durch die Galerie, blieb hier und da vor den ausgestellten Werken stehen, um sie zu bewundern.

„Ich hoffe, ich werde mit Nick an seiner neuen Partitur arbeiten können."

„So?" Mikhail hob unmerklich eine Augenbraue. Ein Mann, der von so vielen Frauen umgeben war, begann zu verstehen, wie deren Verstand arbeitete. „Du willst also den Text zu seiner Musik schreiben?"

Sie nickte. „Wir würden ein gutes Team abgeben, meinst du nicht auch?"

„Schon, aber das ist nicht alles, worum es dir geht, oder?" Er lachte herzhaft, als sie einen entrüsteten Schmollmund zog. „Nick kann ganz schön stur sein, ich weiß. Er hat einen richtigen Dickschädel. Wenn du möchtest, kann ich ihm diesen Dickschädel ein wenig weich klopfen."

Jetzt musste sie auch lachen. „Ich hoffe, das wird nicht nötig sein, aber vielleicht komme ich auf das Angebot zurück." Ihre Miene wurde ernst, und etwas in ihrem Blick ließ Mikhail erkennen, dass sie kein Kind mehr war. „Ich bin wirklich gut, Onkel Mik. Die Musik liegt mir im Blut, sie ist ein Teil von mir. So wie die Kunst bei dir."

„Und wenn du etwas willst …"

„Dann finde ich einen Weg, um es auch zu bekommen." Dieses unerschütterliche Selbstbewusstsein war ebenfalls ein Teil von ihr. „Ich will mit Nick arbeiten, ich will ihm helfen. Und das werde ich auch tun."

„Und was willst du von mir?“

„Vielleicht werde ich die Unterstützung der Familie brauchen, obwohl ich eigentlich glaube, dass es mir auch so gelingen wird, ihn zu überzeugen.“ Sie warf ihr Haar zurück, eine Geste, die Mikhail sehr an seine Schwester erinnerte. „Zuerst brauche ich einmal Hilfe oder zumindest Rat, wie ich an eine Wohnung komme. Ich dachte mir, Tante Sydney wüsste vielleicht etwas in der Nähe der Bar.“

„Schon möglich, aber wir haben genug Platz bei uns im Haus. Die Kinder würden sich freuen, wenn du bei uns wohnen würdest. Und Sydney auch.“ Er seufzte, als er ihr Gesicht sah. „Ich habe deiner Mutter versprochen, ich würde es wenigstens versuchen. Du weißt doch, dass Natasha sich Sorgen um dich macht.“

„Das braucht sie aber nicht. Schließlich haben sie und Dad alles darangesetzt, um eine sehr eigenständige Person zu erziehen. Die Wohnung muss auch nicht groß sein, Onkel Mik“, fuhr sie hastig fort, bevor er etwas erwidern konnte. „Ich bin im Waldorf untergekommen, vielleicht kannst du Tante Sydney ja bitten, mich dort anzurufen, wenn sie etwas hört. Wir könnten uns auch zum Lunch treffen, wenn sie Zeit hat.“

„Sie hat immer Zeit für dich. Wir alle.“

„Ich weiß. Ich gedenke auch, das auszunutzen. Ich will diese Wohnung so schnell wie möglich. Bevor“, sie begann zu grinsen, „Grandma auf die Idee kommt, dass ich zu ihr nach Brooklyn ziehen soll. Aber jetzt muss ich gehen.“ Sie drückte ihm einen herzhaften Kuss auf die Wange. „Ich muss noch woanders hin.“ Sie ging zur Tür, drehte sich noch einmal um. „Oh, wenn du mit Mama redest, dann sage ihr ruhig, du hättest es versucht.“ Ein letztes Winken, und damit stand sie auf der Straße und hielt ein Taxi an.

Nun, da der erste Punkt auf ihrer Liste der zu erledigenden Dinge in Gang gesetzt worden war, ließ sie sich zum „Lower the Boom“ fahren und läutete am Hintereingang bei Nicks Wohnung, die über dem Lokal ihres Onkel Zackary Muldoon lag. Es dauerte eine Weile, bis sie Nicks verschlafene und sehr verärgerte Stimme durch die Gegensprechanlage hörte.

„Noch im Bett?“ erkundigte sie sich munter. „Du wirst langsam zu alt für wilde Nächte, Nicholas.“

„Freddie? Wie spät ist es, zum Teufel?“

„Zehn, aber wen interessiert das schon? Lass mich rein, ja? Ich habe etwas für dich dabei. Ich lege es unten auf den Küchentisch.“

Er fluchte, und sie hörte, wie etwas zu Boden fiel. „Ich komme runter.“

„Nein, nicht nötig.“ Sie glaubte nicht, ihn halb verschlafen und noch warm vom Bett aushalten zu können. „Ich kann ohnehin nicht bleiben. Mach mir einfach nur auf und ruf mich an, wenn du dir das, was ich dir hinlege, angeschaut hast."

„Was ist es denn?" fragte er, während der Türdrücker summte.

Statt einer Antwort huschte Freddie hinein, ließ ihre Musikmappe auf den Küchentisch fallen und raste wie ein geölter Blitz wieder hinaus. „Entschuldige, dass ich dich geweckt habe, Nick", rief sie durch die Gegensprechanlage. „Wenn du heute Abend Zeit und Lust hast, können wir zusammen essen gehen. Bis dann."

„Warte doch, verdammt ..."

Aber sie war schon an der Ecke, wo ihr Taxi wartete. Sie stieg ein, lehnte sich zurück, atmete tief aus und schloss die Augen. Wenn er sie – ihr Talent, korrigierte sie sich – nach dem, was sie ihm dagelassen hatte, nicht wollte, musste sie wieder ganz bei Null anfangen.

Denk positiv, rief sie sich selbst zur Ordnung. Sie straffte die Schultern und verschränkte die Arme. „Bringen Sie mich zu Sak's", sagte sie dem Fahrer.

Wenn eine Frau eine mögliche Verabredung mit dem Mann hatte, den sie zu heiraten beabsichtigte, verdiente sie zumindest ein neues Kleid.

2. KAPITEL

Bis Nick schließlich seine Jeans gefunden und angezogen hatte und die Treppe hinuntergestolpert war, war Freddie schon lange weg. Er fluchte, als er sich seinen nackten Zeh an dem klobigen Bein des Küchentischs stieß. Mit finsterem Gesicht humpelte er auf die schmale Ledermappe zu, die sie zurückgelassen hatte.

Was, zum Teufel, stellte die Kleine da an? Weckte ihn in aller Herrgottsfrühe und hinterließ mysteriöse Mappen auf dem Küchentisch. Noch immer ungehalten vor sich hin brummelnd, schnappte er sich das Portefolio und ging wieder in seine Wohnung hinauf. Er brauchte unbedingt einen Kaffee.

Um in seine eigene Küche zu gelangen, musste er über Berge von alten Zeitungen, Kleidern, Schuhen und für nichtig befundene angefangene Notenblätter steigen. Er warf Freddies Portefolio auf die zugemüllte Arbeitsplatte und kramte in seinen allerhintersten Gehirnwindungen nach den Basisfunktionen seiner Kaffeemaschine.

Er war einfach kein Morgenmensch.

Als die Maschine das erste viel versprechende Zischen von sich gab, öffnete er den Kühlschrank und beäugte trübe den Inhalt. Frühstück gab es nicht auf der

Speisekarte des „Lower the Boom“, und obwohl es die einzige Mahlzeit war, bei der er sich nicht auf Rio verlassen konnte, waren seine Mittel beschränkt. In dem Moment, in dem er an der Milchtüte roch und würgte, wusste er, dass er Müsli streichen konnte. Er entschied sich stattdessen für einen Knabberriegel.

Bewaffnet mit einer Tasse Kaffee, setzte er sich an den Tisch, steckte sich eine Zigarette an und zog den Reißverschluss des Portefolio auf.

Er war fest entschlossen, alles zu verwerfen, was Freddie ihm da in aller Herrgottsfrühe hatte zukommen lassen, auch wenn sie selbst es wichtig genug fand, ihn dafür aufzuwecken. Selbst verwöhnte Kleinstadtgören sollten wissen, dass Bars nicht gerade früh zumachten. Und seit er für seinen Bruder die Spätschicht übernommen hatte, fand Nick selten vor drei Uhr morgens ins Bett.

Mit einem herzhaften Gähnen schüttelte er den Inhalt aus dem Portefolio heraus. Ordentlich beschriebene Notenblätter flatterten auf den Tisch.

Das hätte er sich gleich denken können. Die Kleine hatte es sich in den Kopf gesetzt, dass sie beide zusammenarbeiten würden. Und er kannte Freddie gut genug, um zu wissen, dass man, wenn sich einmal ein Gedanke in ihrem Kopf festgesetzt hatte, schon ein Stemmeisen brauchte, um ihn zu lockern.

Zweifellos hat sie Talent, dachte er. Wie hätte die Tochter von Spence Kimball auch unmusikalisch sein können. Aber er war nicht sonderlich wild auf Teamarbeit. Natürlich stimmte es, dass die Zusammenarbeit mit Lorrey an „Last Stop“ erfreulich gewesen war. Aber Lorrey gehörte auch nicht zur Familie. Und er hatte auch nicht wie die mit Zuckerguss überzogene Sünde geduftet.

Vergiss es, LeBeck, ermahnte er sich und schob sich sein vom Schlaf zerzaustes volles Haar aus der Stirn, bevor er das erste Blatt zur Hand nahm. Das Mindeste, was er für seine kleine Cousine tun konnte, war, einen Blick auf ihre Arbeit zu werfen.

Und als er es tat, zog er die Augenbrauen zusammen. Die Musik war von ihm. Irgendetwas, das er nicht zu Ende komponiert hatte, ein paar Noten, die er während eines seiner Familienbesuche in West Virginia flüchtig auf ein Blatt gekritzelt hatte. Jetzt sah er sich wieder an dem Flügel im Musikzimmer des großen Hauses sitzen, Freddie auf der Bank neben sich. War es letzten Sommer gewesen? Oder im Sommer davor? Sehr lange konnte es jedenfalls nicht her sein, weil er sich noch genau daran erinnerte, dass ihm aufgefallen war, wie erwachsen sie geworden war. Er hatte ein paar Probleme gehabt, als sie sich zu ihm herübergelehnt oder ihm aus diesen unglaublich großen, rauchgrauen Augen Blicke zugeworfen hatte.

Nick schüttelte den Kopf, fuhr sich mit der Hand übers Gesicht und konzentrierte sich wieder auf die Musik. Sie hat sie überarbeitet, registrierte er und stutzte ein wenig bei der Vorstellung, dass sich jemand an seiner Arbeit zu schaffen machte. Und sie hatte einen Text dazugeschrieben, Worte, die auf die romantische Stimmung, die die Musik herbeizauberte, haargenau passten.

„Immer nur Du" hatte sie es überschrieben. Während die Melodie in seinem Kopf ertönte, begann er die Notenblätter einzusammeln, ließ seinen angebissenen Knabberriegel liegen und ging ins Wohnzimmer ans Klavier.

Zehn Minuten später telefonierte er mit dem Waldorf und hinterließ die erste von mehreren Nachrichten für Miss Frederica Kimball.

Es war später Nachmittag, als Freddie mit roten Wangen und schwer bepackt mit Einkaufstüten in ihre Suite zurückkehrte. Ihrer Meinung nach hatte sie einen herrlichen Tag verbracht. Erst war sie einkaufen gewesen, dann hatte sie mit Rachel und Bess zu Mittag gegessen, und hinterher war sie noch ein bisschen durch die Straßen geschlendert. Nachdem sie ihre Tüten im Salon abgestellt hatte, stürzte sie sich aufs Telefon. Um diese Tageszeit war es höchst wahrscheinlich, dass zumindest ein paar, wenn nicht sämtliche Mitglieder ihrer Familie zu Hause versammelt waren. Das rote Licht blinkte, was ankündigte, dass unten bei der Rezeption ein Anruf für sie eingegangen war. Aber bevor sie noch nach dem Hörer greifen konnte, klingelte das Telefon.

„Hallo."

„Verdammt, Freddie, wo hast du dich denn den ganzen Tag rumgetrieben?"

Angesichts des Klangs von Nicks Stimme zogen sich ihre Lippen leicht nach oben. „Hi! Hier und da, warum fragst du?"

„Sehr witzig, Freddie. Ich bin schon den geschlagenen Tag hinter dir her. Ich war bereits drauf und dran, Alex anzurufen und ihn zu bitten, dass er eine Vermisstenanzeige aufgibt." Er hatte sie sich ausgeraubt, geschändet und gekidnappt vorgestellt.

Sie balancierte von einem Bein aufs andere und schüttelte sich die Schuhe von den Füßen. „Nun, wenn du es getan hättest, hättest du erfahren, dass ich einen Teil des Tages damit verbracht habe, mit seiner Frau zu Mittag zu essen. Gibt es ein Problem?"

„Ein Problem? Nein, natürlich nicht, was für ein Problem sollte es wohl geben?" Selbst durchs Telefon war sein Sarkasmus fast mit Händen zu greifen. „Du reißt mich in aller Herrgottsfrühe aus dem Schlaf …"

„Nach zehn", unterbrach sie ihn.

„… und dann tauchst du den ganzen Tag über ab“, fuhr er fort, ohne ihren Einwurf zu beachten. „Mir scheint, ich muss dich daran erinnern, dass du um meinen Rückruf gebeten hast.“

„Ja.“ Sie wappnete sich, dankbar dafür, dass er sie nicht sehen konnte – oder die Hoffnung in ihren Augen. „Bist du dazu gekommen, einen Blick auf die Notenblätter zu werfen, die ich dir dagelassen habe?“

Er machte den Mund auf, machte ihn wieder zu und beschloss, cool zu bleiben. „Ich habe einen Blick darauf geworfen.“ Er hatte Stunden damit verbracht, sie zu studieren, darüber zu brüten, sie nachzuspielen. „Es ist nicht schlecht, besonders die Teile, die von mir stammen.“

Sie reckte das Kinn, auch wenn er sie nicht sehen konnte. „Es ist viel besser als nicht schlecht – besonders die Teile, die ich überarbeitet habe.“ Das Glitzern in ihren Augen war jetzt reiner Stolz. „Wie findest du den Text?“

Der Text bewegte sich zwischen Poesie und ausgelassener Ironie, und das war etwas, das ihn mehr beeindruckt hatte, als er sich selbst und ihr eingestehen wollte. „Na ja, stellenweise ist er ganz nett. Doch, gefällt mir ganz gut.“

„Oh, schweig still, mein Herz.“

„Er ist gut, okay?“ Er stieß einen lang angehaltenen

Atemzug aus. „Ich weiß zwar nicht, was ich damit soll, aber …"

„Warum unterhalten wir uns nicht darüber? Hast du heute Abend schon etwas vor?"

Er dachte an die Verabredung, die er getroffen hatte, dachte an seine Musik und verwarf alles andere. „Nichts, was ich nicht verschieben könnte."

„Fein. Ich lade dich zum Essen ein. Komm um halb acht hier bei mir im Hotel vorbei."

„Hör zu, Freddie warum treffen wir uns nicht einfach bei …"

„Schließlich müssen wir beide essen, oder? Schmeiß dich in einen Anzug, dann machen wir ein kleines Erlebnis daraus. Halb acht." An ihrer Unterlippe nagend legte sie auf, ehe er noch etwas erwidern konnte.

Mit weichen Knien ließ sie sich in den Lehnstuhl sinken. Es hatte geklappt, genau wie geplant. Es gab keinen Grund, nervös zu sein. Richtig, dachte sie und verdrehte die Augen. Es gab überhaupt keinen Grund.

Sie war dabei, den Mann zu umwerben und zu verführen, den sie schon ihr halbes Leben lang liebte. Und wenn es schief ging, würde sie mit gebrochenem Herzen und gedemütigt zurückbleiben. All ihre Hoffnungen und Träume wären dahin.

Keinerlei Grund zur Panik also.

Um sich aufzumuntern, nahm sie das Telefon auf

und wählte die Nummer in West Virginia. Die vertraute Stimme beruhigte sie sofort und ließ alle Nervosität schwinden.

„Mama."

Um halb acht betrat Nick die Lobby des Waldorf. Er war nicht glücklich, hier zu sein. Er hasste Anzüge. Er hasste vornehme Restaurants und die pompösen Gepflogenheiten, die dort vorherrschten. Hätte ihm Freddie auch nur eine halbe Chance gegeben, hätte er darauf bestanden, dass sie in der Bar vorbeikam, wo sie in aller Ruhe hätten reden können.

Es stimmte, dass er, seitdem er auf dem Broadway Erfolg gehabt hatte, sich gelegentlich gezwungen sah, an Orten und mit Menschen zu verkehren, die ihm nicht unbedingt lagen. Aber er mochte es nicht. Er wollte nur das, was er schon immer gewollt hatte – in der Lage zu sein, ohne große Probleme seine Musik schreiben zu können.

Nick starrte einen der uniformierten Türsteher nieder, der ihn offensichtlich für leicht suspekt hielt.

Da hast du verdammt Recht, Mann, dachte Nick sarkastisch. Zack und Rachel und der Rest der Stanislaskis mochten ihn vielleicht vor dem Gefängnis bewahrt haben, aber noch immer steckte ihm irgendwo ganz tief drin der rebellische einsame Junge in den Knochen.

Sein Stiefbruder Zack hatte ihm vor über einem Jahrzehnt sein erstes Klavier geschenkt, und Nick konnte sich noch wie heute an das unerhörte Glücksgefühl erinnern, das ihn angesichts der Tatsache überschwemmt hatte, dass jemand, irgendjemand, genug für ihn empfand, um seine geheimsten Träume erraten zu können. Nein, das hatte er Zack niemals vergessen, und er würde ihm ewig dankbar dafür sein.

Natürlich hatte er sich im Laufe der Jahre verändert. Wer nicht? Er suchte schon lange keinen Streit mehr. Es war ihm immens wichtig, der Familie, die ihn akzeptiert und in ihrer Mitte aufgenommen hatte, keine Schande zu bereiten. Aber er war trotzdem noch immer Nick LeBeck, ehemaliges Mitglied einer kriminellen Straßengang, ehemaliger Taschendieb, Betrüger und Spieler, der Junge, der Rachel Stanislaski zum ersten Mal in seinem Leben auf der falschen Seite der Gitterstäbe begegnet war.

Der Anzug legte nur eine dünne Schicht zwischen damals und heute.

Er zerrte missmutig an seiner Krawatte, die er verabscheute. Er dachte nicht oft an damals zurück. Es gab keinen Grund dafür. Aber irgendetwas an Freddie veranlasste ihn, zurückzuschauen.

Als er sie das erste Mal gesehen hatte, war sie dreizehn gewesen und hatte ihn an eine Porzellanpuppe erinnert. Sie war niedlich gewesen damals, hübsch, süß – und harmlos. Und er hatte sie geliebt. Natürlich hatte er das. Wie man seine kleine Cousine eben liebt. Die Tatsache, dass sie jetzt eine erwachsene Frau war, änderte daran nichts. Er war sechs Jahre älter, eben immer noch der ältere Cousin.

Aber die Frau, die jetzt aus dem Fahrstuhl trat, sah nicht aus wie die Cousine von irgendwem.

Was, zum Teufel, hatte sie mit sich angestellt? Nick rammte die Hände in die Hosentaschen und schaute ihr finster entgegen, während sie in diesem kurzen, eng anliegenden Fummel von der Farbe reifer Aprikosen die Lobby durchquerte. Das Haar hatte sie sich hochgesteckt, so dass ihr schlanker Hals und ihre glatten Schultern zum Küssen verlockten. An ihren Ohrläppchen glitzerten kleine Edelsteine, und in dem Tal zwischen ihren Brüsten ruhte ein wie eine Träne geformter Saphir.

Ein allgemein bekannter weiblicher Trick, wie Nick wusste, um den Blick eines Mannes auf jene verführerische Stelle zu lenken und dafür zu sorgen, dass es ihm in den Fingerspitzen juckte.

Selbstverständlich juckten seine nicht, aber er behielt sie doch lieber in den Hosentaschen.

Ihre Grübchen vertieften sich, als sie ihn erspähte, und er konzentrierte sich auf ihr Gesicht, was ihm weiser erschien, als ihre Beine einer genaueren Betrachtung zu unterziehen.

„Hi, Nick. Ich hoffe, ich habe dich nicht zu lange warten lassen." Sie stellte sich auf die Zehenspitzen und küsste ihn auf den linken Mundwinkel. „Du siehst wundervoll aus."

„Ich kann wirklich nicht einsehen, warum wir uns derart in Schale schmeißen müssen, nur um etwas zwischen die Zähne zu kriegen."

„Damit ich das Kleid anziehen kann, das ich mir heute gekauft habe." Sie drehte lachend eine Pirouette. „Gefällt es dir?"

Er konnte von Glück reden, dass ihm nicht die Zunge heraushing ... „Ganz nett. Das, was von einem Kleid da ist. Du wirst dir einen Schnupfen holen."

Sie trug sein Urteil mit Fassung. „Das glaube ich nicht. Der Wagen wartet draußen." Sie nahm seine Hand, während sie aus dem Hoteleingang traten und auf die schwarze Limousine zugingen, die an der Ecke auf sie wartete.

„Du hast eine Limo gemietet? Um damit zum Essen zu fahren?"

„Ich hatte Lust, mich ein bisschen zu verwöhnen." Sie warf dem Fahrer ein Lächeln zu, bevor sie geschmeidig in den Wagen glitt. „Du bist mein erstes Date in New York."

Es war beiläufig dahingesagt, ganz so, als ginge sie wie selbstverständlich davon aus, dass diesem noch viele andere mit vielen anderen Männern folgen würden. Nick brummte nur grimmig irgendetwas Unverständliches in sich hinein, als er sich neben sie auf die Rückbank schob.

„Ich werde die Reichen nie verstehen."

„Du gehörst heute auch nicht mehr unbedingt zu den Armen, Nick", erinnerte sie ihn. „Mit einem Broadway-Erfolg, der bereits ins zweite Jahr geht, einer Tony-Nominierung und einem weiteren Musical, das sich im Vorbereitungsstadium befindet."

Er zuckte die Schultern. „Ich lasse mich aber nicht in Limos durch die Gegend kutschieren."

„Dann genieß es jetzt." Sie lehnte sich zurück, wobei sie sich ganz wie Aschenputtel auf dem Weg zum Ball fühlte. Der entscheidende Unterschied war nur, dass sie mit ihrem Märchenprinzen dorthin fuhr. „Am Sonntag ist ein großes Essen bei Grandma", sagte sie.

„Ja, schon gehört."

„Ich kann es gar nicht mehr erwarten, alle zu sehen. Ich habe heute Vormittag bei Onkel Mik in der Galerie vorbeigeschaut. Hast du sein neuestes Werk schon gesehen? Das mit Tante Sydney und den Kindern?"

„Ja." In Nicks Augen trat ein sanfter Schimmer. Fast vergaß er, dass er einen Anzug trug und in einer

Limousine mit Chauffeur fuhr. „Es ist wunderschön. Das Baby ist toll. Sie klettert immer an deinen Beinen hoch auf deinen Schoß. Bess erwartet übrigens auch ein Kind."

„Ja, das hat sie mir beim Lunch erzählt. Diese Ukrainer sind eben unverbesserlich. Papa wird demnächst ganze Wagenladungen von den Weingummis, die er so gern verteilt, kaufen müssen."

„Keine Sorge um die Zähne", ahmte Nick Yuris Akzent nach. „Alle meine Enkelkinder haben Zähne aus Eisen."

Freddie lachte und setzte sich so, dass ihr Knie sein Bein streifte. „Grandma und Papa haben bald Hochzeitstag."

„Ja, nächsten Monat."

„Wir haben uns heute beim Lunch Gedanken gemacht, wie wir feiern könnten. Wir haben daran gedacht, einen Ballsaal in einem Hotel zu mieten, aber am Schluss waren wir alle der Meinung, dass ein bescheidenerer Rahmen besser zu den beiden passt. Was hältst du davon, wenn wir es in Zacks Bar machen?"

„Ja, klar, kein Problem. Auf jeden Fall wird es lustiger als in irgendeinem Ballsaal." Und er würde keinen verdammten Anzug tragen müssen. „Rio kümmert sich bestimmt um das Essen."

„Und wir beide kümmern uns um die Musik."

Er warf ihr einen wachsamen Blick zu. „Ja klar, das könnten wir."

„Außerdem dachten wir an ein Gemeinschaftsgeschenk. Wusstest du, dass Grandma schon immer mal nach Paris wollte?"

„Nadia, nach Paris?" Er lächelte bei diesem Gedanken. „Nein, das wusste ich wirklich nicht. Aber es passt zu ihr. Woher weißt du das denn?"

„Sie hat es irgendwann vor noch nicht allzu langer Zeit Mama erzählt. Sie sagte nicht viel darüber – du weißt ja, wie sie ist. Nur, dass sie sich schon immer gefragt hat, ob Paris wirklich so romantisch ist, wie in all den Liedern behauptet wird. Deshalb haben wir uns überlegt, dass wir ihnen eine Reise schenken könnten, mit Flug und einem zweiwöchigen Aufenthalt im Ritz oder so vielleicht."

„Das ist eine Superidee. Yuri und Nadia zusammen in Paris." Er grinste noch immer über die Vorstellung, als die Limo anhielt.

„Wo findest du es denn am schönsten?"

„Hmm?" Nick stieg aus und streckte ihr die Hand hin, um ihr aus dem Wagen zu helfen. „Keine Ahnung. New Orleans fand ich bisher am besten. Tolle Musik. Man kann sie an jeder Straßenecke hören. Die Karibik ist auch nicht übel. Erinnerst du dich, als ich mit Zack und Rachel runtergesegelt bin?"

„Du hast mir eine Postkarte aus St. Martin geschickt", murmelte sie. Sie hatte sie immer noch.

„Es war das erste Mal, dass ich irgendwohin reiste. Zack entschied, dass ich als Mitglied der Crew auch meinen Beitrag leisten musste, deshalb hing ich die meiste Zeit in der Küche herum. Ich war die ganze Fahrt über stocksauer und liebte doch jede Minute davon."

Sie traten von der frischen Frühlingsluft in die Wärme und das gedämpfte Licht des Restaurants. „Kimball", sagte Freddie zu dem Maître und war hoch zufrieden, als der sie zu einem Tisch in einer abgelegenen Nische führte.

Perfekt, dachte sie, als sie das weiße Leinentischtuch sah, auf dem ein silberner Leuchter mit brennenden Kerzen und funkelnde Kristallgläser standen, und den Duft guten Essens erschnupperte, der in der Luft lag. Nick mochte nicht merken, dass er umworben wurde, aber sie glaubte doch, dass sie ihre Sache gut machte.

„Nehmen wir Wein?" fragte sie.

„Klar." Er nahm die in Leder gebundene Weinkarte zur Hand. Durch seine Jahre in der Bar kannte er die guten Jahrgänge. Er überflog die Liste und schüttelte den Kopf über die lachhaft hohen Preise. Nun, es war Freddies Einladung.

„Wir nehmen den 88er Sancerre", sagte er zu dem eilfertig lauernden Kellner. Es war Nicks Ansicht nach ein Beruf, der einen Kerl immer aussehen ließ, als hinge ihm ein Aschenbecher um den Hals.

„Ja, Sir. Eine exzellente Wahl."

„Das will ich auch hoffen. Immerhin ist er ungefähr um dreihundert Prozent überteuert." Während Freddie mit einem Lachen kämpfte und der Kellner um seine Würde rang, gab Nick die Weinkarte zurück und steckte sich dann eine Zigarette an. „Und was macht deine Wohnungssuche? Schon Glück gehabt?"

„Heute habe ich mich nicht groß darum gekümmert, aber ich nehme an, dass Sydney irgendwas für mich tun kann."

„In New York eine Wohnung zu finden ist nicht so einfach. Und du könntest übers Ohr gehauen werden. Es gibt eine Menge Leute hier, die nur darauf warten, einem naiven Mädchen vom Land das Fell über die Ohren zu ziehen. Du solltest darüber nachdenken, ob du nicht vielleicht doch irgendwo bei der Familie wohnen willst."

Sie hob eine Augenbraue. „Suchst du vielleicht eine Untermieterin?"

Er schaute sie verdutzt an, blinzelte, dann stieß er eine Rauchwolke aus. „So war das nicht gemeint."

„Nein, wirklich, ich fände es praktisch, wenn wir erst zusammenarbeiten …"

„Halt die Luft an. Du überschlägst dich."

„Findest du?“ Mit einem kleinen Lächeln lehnte sie sich zurück, als der Kellner kam und Nick das Weinetikett präsentierte.

„In Ordnung“, sagte Nick ungeduldig abwinkend, aber er schaffte es nicht, den Mann loszuwerden, bis er das Ritual der Vorkostung hinter sich gebracht hatte. Er nahm einen kleinen Schluck des Weins, den ihm der Kellner ins Glas gegossen hatte. „Großartig, geben Sie endlich her.“

Mit angestrengter Würde schenkte der Kellner Freddie ein Glas Wein ein, dann füllte er Nicks Glas auf, bevor er die Flasche in den Silbereimer stellte.

„Hör zu …“

„Es ist tatsächlich eine exzellente Wahl“, sagte Freddie, nachdem sie den ersten Schluck genommen hatte. „Trocken und schön leicht. Du weißt, dass ich deinem Urteil in mancher Hinsicht ohne Einschränkungen vertraue, Nicholas. Zum Beispiel hierbei“, sagte sie und prostete ihm zu. „Und wenn es um Musik geht. Du sträubst dich vielleicht innerlich zuzugeben, dass die kleine Freddie so gut ist wie du, aber deine musikalische Integrität lässt dir keine andere Wahl.“

„Niemand hat gesagt, dass du so gut bist wie ich, Kleine. Aber du bist nicht schlecht.“ Er stieß mit ihr an. Für einen Moment verlor er den Faden. Wegen des Kerzenlichts, das in ihren grauen Augen Fangen spielte.

Und wegen des Blicks, mit dem sie ihn anschaute, als ob sie ein Geheimnis hätte, von dem sie sich nicht sicher war, ob sie es mit ihm teilen sollte. „Wie auch immer." Er räusperte sich. „Ich mag dein Zeugs."

„Oh, Mr. LeBeck", hauchte sie theatralisch. Sie senkte den Blick und klimperte mit den Wimpern. „Ich weiß gar nicht, was ich sagen soll."

„Dabei bist du doch sonst nicht auf den Mund gefallen. Das eine Lied – ‚Immer nur Du' –, es könnte vielleicht sogar in die Partitur passen."

„Das dachte ich mir auch." Angesichts seiner verengten Augen musste sie lächeln. „Als Tochter von Spence Kimball habe ich gewisse Beziehungen. Ich habe das Buch gelesen, Nick. Es ist wundervoll. Die Story schafft es, herrlich altmodisch und zeitgemäß zugleich zu sein. Sie ist eine umwerfende Liebesgeschichte und voller Witz. Und mit dieser legendären irischen Sängerin in der Hauptrolle ..."

„Woher weißt du das?"

Diesmal war ihr Lächeln eher ein süffisantes Grinsen. „Beziehungen."

„Beziehungen", brummte Nick. „Wofür brauchst du mich eigentlich? Du könntest direkt zu Mr. Valentine gehen."

„Das könnte ich." Ohne an seinem verärgerten Tonfall Anstoß zu nehmen, spitzte Freddie die Lippen und studierte ihren Wein. „Aber das will ich nicht.“ Sie hob den Blick, begegnete dem seinen und hielt ihn fest. „Ich will, dass du mich willst, Nick.“ Sie ließ ihre Worte wirken. Begriff er, dass sie nicht nur über die Musik sprach, sondern ebenso über ihr Leben? Ihrer beider Leben. „Ich werde alles tun, was in meiner Macht steht, um dich von meinen Qualitäten zu überzeugen. Und wenn du mich dann immer noch nicht willst, werde ich mich damit abfinden.“

Irgendetwas regte sich in ihm. Irgendetwas gefährlich Unerwünschtes. Er verspürte den Drang, einen schockierend starken Drang, die Hand auszustrecken und ihr mit dem Finger über diese glatten Elfenbein-und-Rosen-Wangen zu fahren. Was er natürlich nicht tat. Stattdessen holte er sorgfältig Atem und drückte seine Zigarette aus.

„Okay, Freddie, ich bin einverstanden. Versuch dein Glück.“

Die lähmende Enge, die sich um ihr Herz gelegt hatte, löste sich auf. „Das werde ich“, sagte sie. „Aber lass uns erst bestellen.“

Sie gab sich keine große Mühe mit ihrer Essensauswahl. Ihr Kopf war zu beschäftigt mit dem, was sie ihm sagen wollte, um sich mit etwas so Nebensächlichem wie Essen zu beschäftigen. Sie nippte an ihrem Wein und beobachtete Nick, während er seinen Teil der Bestellung aufgab. Als er fertig war und zu ihr herüberschaute, lächelte sie.

„Was ist?“

„Ich habe mich nur erinnert.“ Sie legte ihre Hand über die seine. „An das erste Mal, als wir uns sahen. Du kamst in dieses herrliche Chaos bei Grandma und sahst aus, als hätte dir jemand einen Ziegelstein über den Kopf gehauen.“

Er lächelte, jetzt hatte er wieder sicheren Boden unter den Füßen. „So etwas hatte ich vorher noch nie gesehen. Ich konnte es gar nicht fassen, dass Menschen so leben – dieses ganze Geschnatter und Lachen und Kinder, die einem überall vor die Füße liefen, und das viele gute Essen.“

„Und Katie kam schnurstracks auf dich zumarschiert und verlangte, dass du sie auf den Arm nehmen solltest.“

„Deine kleine Schwester hatte schon immer eine Schwäche für mich.“

„Wie ich auch.“

Er fing an zu lachen, dann entdeckte er, dass er es gar nicht komisch fand. „Lass den Quatsch.“

„Nein, ehrlich. Ein Blick auf dich genügte, und mein pubertierendes Herz schlug einen Purzelbaum. Deine Haare waren ein bisschen länger als heute, und ein bisschen heller. Und du trugst einen Ohrring.“

Mit einem kleinen Auflachen rieb er sich sein Ohrläppchen. „Ist schon eine ganze Weile her."

„Ich fand dich schön, irgendwo zwischen Rockstar und James Dean." Sie seufzte theatralisch. „Ich war ganz weg, ehrlich. Jedes Mädchen hat das Recht, einmal im Leben richtig verknallt zu sein. Und ich war mit Sicherheit in dich verknallt."

„Schön." Er war sich nicht ganz sicher, wie er reagieren sollte. „Schätze, ich sollte mich jetzt geschmeichelt fühlen."

„Richtig. Immerhin habe ich für dich Bobby MacAroy und Harrison Ford sausen lassen."

„Harrison Ford? Ich bin beeindruckt." Er entspannte sich, als ihre Vorspeise kam. „Aber wer, zum Teufel, ist Bobby MacAroy?"

„Der süßeste Junge in meiner Klasse. Natürlich wusste er nicht, dass ich vorhatte, ihn zu heiraten und fünf Kinder mit ihm zu kriegen." Sie hob eine Schulter und ließ sie dann wieder fallen.

„Sein Pech."

„Darauf kannst du wetten. Egal, auf jeden Fall war ich dir vom ersten Tag an verfallen. Natürlich rechnete ich mir keine Chancen aus", fuhr sie fort. „Die kleine sommersprossige Freddie unter all diesen zigeunerhaft aussehenden Exoten in meiner Familie."

„Du warst wie eine Porzellanpuppe", murmelte er.

„Ein kleines blondes Püppchen mit riesigen Augen. Ich erinnere mich daran, dass ich irgendwann eine Bemerkung machte, dass du deiner Schwester und deinem Bruder gar nicht ähnlich siehst, und du erklärtest mir, dass Natasha in Wirklichkeit deine Stiefmutter ist. Du tatest mir Leid." Er schaute wieder auf und verlor sich für einen Moment in den unergründlichen Tiefen ihrer Augen. „Weil ich mir selbst Leid tat – der aus dem Tritt gekommene Stiefbruder. Und du saßt da, ganz ernst, und sagtest mir, ‚Stief' sei nur ein Wort. Es hat mich berührt", sagte er. „Es hat mich wirklich tief berührt. Und es hat mir geholfen. Ich habe mich sehr unverstanden gefühlt damals."

Ihre Augen schimmerten feucht. „Das wusste ich nicht. Ich dachte, du würdest dich mit Zack gut verstehen."

„Nicht die Bohne. Ich versuchte lange Zeit, ihn zu hassen. Ich habe es nie offen gezeigt, aber ich habe ganz schön hart gearbeitet, um uns beiden das Leben so schwer wie möglich zu machen. Und dann habe ich mich auch noch in Rachel verknallt."

„Verknallt? In Rachel? Aber …" Diplomatisch ließ Freddie das Ende ihres Satzes in der Luft hängen und widmete sich ihrem Essen.

Mittlerweile machte es ihm nichts mehr aus, darüber zu reden. „Ja, ich war damals neunzehn. Und hielt mich anscheinend für unwiderstehlich, denn Rachel war ja beträchtlich älter und stand schon voll im Leben. Und sie hatte unglaublich tolle Beine. Du wirst ja rot, Freddie. Jeder Junge hat das Recht, mindestens einmal im Leben richtig verknallt zu sein." Er grinste sie an. „Ich bin ausgerastet, als ich herausfand, dass Rachel und Zack was laufen hatten und ich mich zum Narren gemacht hatte. Aber ich kam darüber hinweg, vor allem, weil mir klar wurde, dass das zwischen den beiden etwas Ernsthaftes war. Außerdem begriff ich, dass ich zwar verknallt war, sie aber nicht liebte. So kommt man immer wieder auf den Teppich, stimmt's?"

Sie schaute ihn gelassen an. „Manchmal. Und auf Umwegen bestätigt mich dieses Gespräch in meiner Ansicht, dass wir zusammenarbeiten sollten."

Er wartete, bis der Kellner die Vorspeisenteller abgeräumt hatte und den zweiten Gang servierte. Dann griff er nach seinem Weinglas, das der Ober wieder aufgefüllt hatte und sah sie direkt an. „Wie kommst du denn jetzt darauf?"

Freddie lehnte sich angeregt vor. Und ihr Parfum wehte zu ihm herüber, so dass ihm der Mund wässrig wurde. „Wir haben viele Gemeinsamkeiten, Nick."

„Du schätzt mich falsch ein."

Sie schüttelte ungeduldig den Kopf. „Das müssen wir jetzt nicht vertiefen. Ich kenne dich, Nicholas. Besser, als du glaubst. Ich weiß, was deine Musik für dich bedeutet. Rettung."

Sein Blick verschleierte sich, und er verlor das Interesse an seinem Essen. „Das ist stark übertrieben. Ganz so ist es nicht ..."

„Es stimmt", verteidigte sie sich. „Erfolg ist nur ein Nebenprodukt. Es ist allein die Musik, die für dich zählt. Du würdest sie umsonst komponieren, du würdest sie umsonst spielen. Du brauchst sie, und du brauchst mich, damit ich dir deine Texte schreibe. Weil ich die Worte höre, während du die Musik hörst. Ich verstehe, was du sagen willst, weil ich dich verstehe. Und weil ich dich liebe."

Er musterte sie, während er versuchte, Gefühl und praktische Durchführbarkeit auseinander zu halten. Aber sie hatte Recht. Das Gefühl war zuerst dagewesen, und sie hatte mit ihren Texten diese Gefühle in Worten ausgedrückt. So wie mit den Worten, die sie gerade gesagt hatte. „Es spricht einiges für das, was du sagst, Freddie."

„Es spricht alles für uns. Wir wären ein Superteam, Nick. Wir wären zusammen viel stärker, als wir es allein je sein könnten."

Ihm kam die Musik in den Sinn, die er am Morgen gespielt hatte, unterlegt mit ihrem Text. *Immer nur Du, in meinem Herzen, in meinen Gedanken. Keiner zuvor und keiner danach. Immer nur ein Gesicht, das ich sehe. Du bist meine Freude, du bist meine Trauer.*

Ein Lied voller Einsamkeit, Sehnsucht und gleichzeitig voller Hoffnung, dachte er. Und sie hatte es genau so erfasst, wie er es beabsichtigt hatte.

„Lass es uns versuchen, Freddie. Wir lassen uns Zeit und schauen, wie es läuft. Wenn wir noch zwei weitere solide Songs auf die Beine stellen können, gehen wir damit zum Produzenten."

Unter dem Tisch trommelte sie nervös mit den Fingerspitzen auf ihrem Knie herum. „Und wenn er einverstanden ist?"

„Wenn er einverstanden ist, sind wir Partner." Er hob sein Glas. „Abgemacht?"

„Oh, ja." Sie stieß mit ihm an. „Abgemacht."

Dass sie so aufgekratzt war, lag bei weitem nicht nur am Wein, als Nick sie nach dem Essen noch bis an die Tür ihres Hotelzimmers brachte. Sie presste sich gegen die Türfüllung und strahlte ihn an. „Wir werden zusammen berühmt werden, Nick. Ich weiß es genau."

Er steckte ihr eine Haarsträhne hinters Ohr, wobei er kaum registrierte, dass seine Fingerspitze ihr Ohrläppchen streifte, einen Moment verweilte. „Wir werden sehen, wie es läuft. Wir treffen uns morgen bei mir. Bring was zu essen mit."

„Gut. Ich komme gleich morgen früh."

„Wenn du vor zwölf kommst, sehe ich mich gezwungen, dir den Hals umzudrehen. Wo hast du deinen Schlüssel, Kleine?"

„Hier." Sie hielt ihm die Codekarte unter die Nase, ehe sie sie durch den Schlitz zog. „Willst du noch einen Moment mit reinkommen?"

„Ich muss noch zur Spätschicht in die Bar. Also dann …" Seine Worte und seine Gedanken brachen ab, als sie sich blitzschnell umdrehte und ihm die Arme um den Hals legte. Die Hitzewelle, von der er sich überschwemmt fühlte, überraschte ihn.

„Geh schlafen", sagte er und neigte den Kopf, um ihr einen flüchtigen Kuss auf die Wange zu geben.

So beschwipst war sie nun auch wieder nicht – oder vielleicht nicht beschwipst genug. Sie stellte sich auf die Zehenspitzen und hob ihm ihr Gesicht entgegen, so dass sich ihre Lippen trafen. Nur zwei Herzschläge lang, zwei lange, unruhige Herzschläge.

Sie kostete alles aus, seinen Geschmack, seine festen, glatten Lippen und den raschen, instinktiven Druck seiner Hände auf ihren Schultern.

Dann wandte sie sich mit einem fröhlichen, entschlossenen Lächeln auf den Lippen ab, das nichts von ihrem Herzklopfen preisgab. „Gute Nacht, Nicholas."

Er stand wie angenagelt da, bis sie ihm die Tür vor

der Nase zumachte. Es war das Geräusch seines eigenen Atems, der zischend seinen Lungen entwich und damit den Bann brach. Er wandte sich um und ging langsam zum Aufzug.

Als er die Hand hob, um auf den Knopf zu drücken, sah er, dass sie zitterte. Er verfluchte sich, während er sich daran erinnerte, dass Freddie seine Cousine war. Jawohl, sie war seine Cousine, auch wenn sie nicht blutsverwandt mit ihm war, und das würde er nie vergessen. Nie.

3. KAPITEL

„Hi, Rio.“ Freddie durchquerte schwer bepackt mit Aktenkoffer, Handtasche und Einkaufstasche die Küche des „Lower the Boom“.

„Hi, Püppchen.“ Rio, der beschäftigt war mit den Mittagessensvorbereitungen, hatte alle Hände voll zu tun. „Wie geht's?“

„Nick und ich arbeiten heute zusammen“, erklärte sie strahlend.

„Du kannst von Glück sagen, wenn du ihn nicht an den Haaren aus dem Bett zerren musst.“

Sie kicherte und ging weiter. „Er sagte zwölf. Es ist zwölf.“ Punkt zwölf, fügte sie im Stillen hinzu, während sie die enge, gewundene Treppe nach oben stieg. Sie klopfte laut an die Tür. Wartete. Trat ungeduldig von einem Fuß auf den anderen. Also schön, Nicholas, dachte sie, du hast es so gewollt. Nachdem sie die Tür einfach aufgemacht hatte, rief sie laut seinen Namen.

Irgendwo rauschte Wasser, woraus sie schloss, dass er zumindest schon unter der Dusche stand.

Sie hatte ihn natürlich beim Wort genommen, als er sie aufgefordert hatte, Essen mitzubringen. In der Küche holte sie die mitgebrachten Salate und Sandwiches aus ihrer Einkaufstasche. Nachdem sie alles auf dem

Tisch aufgebaut hatte, schaute sie sich nach kalten Getränken um.

Sie brauchte nicht lange, um herauszufinden, dass sie nur die Wahl zwischen Bier und abgestandenem Mineralwasser hatten. Und dass Nicks Küche eine Katastrophe war.

Als er ein paar Minuten später hereinkam, stand sie mit aufgekrempelten Ärmeln an der Spüle, die Hände in warmem, seifigem Spülwasser.

„Was ist denn hier los?"

„Diese Küche ist eine Zumutung", sagte sie, ohne sich umzudrehen. „Du solltest dich schämen, in so einem Saustall zu hausen. Die Experimente, die du anscheinend zu Forschungszwecken in deinem Kühlschrank gelagert hast, habe ich in diese Plastiktüte gewickelt. Wenn ich du wäre, würde ich sie so schnell wie möglich rausbringen und verbrennen."

Er brummte etwas Unverständliches in sich hinein und stiefelte zur Kaffeemaschine.

„Wann hast du zum letzten Mal diesen Boden gewischt?"

„Wenn ich mich richtig erinnere, war es im September 1982." Er gähnte herzhaft und maß Kaffee ab, während er seine Augen an das Tageslicht zu gewöhnen versuchte. „Hast du was zu essen mitgebracht?"

„Auf dem Tisch."

Stirnrunzelnd betrachtete er die Salate und die Sandwiches. „Was ist mit Frühstück?“

„Es ist Mittag, Nick“, presste sie zwischen den Zähnen hervor.

„Zeit ist relativ, Freddie.“ Versuchsweise biss er in eine saure Gurke.

Mit einem Klappern stellte Freddie den letzten der mit Speiseresten verkrusteten Teller, die sie in der Spüle vorgefunden hatte, auf das Abtropfbrett. „Das Mindeste, was du tun könntest, wäre, ins Wohnzimmer zu gehen und ein bisschen Ordnung zu schaffen. Ich weiß wirklich nicht, wie wir dort arbeiten sollen.“

Der saure Geschmack der Gurke beflügelte seine Sinne, deshalb biss er noch mal hinein. „Ich räume jeden dritten Sonntag im Monat auf, egal ob es nötig ist oder nicht.“

Sie drehte sich um und stemmte die Hände in die Hüften. „Schön, dann machst du heute eben mal eine Ausnahme. Ich arbeite nicht in so einem Saustall, zwischen Kleiderhaufen und leeren Bierdosen und Staub, der mehr als zwei Fingerbreit hoch liegt.“

Er lehnte sich an den Tisch und grinste sie an. Sie hatte sich das Haar zurückgebunden in dem Versuch, es zu zähmen, was jedoch wundervoll daneben gegangen war. Ihre Augen blitzten, die Lippen hatte sie energisch aufeinander gepresst. Sie sah aus wie eine empörte Fee.

„Gott, bist du niedlich, Freddie."

Jetzt verengten sich diese blitzenden Augen. „Du weißt, wie ich das hasse."

„Ja." Sein Grinsen wurde noch breiter.

Würdevoll riss sie ein Papierhandtuch von der Rolle an der Wand über dem Tresen und begann sich die Hände abzutrocknen. „Was glotzt du denn so?"

„Ich warte darauf, dass du anfängst zu schmollen. Wenn du schmollst, bist du nämlich noch niedlicher."

Sie würde nicht lachen, schwor sie sich. Oh nein, ganz bestimmt nicht. „Du treibst es wirklich auf die Spitze, Nick."

„Wenn es hilft, dass du endlich aufhörst, mich herumzuscheuchen, so wie du es mit Brandon immer gemacht hast."

„Ich scheuche meinen Bruder nicht herum."

Nick ging um sie herum, um an die Kaffeebecher zu kommen, die sie eben abgewaschen hatte. „Natürlich tust du das. Sieh der Tatsache ins Auge, dass du herrschsüchtig bist, Kleine."

„Das bin ich ganz bestimmt nicht!"

„Herrschsüchtig, verwöhnt und ein niedlicher kleiner Knopf."

Um sich selbst ihre Geduld zu beweisen, holte sie lang und tief Atem. „Gleich fängst du dir eine."

„He, das ist ein guter Witz", sagte Nick anerkennend, während er die Kaffeebecher füllte. „Komm, schieb dein Kinn vor. Das ist fast so niedlich wie ein Schmollmund."

In Ermangelung von etwas Besserem warf sie das zu einem festen Ball zusammengeknüllte Papierhandtuch nach ihm. Es prallte an seinem Kopf ab. „Ich bin hier, um zu arbeiten, und nicht, um mich beleidigen zu lassen. Wenn das alles ist, was du kannst, gehe ich eben wieder."

Er lachte leise in sich hinein, als sie sich anschickte, an ihm vorbeizustürmen. Zum ersten Mal seit ihrer Ankunft in New York hatte ihre Beziehung seiner Ansicht nach die Ebene erreicht, auf die sie gehörte. Der große Cousin und die kleine Cousine, die vor Wut darüber, dass man sie aufzog, fuchsteufelswild wurde. Er lachte noch immer, als er sie am Arm packte und herumdrehte.

„Ach komm, kleine Freddie, werd doch nicht gleich so böse."

„Ich bin nicht böse", erklärte sie und boxte ihm ihren Ellbogen in den Bauch.

Sie bewirkte damit nur, dass er lachte. „Das habe ich schon besser gesehen. Du musst dich mit dem ganzen Körper in den Stoß reinlegen, wenn du eine Wirkung erzielen willst."

Sie folgte seinem Rat, und der heftige Stoß warf sie

beide aus dem Gleichgewicht. Er lachte immer noch, während sie sich abmühten, stehen zu bleiben, bis sie schließlich mit dem Rücken gegen den Kühlschrank gelehnt endete, mit seinen Händen auf ihren Hüften, während sie mit den ihren Halt suchend seine Unterarme umklammerte.

Erst als ihm aufging, dass er sie an sich presste, hörte er zu lachen auf. Er nahm ihren Körper war. Sie fühlte sich so weich und zerbrechlich an. Ihre Augen sprühten wütende Funken. Sie waren so groß und tief. Ihr Mund zog seinen Blick magnetisch an. Er war so rosig und köstlich voll.

Sie spürte die Veränderung, die in ihm vorging, nahm wahr, wie ihr Körper langsam dahinschmolz, hörte ihr Blut in den Ohren rauschen. Das war es, worauf sie die ganze Zeit gewartet hatte, wonach sie sich immer gesehnt hatte – die Umarmung von Mann und Frau, die Überwachheit der Sinne, die von einem Besitz ergriff, als würde im Kopf ganz überraschend ein sehr helles Licht angeknipst. Ihrem Instinkt folgend, ließ sie ihre Hände an seinen Armen nach oben bis zu seinen Schultern gleiten.

Oh Himmel, fast hättest du sie geküsst! schoss es ihm durch den Kopf, während er zurückzuckte. Und es hätte nichts mit verwandtschaftlicher Zuneigung zu tun gehabt. Um ein Haar hätte er sie geküsst wie ein

Mann, der sich nach einer Frau verzehrt, und ein Jahrzehnt des Vertrauens zunichte gemacht.

„Nick." Sie sagte es leise, in dem Flüstern schwang ein flehender Unterton mit.

Du hast sie erschreckt, dachte er und hob entschuldigend die Hände. „Verzeih. Ich hätte dich nicht so aufziehen dürfen." Jetzt, nachdem er etwas Distanz zwischen sich und sie gebracht hatte, fühlte er sich wieder besser. Er wich so weit zurück, dass er seinen Becher erreichen konnte, den er auf dem Tisch abgestellt hatte.

„Schon gut." Sie bewerkstelligte ein Lächeln, während die Hitze, die sich ihrer bemächtigt hatte, langsam von ihr abfiel. „Das bin ich ja gewöhnt. Aber ich will noch immer, dass du den Saustall da drüben aufräumst."

Er lächelte ebenfalls. „Es ist meine Wohnung, mein Saustall, mein Klavier. Du wirst dich daran gewöhnen müssen."

Sie rang einen Moment mit sich, dann nickte sie. „Also gut. Und wenn ich meine eigene Wohnung habe und mein eigenes Klavier, dann arbeiten wir dort."

„Vielleicht." Er griff nach einer Gabel und begann den Kartoffelsalat aus dem Plastikbehälter zu essen. „Warum nimmst du dir nicht auch einen Kaffee, und dann unterhalten wir uns darüber, wie ich mit der Partitur weitermache?"

„Wie wir weitermachen“, korrigierte sie ihn. Sie nahm sich einen Becher aus dem Abtropfständer. „Wir sind Partner.“

Sie saßen zusammen in der Küche und diskutierten hitzig über die Partitur zu „First, Last and Always“. Die Story des Musicals sollte zehn Jahre umfassen, angefangen mit der ersten romantischen Teenagerliebe, einer hastigen Heirat und einer noch hastigeren Scheidung, bis die Entwicklung schließlich in eine reife, erfüllende Beziehung der beiden Protagonisten mündete.

Ein Happy End wie im Märchen, wie Freddie es nannte.

Ein Teufelskreis aus Problemen, lautete eindeutig Nicks Meinung.

Immerhin stimmten sie darüber überein, dass diese beiden verschiedenen Sichtweisen sowohl Text und Musik nur zu Gute kommen konnten.

„Sie liebt ihn“, sagte Freddie, als sie gemeinsam zum Klavier hinübergingen. „Von dem Augenblick an, als sie ihn zum ersten Mal sieht.“

„Sie ist verliebt in die Liebe, mehr nicht.“ Nick stellte den Kassettenrecorder auf. „Beide sind es. Sie sind jung und naiv. Das ist ja gerade das, was die Charaktere so sympathisch macht. Sie sind real.“

„Hm.“

„Hör zu.“ Er setzte sich neben sie auf die schmale Bank, Hüfte an Hüfte. „Eröffnung. Stell dir eine lebhafte Szene vor. Viele Leute, überall Lichter, Tempo. Jeder hat es eilig.“

Er suchte in einem Stapel Notenblätter und fand das Blatt, das er suchte, in dem ganzen Durcheinander mit einer Geschwindigkeit, die Freddie nur auf einen inneren Radar zurückführen konnte.

„Das Publikum soll sich von dem verwirrenden Tempo am Anfang aufgerieben fühlen.“ Er zog das Keyboard des Synthesizers heran. „Es ist die Energie der Jugend, in der Einführung.“

„Wenn sie sich im wahrsten Sinne des Wortes über den Weg rennen.“

„Genau. Pass auf.“

Er begann zu spielen. Eine hektische Folge von Noten, die an die Sinne rüttelte. Freddie schloss die Augen und ließ die Musik auf sich einwirken.

Oh ja, sie konnte genau sehen, was er sich vorstellte. Ungeduld. Jeder nur mit sich selbst beschäftigt. Los, geh mir aus dem Weg, mach Platz … Sie sah die Szene bereits auf der Bühne, voll gepackt mit Tänzern, die unruhige Choreographie, Verkehrslärm von den Seiten, Autohupen.

„Hier müssen noch mehr Bläser rein“, murmelte Nick. Er hatte Freddies Anwesenheit schon fast vergessen, als er sich zum Synthesizer drehte, um etwas auszuprobieren.

„Nur nicht anhalten."

„Ich will doch nur …"

Sie schüttelte nur den Kopf und legte ihre Finger auf die Tasten. Ihre Stimme klang deutlich und klar.

„Nur nicht anhalten. Ich hab Dinge zu erledigen, Leute, die ich treffen muss. Wie sollte ich jemanden außer mir selbst ertragen können?"

Er betrachtete sie verdutzt. Seltsam, er hatte vergessen, wie rein ihre Stimme klang. Tief, sanft, selbstsicher. Und unerwartet sexy.

„Du bist wirklich fix", murmelte er.

„Ich bin gut." Sie spielte weiter, während die Worte und die Arrangements ihr unaufhörlich zuflossen. „Es sollte eine Chorusnummer sein. Vielstimmig, Kontrapunktion, über allem das Hauptthema als Duett der Protagonisten. Er geht in eine Richtung, sie in die andere. Die Worte müssen verschmelzen, dann ausblenden, wieder verschmelzen …"

„Genau." Er drehte die Lautstärke auf dem Synthesizer auf das passende Level und spielte mit. „So stelle ich mir das vor."

Sie warf ihm einen kurzen Seitenblick zu und lächelte selbstgefällig. „Ich weiß."

Es kostete sie mehr als drei Stunden Zeit und zwei

Kannen Kaffee, die Eröffnungsszene so herauszuarbeiten, dass sie beide zufrieden gestellt waren. Da sie ihrem Magen nicht noch mehr Kaffee zumuten wollte, bestand Freddie schließlich darauf, dass Nick ihr aus der Bar eine Flasche Mineralwasser holte. Nachdem er sie allein gelassen hatte, brachte sie ein paar kleine musikalische und textliche Veränderungen an der Partitur an. Als sie sie eben ausprobieren wollte, wurde sie vom Läuten des Telefons unterbrochen.

Den Einleitungssong vor sich hin summend, stand sie auf, um abzunehmen.

„Hallo?“

„Oh, hi. Ist Nick da?“

Die schwüle weibliche Stimme, in der der schleppende Singsang der Südstaaten mitschwang, veranlasste Freddie, eine Augenbraue zu heben. „Er kommt gleich zurück. Er ist nur kurz unten in der Bar.“

„Na gut. Dann warte ich einen Moment, wenn Sie nichts dagegen haben. Ich bin Lorelie.“

Ich wette, das bist du wirklich, dachte Freddie grimmig. „Hallo, Lorelie, ich bin Freddie.“

„Doch nicht etwa Nicks kleine Cousine Freddie?“

„Genau die“, presste sie zwischen den Zähnen hervor. „Die kleine Cousine Freddie.“

„Oh, ich bin begeistert, mit Ihnen zu sprechen, Honey.“ Die Stimme tropfte wie Sirup durch die Leitung.

„Nick hat mir erzählt, dass er gestern Abend mit Ihnen ausgehen wollte. Es hat mir nichts ausgemacht, unsere Verabredung zu verschieben, die Familie geht selbstverständlich vor."

Verdammt, sie hätte es wissen müssen, dass da eine Frau im Spiel war. „Das ist sehr verständnisvoll von Ihnen, Lorelie."

„Oh, ich bitte Sie. Ein junges Mädchen wie Sie, allein in New York … Da ist man auf den Schutz der männlichen Familienmitglieder angewiesen. Ich lebe jetzt seit fünf Jahren hier und habe mich noch immer nicht an die vielen Menschen gewöhnt. Und alle rennen so schrecklich beschäftigt durch die Gegend."

„Manche rennen nicht ganz so schnell wie andere", brummte Freddie. „Woher kommen Sie, Lorelie?" erkundigte sie sich – höflich, wie sie hoffte.

„Aus Atlanta, Honey. Ich bin dort geboren und aufgewachsen. Aber hier oben bei diesen Yankees gibt es eben die Arbeit für Models und beim Fernsehen."

„Sie sind Model?" Das war ja kaum auszuhalten.

„Richtig, aber derzeit mache ich mehr Werbespots. Das Modeln reibt einen auf, wenn Sie verstehen, was ich meine."

„Bestimmt tut es das."

„So habe ich Nick kennen gelernt. Ich schaute nach einer endlosen Fotosession in die Bar rein und bat ihn, mir ein langes, kühles Etwas zu mixen. Da sagte er, dieses lange kühle Etwas wäre ich selbst.“ Lorelies Lachen, das wie silberne Glöckchen klang, veranlasste Freddie, die Kiefer noch etwas fester aufeinander zu pressen. „Ist Nick nicht ein ganz Süßer?“

Freddie schaute auf, als der ganz Süße mit einem Arm voll Mineralwasserflaschen zurückkehrte. „Oh, gewiss. Dieser Meinung waren wir schon immer.“

„Also, ich finde es wirklich schrecklich süß von Nick, sich darum zu kümmern, dass sich seine kleine Cousine in der Großstadt zurechtfindet. Sie sind doch auch ein Südstaatenmädchen, stimmt's, Honey?“

„Nun, von südlich der Mason-Dixon-Linie jedenfalls, Lorelie. Wir sind praktisch Schwestern. So, hier ist Ihr ganz süßer Nick jetzt.“

Mit einem gefährlich nichts sagenden Gesichtsausdruck hielt Freddie Nick den Hörer hin. „Deine Magnolienblüte ist am Telefon.“

Er stellte die Flaschen da ab, wo er gerade stand, und nahm den Hörer entgegen. „Lorelie?“ Ohne Freddie aus den Augen zu lassen, lauschte er. „Ja, ist sie. Nein, aus West Virginia. Ja, nah genug. Äh, hör zu …“ Er wandte Freddie den Rücken zu und senkte die Stimme, während Freddie anfing, leise auf dem Klavier herumzuklimpern. „Ich arbeite im Moment. Nein, nein, heute Abend geht es. Komm gegen sieben in der Bar vorbei.“ Er räusperte sich, wobei er sich fragte, warum er sich so unbehaglich fühlte. „Ich freue mich auch. Ach wirklich?“ Er schaute sich vorsichtig nach Freddie um. „Klingt interessant. Bis heute Abend dann.“

Nachdem er aufgelegt hatte, bückte er sich nach einer der Flaschen, die er auf dem Boden abgestellt hatte. Während er den Verschluss abschraubte und sie Freddie reichte, fragte er sich, warum diese Geste auf ihn wie ein erbärmliches Friedensangebot wirkte. „Es ist schön kalt.“

„Danke.“

Wie ihre Stimme. Eiskalt.

Sie nahm die Flasche entgegen, setzte sie an die Lippen und nahm einen langen Schluck. „Muss ich mich dafür entschuldigen, dass ich dich gestern Abend Lorelie weggenommen habe?“

„Unsinn. Wir sind nicht … sie ist nur … Nein.“

„Es ist wirklich sehr schmeichelhaft, dass du ihr alles über deine kleine Cousine aus West Virginia erzählt hast.“ Freddie stellte die Flasche ab und ließ ihre Finger über die Tasten fliegen. „Ich kann es kaum fassen, dass sie dir so ein erbärmliches Klischee abgekauft hat.“

„Ich habe ihr nur die Wahrheit erzählt.“ Er stand verärgert auf.

„Dass man auf mich aufpassen muss?“

„So habe ich es nicht gesagt. Hör zu, was soll das?

Du wolltest mit mir essen gehen, und ich habe auf deinen Vorschlag hin meine Pläne geändert."

„Beim nächsten Mal sagst du mir einfach, dass du bereits eine Verabredung hast, Nick. Ich habe kein Problem damit, mir etwas anderes vorzunehmen." Erbost stand sie auf und begann ihre Papiere in ihre Aktentasche zu stopfen. „Und ich bin nicht deine kleine Cousine, ebenso wenig, wie ich einen Aufpasser brauche. Das kann jeder sehen, es sei denn, er hätte Tomaten auf den Augen. Ich bin eine erwachsene Frau, die sehr gut allein auf sich aufpassen kann."

„Ich habe nie gesagt, dass du nicht ..."

„Das sagst du ständig." Sie kickte einen Kleiderhaufen beiseite, als sie durch das Zimmer stürmte, um ihre Handtasche zu holen. „Es gibt eine Menge Männer hier, die sich glücklich schätzen würden, mit mir zu Abend zu essen, und es nicht als eine Pflichtübung betrachten."

„Jetzt mach aber mal einen Punkt!"

„Ganz bestimmt nicht." Sie wirbelte so schnell herum, dass ihre blonden Locken flogen. „Du solltest besser genau hinschauen, Nicholas LeBeck. Ich bin nicht mehr die kleine Freddie, und ich will auch nicht wie ein Haustier behandelt werden, dem man zwischendurch den Kopf tätschelt."

Verdutzt fuhr er sich mit der Hand durchs Haar. „He, was ist eigentlich in dich gefahren?"

„Nichts!“ schrie sie, frustriert bis an die Grenze der Erträglichkeit. „Gar nichts, du Idiot. Geh doch zu deiner Südstaatenschönheit und lass dich von ihr trösten.“

Als die Tür ins Schloss fiel, bückte sich Nick nach einer weiteren Flasche Klubsoda für sich selbst. Er konnte nur den Kopf schütteln.

Dabei war sie doch immer so ein liebes Kind gewesen. Er verstand die Welt nicht mehr.

Freddie schüttelte den größten Teil ihrer Wut bei einem langen Spaziergang ab. Als sie sich ruhig genug fühlte, um sprechen zu können, ohne dabei Gift und Galle zu spucken, blieb sie an einer Telefonzelle stehen und rief Sydney an. Das Gespräch half, ihre Laune ein bisschen zu heben.

Anschließend eilte sie energiegeladen und optimistisch, bewaffnet mit einer Adresse, zu einer leer stehenden Zweizimmerwohnung, die drei Häuserblocks vom „Lower the Boom“ entfernt lag.

Die Wohnung war perfekt. Während Freddie das geräumige Wohnzimmer abschritt, sah sie bereits die Möbel vor sich, die sie hineinstellen würde. Ihre erste eigene Wohnung, mit genug Platz für ein Klavier unter dem Fenster und einer Schlafcouch, so dass ihr Bruder oder ihre Schwester sie besuchen und ein paar Tage bleiben konnten.

Und das Beste daran – nah genug, um Nick im Auge behalten zu können.

Nun, wie gefällt dir das, Nicholas? fragte sie sich grinsend, während sie ihren Blick über Manhattan schweifen ließ, das sich unter ihrem Fenster ausbreitete. Ich werde ein bisschen auf dich aufpassen. Ich liebe dich doch so schrecklich, du Idiot.

Seufzend wandte sie sich vom Fenster ab und ging in die Küche. Die Wände brauchten ein bisschen frische Farbe, aber das war kein Problem. Es würde Spaß machen, Töpfe und Pfannen und die richtige Küchenausstattung zu suchen. Sie kochte gerne, und schon als Kind hatte sie es geliebt, in der großen gemütlichen Küche zuhause in West Virginia zu helfen, oder in der kleinen, wunderbar voll gestopften Küche ihrer Großmutter in Brooklyn.

Hier wirst du für Nick kochen, ging es ihr durch den Sinn, während sie mit dem Finger über den glatten Tresen fuhr. Wenn er seine Karten richtig ausspielt. Nein, falsch. Sie lächelte über sich selbst und ihre Ungeduld. Sie war es, die hier die Karten ausspielte, und sie musste sie richtig ausspielen.

Sie war zu unsanft mit ihm umgesprungen, auch wenn er sich wie ein Trottel verhalten hatte. Sie hatte fast ihr halbes Leben damit zugebracht, ihn zu lieben, und er hatte genau dieselbe Menge Zeit damit verbracht, an sie als seine kleine Cousine zu denken – verbunden zwar nicht durch Blutsbande, aber durch die Umstände. Es würde mehr als ein romantisches Dinner und einen Nachmittag gemeinsamer Arbeit brauchen, um dies zu ändern.

Und ändern würde sie es. Die Hände in die Hüften gestemmt, schritt sie ein weiteres Mal wie ein Feldherr ihre neue Wohnung ab. Dass sie dies ändern würde, war ebenso sicher wie die Tatsache, dass sie sich hier ein Leben aufbauen würde, ein Leben nach ihrem eigenen Geschmack. Und wenn sie damit fertig war, würde die Welt, die sie sich erschaffen hatte, angefüllt sein mit Musik, Farben und Liebe.

Und, bei Gott, mit Nick.

Es war fast sieben, als Nick nach unten in die Bar kam. Zack hob eine Augenbraue.

„Eine heiße Verabredung?"

„Lorelie."

„Oh, ja." Jetzt zog Zack auch die andere Braue hoch. „Die große, kurvige Brünette mit dem Samt in der Stimme."

„Genau die." Nick stellte sich hinter die Theke und half Bestellungen auszuführen. „Wir gehen nur kurz essen. Bis Schichtwechsel sind wir wieder zurück."

„Ich kann deine Schicht übernehmen."

„Nein, nicht nötig. Lorelie hängt gern hier rum. Wenn wir zugesperrt haben, lassen wir uns was anderes einfallen."

„Da wette ich drauf. Für Tisch sechs zwei Gezapfte und einen Bourbon."

„Okay."

„He, hast du schon von Freddies neuer Wohnung gehört?"

Nicks Hand blieb über dem Zapfhahn in der Schwebe. „Was denn für eine neue Wohnung?"

„Nur ein paar Häuserblocks von hier entfernt. Den Mietvertrag hat sie schon in der Tasche." Zack füllte eine Schale mit Erdnüssen auf. „Du hast sie eben verpasst. Sie war hier, um zu feiern."

„Hat irgendjemand die Wohnung mit ihr zusammen angeschaut? Mik?"

„Nicht dass ich wüsste. Aber warum auch? Sie hat doch selbst Augen im Kopf."

„Ja, ich schätze schon. Obwohl sie doch besser Rachel wegen des Mietvertrags hätte mitnehmen sollen."

Mit einem Auflachen legte Zack Nick die Hand auf die Schulter. „He, alle jungen Vögel werden irgendwann flügge."

Mit einem Schulterzucken stellte Nick die Getränke am Ende der Bar für die Kellnerin hin. „Dann ist sie also jetzt wieder im Hotel?"

„Nein. Sie ist mit Ben losgezogen."

„Mit Ben." Nick zerknüllte das Tuch, mit dem er eben die Theke abwischen wollte. „Was meinst du damit, dass sie mit Ben losgezogen ist?" Jetzt drehte Nick das Geschirrtuch so, dass es Ähnlichkeit mit einer Schlinge bekam. Seine Augen glitzerten wie Stahl. „Du hast Freddie Ben Stipley vorgestellt?"

„Klar." Zack nickte einer der Kellnerinnen zu und begann eine weitere Bestellung auszuführen. „Er wollte wissen, wer die hübsche Blonde ist, deshalb habe ich die beiden miteinander bekannt gemacht. Sie hatten sofort einen Draht zueinander."

„Einen Draht", wiederholte Nick und zog finster die Augenbrauen zusammen. „Und du lässt sie einfach mit einem Fremden losziehen."

„Mach dich nicht lächerlich, Nick. Ben ist doch kein Fremder. Wir kennen ihn seit Jahren."

„Ja", sagte Nick grimmig, während er sich vorstellte, wie er die Schlinge um Zacks Hals zusammenzog. „Er hängt jeden Abend hier in der Bar herum."

Zack warf ihm einen verdutzten und belustigten Blick zu. „Wir auch."

„Darum geht es nicht, und das weißt du genau." Nick klapperte mit den Flaschen und widerstand der Versuchung, sich selbst einen doppelten Whiskey zu genehmigen. „Ich finde es unmöglich, dass du sie erst auf einen Typ hetzt, um die beiden dann anschließend quietschvergnügt losziehen zu lassen."

„Ich habe sie auf niemanden gehetzt. Ich habe die beiden miteinander bekannt gemacht, ganz wie sich das gehört. Sie haben sich eine Weile unterhalten und anschließend beschlossen, ins Kino zu gehen."

„Ja, richtig." Kino, dachte er. Lachhaft. Welcher Mann, der noch alle fünf Sinne beisammen hatte, würde seine Zeit damit verschwenden, sich mit einer Frau mit großen grauen Augen und einem Mund wie der Himmel einen Film anzuschauen? Oh Gott, dachte er, und sein Magen krampfte sich zusammen angesichts der Vorstellung, dass Freddie Ben Stipley auf Gedeih und Verderb ausgeliefert war. „Verflucht noch mal, Zack, bist du total bescheuert?"

„Also schön, dann sage ich es dir eben. Ich habe sie ihm für fünfhundert Scheine und eine Jahreskarte bei den Yankees verkauft. Mittlerweile hat er sie wahrscheinlich schon in eine Opiumhöhle verschleppt."

Nick schaffte es, seiner lebhaften Fantasie die Zügel anzulegen, mit seiner Wut allerdings hatte er weniger Glück. „Wirklich sehr komisch, Bruder. Wart nur ab, wie komisch es erst wird, wenn er sich über sie hergemacht hat."

Nachdem er die Drinks auf der Theke abgestellt hatte, wandte Zack sich um und schaute seinen Bruder an.

Auf dessen Gesicht spiegelte sich dieselbe blanke Wut, die er schon so oft an ihm gesehen hatte. Nur weil sie ihm unter diesen Umständen so unglaublich fehl am Platz zu sein schien, gelang es ihm, seinen Tonfall ruhig zu halten.

„Hör zu, Nick, du übertreibst maßlos. Du tust gerade so, als wäre Freddie dem personifizierten Bösen in die Hände gefallen. Das ist lachhaft."

„Du musst es ja wissen", brummte Nick.

Verdutzt schüttelte Zack den Kopf. „Nick, du magst Ben. Du warst schon x-mal mit ihm bei den Yankees. Er hat dir sein Auto geliehen, als du letzten Monat nach Long Island fahren wolltest."

„Klar mag ich ihn." Erbost griff Nick sich einen Bierkrug vom Regal und fing an, ihn zu wienern. „Warum sollte ich ihn auch nicht mögen? Aber das hat nichts damit zu tun, dass Freddie sich irgendeinen wildfremden Typen in einer Bar aufliest und mit ihm weiß Gott wohin geht."

Zack trommelte mit den Fingerspitzen auf der Theke herum. „Weißt du was, kleiner Bruder? Jemand, der dich nicht kennt, könnte auf den Gedanken kommen, dass du eifersüchtig bist."

„Eifersüchtig?" Erschreckender Gedanke. „So ein Quatsch. Totaler Quatsch." Nick knallte den Bierkrug auf die Theke und schnappte sich im Vorübergehen den nächsten. Wenn er sich nicht beschäftigte, würde er möglicherweise kurzerhand die Bar verlassen und jedes einzelne Filmtheater in Manhattan nach ihr durchkämmen.

Doch in Zacks Hirn begann sich eine seltsame Idee einzunisten. Er beäugte Nick jetzt noch wachsamer, während er mit dem Gedanken spielte, dass sich sein Bruder in die kleine Freddie Kimball verliebt haben könnte. „Dann erzähl mir doch mal was, das kein Quatsch ist. Was läuft ab zwischen dir und Freddie, Nick?"

„Gar nichts läuft ab." Nick konzentrierte sich auf das Glas, das er polierte und attackierte. „Ich versuche lediglich, ein bisschen auf sie aufzupassen, das ist alles. Und mehr, als man von dir sagen kann."

„Vermutlich hätte ich sie einsperren sollen", überlegte Zack. „Oder als Anstandswauwau mitgehen. Wenn ich das nächste Mal sehe, dass sie sich mit einem Freund von mir unterhält, alarmiere ich auf der Stelle die Polizei."

„Halt die Klappe, Zack."

„Reg dich ab, Nick. Deine Magnolienblüte schwebt gerade ein."

„Na toll." Unter größten Anstrengungen verbannte er Freddie und ihr idiotisches Verhalten in den hintersten Winkel seines Kopfes. Er hatte schließlich ein eigenes Leben, oder etwa nicht? Und Freddie war – sie hatte ihn vor ein paar Stunden erst mit Nachdruck darauf hingewiesen – eine erwachsene Frau.

Er sah zu Lorelie hinüber, die auf die Bar zuschlenderte, und rang sich ein Lächeln ab. Was für eine Frau, dachte er gereizt. Umwerfend sexy, wahnsinnig attraktiv und, wollte man aus der letzten Verabredung Schlüsse ziehen, eindeutig bereit dazu, der Natur ihren Lauf zu lassen.

Sie glitt geschmeidig auf einen Barhocker, warf das seidig schimmernde dunkle Haar zurück und schenkte Nick einen verführerischen Blick aus blauen Augen.

„Hi, Nick. Ich freue mich schon den ganzen Tag auf heute Abend."

Es kostete ihn immense Anstrengung, das Lächeln nicht rutschen zu lassen, als ihn die Erkenntnis urplötzlich und mit der Wucht eines Vorschlaghammers traf: Er hatte nicht mehr das geringste Interesse an der Großzügigkeit und Wärme der Südstaatler.

4. KAPITEL

Nick erschnupperte Kaffee und Frühstücksspeck in dem Moment, als er aus der Dusche trat. Es hätte ihn eigentlich in eine bessere Laune versetzen sollen, aber wenn ein Mann sich aus Sorge um eine Frau die Nacht um die Ohren geschlagen hatte, brauchte es mehr als ein gutes Frühstück, um das Blatt zu wenden.

Sie muss dir eine Menge erklären, beschloss er, als er in sein Schlafzimmer ging. Nachts mit einem Kerl herumzuziehen, den sie in irgendeiner Bar aufgelesen hatte. Sie hatte eine zu gute Erziehung genossen, um so etwas zu tun.

Eine gute Erziehung, um die er sie fast ein bisschen beneidete.

Er hatte diese liebevolle Aufmerksamkeit in seiner Kindheit nicht bekommen. Seine Mutter war immer müde gewesen, und er vermutete, dass sie ein Recht dazu gehabt hatte, da sie ihr Kind allein großziehen musste. Als sie sich mit Zacks altem Herrn zusammengetan hatte, änderte sich das etwas. Es war für eine Weile gut gewesen, auf jeden Fall besser als früher. Sie hatten eine angemessene Wohnung gehabt. Er war nie wieder hungrig gewesen. Und die Verzweiflung, die früher stets in den Augen seiner Mutter gelauert hatte, war daraus gewichen.

Im Nachhinein betrachtet glaubte er sogar, dass sich seine Mutter und Muldoon geliebt hatten – vielleicht nicht leidenschaftlich, vielleicht nicht romantisch, aber genug, um ein gemeinsames Leben zu versuchen.

Der alte Herr hat es zumindest versucht, dachte Nick, während er seine Jeans anzog. Doch er war in seiner Welt gefangen gewesen, ein sturer Bock, der nie mehr sah als die eine Seite der Medaille – seine Seite.

Aber da war immer noch Zack gewesen. Zack mit seiner Geduld, wie Nick sich jetzt erinnerte, ein freundlicher, gutmütiger Junge, der nichts dagegen hatte, dass der Kleine ständig hinter ihm her gestiefelt war. Vielleicht war es die Erinnerung daran, wie Zack ihn gelehrt hatte zu spielen, von der Nick seine Zuneigung und Leichtigkeit im Umgang mit Kindern zurückbehalten hatte.

Durch Zack hatte er gelernt, was es hieß, zu jemandem zu gehören, was es hieß, dass da jemand war, an den man sich wenden konnte, wenn man ihn brauchte.

Aber es war nicht von Dauer gewesen. Sobald Zack alt genug gewesen war, um dem Elternhaus den Rücken zu kehren, war er zur Marine gegangen. Und hatte seinen kleinen Stiefbruder allein gelassen.

Als Nicks Mutter gestorben war, hatten sich die Dinge dramatisch verändert. Nicks Verzweiflung über den Verlust und seine Einsamkeit hatten sich in Rebellion verwandelt, und er hatte die Familie durch die gefährliche Loyalität zu einer Straßengang ersetzt.

So war er ein Cobra geworden, der sich in den Straßen herumtrieb und nach Schwierigkeiten regelrecht suchte. Bis der alte Herr gestorben war und Zack versucht hatte, einen verbitterten, hart gewordenen Jugendlichen aus dem Sumpf zu ziehen.

Nick hatte es ihm nicht leicht gemacht. Bei der Erinnerung daran nistete sich ein bedauerndes Lächeln um seine Mundwinkel ein. Wenn es einen Weg gegeben hätte, mit dem er seinem Stiefbruder dessen Versuche, ihn, Nick, wieder auf die rechte Bahn zu bringen, noch hätte erschweren können, wäre er ihn gegangen. Aber Zack war hartnäckig geblieben. Ebenso wie Rachel. Und der ganze chaotische Stanislaski-Haufen. Sie hatten sein Leben verändert. Vielleicht hatten sie es sogar gerettet.

Und das war etwas, das Nick ihnen allen nie vergessen würde.

Vielleicht war es ja jetzt an ihm, sich zu revanchieren. Freddie mochte zwar die solide Basis haben, an der es ihm in seinen wilden Jugendjahren gemangelt hatte, aber sie hing dennoch in der Luft. Sie brauchte ein bisschen Führung, wie ihm schien.

Und da sich sonst anscheinend niemand für das, was Freddie so trieb, interessierte, blieb es ihm überlassen, sich um sie zu kümmern.

Er band sich sein noch immer feuchtes Haar im Nacken zusammen und zog sich ein Hemd über den Kopf. Vielleicht war sie ja zu naiv, um es besser zu wissen. Er verharrte einen Moment mitten in der Bewegung und dachte nach. Immerhin hatte sie ihr ganzes bisheriges Leben im weichen Schoß ihrer Familie verbracht, in einer verschlafenen Kleinstadt, wo ein Ladendiebstahl für die Schlagzeile auf der Titelseite ausreichte. Aber wenn sie entschlossen war, in New York zu leben, musste sie die Spielregeln schnell lernen. Und er war genau der Richtige, sie ihr beizubringen.

Zutiefst überzeugt von der Richtigkeit seines Tuns, schlenderte Nick in die Küche, um seine erste Lektion zu erteilen.

Freddie stand am Herd und briet Speck, Zwiebeln und Champignons für die Omeletts, für die sie sich, sozusagen als Entschuldigung, entschieden hatte.

Sie war gezwungen gewesen sich einzugestehen, dass es schlicht und ergreifend nur Eifersucht gewesen war. Eifersucht aber war ein kleinmütiges Gefühl und hatte keinen Platz in ihrer Beziehung zu Nick. Er war frei, andere Frauen zu sehen – noch jedenfalls.

Mit Wutausbrüchen würde sie sein Herz nicht gewinnen, so viel stand fest. Sie musste offen, verständnisvoll und großzügig sein. Selbst wenn es sie umbrachte.

Als sie aus dem Augenwinkel heraus sah, dass er zur

Tür hereinkam, drehte sie sich zu ihm um und lächelte ihn strahlend an.

„Guten Morgen. Ich dachte mir, du willst den Tag vielleicht zur Abwechslung mal mit einem traditionellen Frühstück anfangen. Der Kaffee ist fertig. Setz dich, ich gieße dir ein."

Er beäugte sie wie ein geliebtes Haustier, das gelegentlich die Tendenz hatte zu beißen. „Was gibt's denn so, Freddie?"

„Nur Frühstück." Noch immer lächelnd schenkte sie Kaffee ein, dann stellte sie den Teller mit dem Toast und dem Speck auf den Tisch, den sie bereits gedeckt hatte. „Ich dachte mir, ich schulde es dir, nachdem ich mich gestern so schlecht benommen habe."

Das war sein Stichwort. „Also, was das anbelangt, wollte ich auch schon …"

„Ich war total daneben", fuhr sie fort, während sie die geschlagenen Eier in die Pfanne gab. „Ich weiß nicht, was in mich gefahren ist. Die Nerven, vermutlich. Wahrscheinlich war mir bis dahin noch gar nicht klar, wie dramatisch sich mein Leben verändert hat."

„Na ja … ja, vielleicht." Ein bisschen getröstet setzte sich Nick an den Tisch und nahm sich einen knusprig gebratenen Speckstreifen. „Ich verstehe das. Aber du musst vorsichtig sein, Freddie. Es hätte üble Konsequenzen nach sich ziehen können."

„Konsequenzen?“ Verdutzt verquirlte sie die Eier noch einmal in der Pfanne. „Also … ich vermute, du hättest mich wohl rausschmeißen können, aber das wäre ja wohl ein bisschen übertrieben bei so einem kleinen Schlagabtausch.“

„Schlagabtausch?“ Er horchte auf, während sie das Omelett aus der Pfanne auf einen Teller gleiten ließ. „Du hattest einen Streit mit Ben?“

„Mit Ben?“ Sie stellte den Teller vor Nick hin und blieb dann mit dem Fleischwender in der Hand vor ihm stehen. „Ach, Ben! Nein, warum sollte ich? Wie kommst du denn darauf?“

„Na, du hast doch eben gesagt … wovon, zum Teufel, redest du denn nun eigentlich?“

„Von gestern. Dass ich so einen Tanz veranstaltet habe, nachdem Lorelie angerufen hatte.“ Sie legte den Kopf schräg. „Und du? Wovon redest du?“

„Ich rede davon, dass du dich von irgendeinem fremden Typen in einer Bar auflesen lässt. Davon rede ich.“ Nick musterte sie, während er den ersten Bissen von seinem Omelett nahm. Herrgott noch mal, das Mädchen konnte wirklich kochen. „Bist du verrückt oder bloß begriffsstutzig?“

„Wie bitte?“ Ihre guten Vorsätze lösten sich schlagartig in Luft auf. „Redest du davon, dass ich mit einem Freund von Zack im Kino war?“

„Kino. Dass ich nicht lache." Nick schob sich die nächste Gabel in den Mund. „Du bist erst nach eins nach Hause gekommen."

Ihre eine Hand lag auf ihrer Hüfte, mit der anderen hielt sie den Fleischwender eisern umklammert. „Woher weißt du, wann ich nach Hause gekommen bin?"

„Ich war zufälligerweise in der Gegend", sagte er leichthin. „Ich sah, wie du vor dem Hotel aus dem Taxi gestiegen bist. Um Viertel nach eins." Bei der Erinnerung daran, wie er hinter der Straßenecke gelauert und sie mitten in der Nacht in ihr Hotel hatte flitzen sehen, verfinsterte sich seine Laune blitzartig wieder, obwohl sich an seinem Appetit nichts änderte. „Willst du mir jetzt erzählen, dass ihr in einer Doppelvorstellung wart?"

Er streckte gerade die Hand nach der Marmelade für seinen Toast aus, als Freddie den Fleischwender auf seinen Kopf niedersausen ließ.

„He!"

„Du hast sie wohl nicht mehr alle, Nicholas LeBeck! Mir tatsächlich hinterherzuspionieren! Das ist ja wirklich die absolute Höhe!"

„Ich habe dir nicht hinterherspioniert. Ich habe lediglich auf dich aufgepasst, weil du selbst dazu offensichtlich nicht in der Lage bist." Geübt duckte er sich weg, als sie den Fleischwender ein zweites Mal zum Einsatz bringen wollte. „Leg dieses verdammte Ding hin."

„Ich denke gar nicht daran. Wenn ich mir vorstelle, dass ich Gewissensbisse hatte, nur weil ich dich ein bisschen angebrüllt habe."

„Du solltest auch Gewissensbisse haben. Und vor allem solltest du wissen, dass du nicht einfach mit irgendeinem wildfremden Typen losziehen kannst."

„Zack hat uns miteinander bekannt gemacht", begann sie mit eisiger Stimme. „Ich bin dir keine Rechenschaft darüber schuldig, mit wem ich ausgehe."

Das denkst du, konterte Nick in Gedanken. Aber er würde es um nichts in der Welt zulassen, dass sie mit dem erstbesten Barhocker, der ihr über den Weg lief, durch die Gegend zog. Und genau das musste er klarstellen. „Du wirst dich noch vor manch anderem rechtfertigen müssen, aber im Moment bin ich der Einzige, der hier ist. Also, wo warst du, zum Teufel?"

„Du willst wissen, wo ich war? Von mir aus, dann erzähle ich es dir eben. Wir konnten gar nicht schnell genug in seine Wohnung kommen, wo wir es wie die Verrückten getrieben haben. Wir haben sogar ein paar Sachen gemacht, die, soweit ich mich erinnere, in einigen Bundesstaaten noch immer verboten sind."

Seine Augen wurden hart genug, um zu glitzern. Es lag nicht nur daran, was sie sagte, sondern auch, wie sie es sagte. Weitaus schlimmer allerdings war, dass er sich ein Szenario wie das, was sie eben beschrieben hatte, mühelos vorstellen konnte. Nur dass es nicht Ben war, mit dem sie das Gesetz brach, sondern er selbst, Nick LeBeck.

„Das ist nicht komisch, Freddie."

Viel zu verletzt, um die gefährliche Schärfe zu registrieren, die in seiner Stimme mitschwang, fuhr sie ihn an: „Es geht dich nichts an, wohin ich gehe oder mit wem ich meinen Abend verbringe, genauso wenig, wie es mich etwas angeht, ob du deinen mit Scarlett O'Hara verbringst."

„Lorelie", presste er zwischen den Zähnen hervor. Es tat ihm nicht gut, daran erinnert zu werden, dass er den Abend weder mit Lorelie noch sonst jemandem verbracht hatte. „Und es geht mich etwas an. Ich bin verantwortlich für ..."

„Nichts", schnappte Freddie und versetzte ihm mit dem Fleischwender einen Schlag vor die Brust. „Für nichts, kapierst du? Ich bin volljährig, und wenn ich Lust habe, mir sechs Typen auf einen Schlag in einer Bar aufzugabeln, dann geht es dich auch nichts an. Du bist nicht mein Vater, und es wird allerhöchste Zeit, dass du endlich aufhörst, so zu tun, als wärst du es."

„Ich bin nicht dein Vater." Ein tiefes Brummen in seinen Ohren gemahnte ihn daran, dass er kurz davor stand, die Kontrolle zu verlieren. „Dein Vater weiß vielleicht nicht, was leichtsinnigen Frauen passiert. Und ganz sicher kann er dir nicht zeigen, was einer Frau wie dir passiert, wenn sie an den falschen Mann gerät."

„Aber du kannst es."

„Da kannst du sicher sein." Mit einer schnellen Bewegung und so überraschend, dass sie es nicht mehr schaffte, ihm auszuweichen, riss er ihr den Fleischwender aus der Hand und schleuderte ihn in hohem Bogen durch die Küche. Als er gegen die Wand klatschte, riss sie erschrocken die Augen auf.

„Hör auf damit."

„Wie willst du mich dazu bringen?" Nick glitt geschmeidig wie ein Raubtier auf sie zu und drängte sie in eine Ecke. „Willst du um Hilfe schreien? Glaubst du, dass dich irgendjemand hört?"

Er hatte sie noch nie vorher so angeschaut. Niemand hatte sie je so begehrlich und mit solch unterschwelligem Zorn angeschaut. Angst stieg in ihr auf, und ihr Puls begann zu rasen.

„Mach dich nicht lächerlich", sagte sie, verzweifelt um Würde ringend, als er sich mit den Händen rechts und links von ihr an der Wand abstützte. „Ich sagte, du sollst aufhören, Nick."

„Was ist, wenn er nicht auf dich hört?" Er kam noch näher, bis sich sein Körper hart an den ihren presste, bis sie die eiserne, kaum noch im Zaum gehaltene Kraft darin spüren konnte. „Vielleicht gelüstet es ihn nach einer Kostprobe – nach mehr als nur einer Kostprobe. Diese schöne Haut." Er ließ sie nicht aus den Augen, während er ihr mit den Händen über die Arme fuhr. „Er wird sich nehmen, worauf er Lust hat." Jetzt waren seine Hände auf ihren Hüften, kneteten sie. „Wie willst du ihn daran hindern? Was willst du dagegen tun?"

Freddie dachte nicht nach, fragte nichts. Ihre Angst wandelte sich in Erregung. Sie legte ihm die Arme um den Hals. Seine Augen wurden dunkler, und dann lag ihr Mund auf seinem.

Alle in ihr aufgestauten Fantasien entluden sich in diesem Kuss. Sie klammerte sich an Nick, schmiegte sich mit dem ganzen Körper eng an ihn und kostete die Hitzewelle, von der sie überspült wurde, bis zur Neige aus.

Er hielt sie so, wie sie es sich immer erträumt hatte. Fest, ganz fest. Sein Mund war leidenschaftlich, als er von dem ihren Besitz ergriff. Als sich seine Zähne in ihre Unterlippe gruben, wurde sie von einem Schwindel erfasst, dann drang seine Zunge in ihre Mundhöhle ein.

Verlangen. Sie konnte es schmecken. Das überreife, kurz vor der Explosion stehende Verlangen eines Mannes nach einer Frau. Sie hätten Fremde sein können, so neu war diese Entladung von Leidenschaft und Begehren. Sie hätten bereits ein Leben lang Liebende sein können, so fließend war die Choreographie der Bewegungen ihrer Hände, ihrer Münder und Körper.

Er verlor den Kopf. Verlor sich selbst. Ihr Mund war ein Festmahl – fruchtig, süß, herb –, und er war ausgehungert. Es gab so viel zu entdecken – ihren Duft und Geschmack und die Struktur ihrer Haut, so viel mehr als erwartet. Es war alles so viel reicher als in seinen Träumen. Alles öffnete sich für ihn, lud ihn ein, seinen Hunger zu stillen.

Er dachte nicht daran, wer sie waren oder wer sie gewesen waren. Er dachte an gar nichts, nur an die Flamme seines Begehrens, die ihn verschlang, genauso wie er sie verschlang.

Mehr. Sein Verlangen nach mehr trieb ihn vorwärts, als schlüge jemand mit einer Peitsche auf ihn ein. Er drängte sie gegen den Tresen, dann hob er Freddie hoch und setzte sie auf die Arbeitsplatte.

Er hörte, wie sie scharf den Atem einzog, als seine Finger unter ihren Pullover schlüpften und nach ihren Brüsten tasteten. Gleich darauf vernahm er sein eigenes Stöhnen, halb gequält, halb lustvoll, als er sie fand, fest und weich, die Knospen aufgerichtet und hart vor Begehren, während er ihr Herz unter seiner Handfläche pochen spürte.

Sie begann zu zittern. Ein kurzer Schauer, der von ihrem ganzen Körper Besitz ergriff, bis sie vibrierte wie eine gezupfte Gitarrensaite.

Eine Welle von Scham überspülte ihn, ein kalter

grauer Nebel legte sich über seine rot glühende Lust. Zutiefst betroffen über das, was er getan hatte, ließ er seine Hände sinken und trat einen Schritt zurück.

Ihr Atem klang mehr wie ein Schluchzen, und ihre Augen glänzten wie im Fieber, wie er, wütend über sich selbst, registrierte. Noch während er sie anschaute, griff sie, nach Gleichgewicht suchend, nach der Kante des Tresens und klammerte sich so fest, dass ihre Knöchel weiß wurden.

„Es tut mir Leid, Freddie. Bist du okay?“ Als sie nichts sagte, gar nichts, verlegte er sich wieder darauf, wütend zu werden, was es ihm erleichterte, seine Scham abzuwehren. „Falls nicht, hast du es dir selbst zuzuschreiben. Diese Art von Behandlung hast du nämlich zu erwarten, wenn du so weitermachst“, fuhr er sie an. „Wenn jetzt ein anderer an meiner Stelle gewesen wäre, hätte es ein böses Ende nehmen können. Tut mir Leid, dass ich dich erschreckt habe, aber diese Lektion musste ich dir einfach erteilen.“

„Ach ja?“ Obwohl ihr Herz noch immer hämmerte, erholte sich Freddie langsam wieder. Nichts, was sie sich je vorgestellt hatte, war so wundervoll, so aufregend gewesen wie das, was sie eben mit Nick erlebt hatte. Und jetzt machte er alles mit seinen dümmlichen Entschuldigungen und den Lektionen, die er ihr angeblich hatte erteilen wollen, kaputt. „Ich frage mich …“, in der

Hoffnung, ihren Beinen trauen zu können, rutschte sie langsam vom Tresen herunter, „… wer hier wem eine Lektion erteilt hat. Ich habe dich geküsst, Nicholas. Ich habe dich geküsst, und dich hat es regelrecht umgehauen. Du wolltest mich."

Sein Blut summte noch immer. Er schaffte es nicht, den Ton leiser zu stellen. „Lass uns jetzt nicht alles verdrehen, Freddie."

„Einverstanden. Verdrehen wir nichts. Du hast eben nicht deine kleine Cousine geküsst, Nick. Du hast mich geküsst." Jetzt war sie es, die einen Schritt direkt auf ihn zumachte, und er wich zurück. „Und ich habe dich geküsst."

Seine Kehle war plötzlich unerträglich trocken. Wer war diese Frau? Wer war dieser Kobold mit diesen wissenden, wachsamen Augen, wer war sie, die ihm das Innerste nach außen kehrte? „Vielleicht sind uns ja die Dinge für einen Moment aus den Händen geglitten."

„Sind sie nicht."

Dieses Lächeln war ganz einfach zu süffisant und zu weiblich. Es war ein Gesichtsausdruck, den er wieder erkannte, und an einer anderen Frau hätte er ihn wahrscheinlich sogar zu schätzen gewusst. „Es ist nicht richtig, Freddie."

„Warum?"

„Darum." Er ertappte sich dabei, wie er über Gründe stolperte, die ihm nur allzu gut bekannt waren. „Ich muss es dir doch nicht extra buchstabieren." Er griff nach seinem abgestandenen Kaffee und schüttete ihn kalt hinunter.

„Ich denke, es würde dir schon schwer genug fallen, es dir selbst zu buchstabieren." Kampflustig legte Freddie ihren Kopf wieder schräg. „Ich frage mich bloß, was du tun würdest, wenn ich dich jetzt auf der Stelle küssen würde, Nick."

Sie nehmen, dessen war er sich sicher. Er würde sie ohne viel Federlesens direkt hier auf dem Küchenfußboden nehmen. „Lass den Quatsch jetzt, Freddie. Wir müssen uns beide abkühlen."

„Da könntest du Recht haben." Ihre Lippen verzogen sich zu einem honigsüßen Lächeln. „Ich würde sagen, du brauchst ein bisschen Zeit, um dich an den Gedanken zu gewöhnen, dass du dich von mir angezogen fühlst."

„Das habe ich nie behauptet." Er stellte die Tasse wieder hin.

„Es ist nicht immer leicht, Veränderungen zu akzeptieren bei Menschen, die wir zu kennen glauben. Aber ich habe Zeit."

Sie stand völlig bewegungslos, er konnte jedoch spüren, wie sie ihn einkreiste. „Freddie." Er stieß einen langen Atemzug aus. „Ich versuche vernünftig zu sein, allerdings bin ich mir nicht sicher, ob es klappt.“ Er schaute sie mit gerunzelter Stirn an. „Ich bin mir nicht sicher, ob überhaupt irgendetwas klappt. Vielleicht hat sich ja wirklich etwas verändert zwischen uns, aber worin diese Veränderungen auch bestehen mögen, sie tragen dazu bei, dass nicht mehr alles so glatt abläuft wie früher. Wenn wir mit unserer Zusammenarbeit unsere gute alte Freundschaft aufs Spiel setzen …“

„Macht es dich etwa nervös, Nick mit mir zusammenzuarbeiten?“

Keinen Knopf hätte sie mit mehr Erfolg drücken können. Wie sehr er sich auch über die Jahre verändert haben mochte, der rebellische Junge, für den es eine Sache der Ehre war, sich seinen Stolz zu bewahren, war noch immer irgendwo in ihm.

„Selbstverständlich nicht.“

„Schön, dann haben wir ja kein Problem. Aber wenn du Angst hast, du könntest dich nicht davon abhalten – wie hast du es doch so lyrisch ausgedrückt? – ach ja, eine Kostprobe von mir zu nehmen, dann …“

„Ich fasse dich nie mehr an.“

Angesichts der grimmigen Entschlossenheit, die in seiner Stimme mitschwang, lächelte sie nur noch süßer. „Na dann. Ich schlage vor, du machst das Beste aus deinem Frühstück, jetzt, wo es kalt ist. Und dann gehen wir an die Arbeit.“

Er hielt Wort. Sie arbeiteten über Stunden zusammen, und er berührte sie nicht ein einziges Mal. Es kostete ihn viel. Sie hatte so eine Art, ihr Gewicht zu verlagern oder ihren Kopf auf die Seite zu legen, um ihn unter gesenkten Wimpern hervor anzuschauen – lauter Dinge, die einen gesunden Mann um den Verstand bringen konnten.

Am Ende des Tages war Nick sich nicht mehr sicher, ob er noch bei Verstand war.

„Das ist genial", murmelte Freddie mit Blick auf die Noten, die Nick vom Blatt abspielte. „Maddy würde das bestimmt gut rüberbringen."

„Ich habe nie gesagt, dass das Maddys Solo ist", fuhr Nick ungehalten auf, obwohl das nicht der eigentliche Grund war. Der Grund war, dass Freddie seine Gedanken ebenso wie seine Musik viel zu klar lesen zu können schien. Und das beunruhigte ihn. „Vielleicht mache ich ja ein Duett daraus."

„Nein, das machst du nicht", widersprach sie ruhig. „Aber wenn du unbedingt willst, von mir aus." Sie warf ihm einen Blick von der Seite zu. „Mir würde schon ein Text dafür einfallen. Ich fände es zwar nicht gerade genial, aber ich bin anpassungsfähig. Vielleicht solltest du dann aber das Tempo etwas beschleunigen."

„Ich will das Tempo nicht beschleunigen. Es ist gut, so, wie es ist."

„Nicht für ein Duett. Gut, aber was Maddys Solo anbelangt, sollte es vielleicht irgendetwas sein wie … ‚Du lässt mich die Zeit vergessen, es gibt kein Heute, kein Morgen, wenn du …'"

Nick unterbrach sie. „Versuchst du etwa mich auszutricksen, kleine Hexe?"

„Nein. Ich versuche mit dir zu arbeiten." Sie machte sich eine kurze Notiz auf einem der Notenblätter, dann drehte sie sich wieder zu ihm um und lächelte ihn an. wir haben lange gearbeitet, Nick. „Ich glaube, du brauchst eine Pause."

„Ich weiß selbst, wann ich eine Pause brauche." Er schnappte sich das Päckchen Zigaretten, das auf dem Klavier lag, und steckte sich eine an. „Halt einfach nur einen Moment den Schnabel und lass mich das fertig machen, okay?"

„Okay." Freddie rutschte von der Bank herunter. Sie rollte ihre Schultern und streckte sich, während er auf dem Klavier herumklimperte und immer wieder neue Noten auf das Notenblatt schrieb. Die Noten veränderte, wo sie doch beide wussten, dass sie keiner Veränderung bedurften.

Sie registrierte, dass er gegen sie ankämpfte, und es gab nichts, was sie mehr gefreut hätte. Wenn er kämpfte, dann bedeutete dies, dass es da etwas gab, gegen das er sich zur Wehr setzen musste. Versuchsweise legte sie ihre Hände auf seine Schultern und fing an, sie sanft zu massieren.

Er kam in Sekundenschnelle von null auf hundertachtzig. „Finger weg, Freddie."

„Du bist ganz verspannt."

Seine Hände knallten auf die Tasten nieder. „Ich sagte, Finger weg."

„Puh, bist du aber empfindlich", murmelte sie, nahm jedoch die Hände weg. „Ich hole mir etwas Kaltes. Willst du auch was?"

„Bring mir ein Bier."

Sie hob eine Augenbraue, weil sie wusste, dass er bei der Arbeit selten etwas anderes als Kaffee trank. Während sie in der Küche war und ein Bier und eine Limonade öffnete, hörte sie, wie es an der Tür klopfte, dann ertönte eine laute Stimme.

„Du bist verhaftet, auf der Stelle, Schurke", rief Alex Stanislaski durch den Flur. „Zur Strafe dafür, dass du meine arme, kleine Nichte den geschlagenen Nachmittag an einem Klavier ankettest."

„Wo ist der Haftbefehl, Bulle?"

Alex grinste und verpasste Nick eine Kopfnuss. „Ich brauche keinen läppischen Haftbefehl. Wo ist sie, LeBeck?"

„Onkel Alex! Gott sei Dank bist du gekommen!" Freddie stürmte ins Wohnzimmer und warf sich in seine Arme. „Es war grauenhaft. Den ganzen Tag lang nichts als Halbtöne, Halbtöne, Halbtöne."

„Ruhig, Baby, ganz ruhig. Ich bin ja jetzt da." Er gab ihr einen schnellen Kuss, ehe er sie auf Armeslänge von sich abhielt. „Bess hat mir erzählt, dass du hübscher bist denn je. Sie hat Recht. Dieser Junge hat dir schwer zu schaffen gemacht, was?"

„Oh ja." Sie legte ihrem Onkel einen Arm um die Taille und grinste Nick süffisant an. „Ich finde, du solltest ihn wegen seelischer Grausamkeit hinter Gitter bringen."

„Oje, war es wirklich so schlimm? Nun, ich bin hier, um deinen Qualen ein Ende zu bereiten. Was hältst du davon, essen zu gehen?"

„Ich bin begeistert. Dann kannst du mir von deiner Beförderung erzählen, mit der Bess so herumprahlt."

„Ach, das ist doch nichts", wehrte Alex bescheiden ab, wodurch Nick sich veranlasst fühlte, mit dem Spielen aufzuhören und ihm einen Blick über die Schulter zuzuwerfen.

„Das habe ich aber anders gehört." Das Schnauben, das er ausstieß, klang freundlich. „Captain."

„Es ist noch nicht offiziell." Alex schlug Nick auf die Schulter.

„Brutale Gewalt von Polizisten." Da Freddie sein Bier nicht mitgebracht hatte, stand Nick auf, holte es sich selbst und brachte auch noch eines für Alex mit. „Er hat es immer noch auf mich abgesehen."

„Sie hätten dich auf ewig einlochen sollen, nachdem ich dich bei dem Einbruch in das Elektronikgeschäft geschnappt hatte."

„Warum müsst ihr Cops eigentlich alle ein Erinnerungsvermögen wie ein Elefant haben?"

„Das haben wir nur, wenn es um Kanaillen und Schlitzohren geht." Alex lehnte sich lässig gegen das Klavier. „Hörte sich ganz gut an, was ihr da eben gespielt habt. Ihr zwei arbeitet also zusammen an diesem neuen Musical?"

„So sieht es im Moment zumindest aus", antwortete Freddie. „Allerdings hat Nick ein paar Schwierigkeiten damit, seine Rollen als Teampartner und Ersatzvater auseinander zu halten."

„So?"

„Er hat mir letzte Nacht hinterherspioniert, weil ich eine Verabredung hatte."

„Hab ich nicht." Aufgebracht trank Nick einen Schluck Bier. „Sie bildet sich ein, erwachsen zu sein."

Alex sah von einem zum anderen. Die Funken waren nicht zu übersehen, aber er wusste nicht recht, was sie bedeuten sollten. Also räusperte er sich erst einmal. „Ich weiß nicht, mir erscheint sie eigentlich recht erwachsenen."

„Danke, Onkel Alex. Nick, morgen wieder zur gleichen Zeit?"

Seine Antwort war eher ein Brummen. „Ja, sicher."

„Was ist, willst du nicht auch mitkommen?" hakte Alex nach. „Die Einladung war an alle gerichtet. Bess hat beim Italiener einen Tisch bestellt."

„Nein, danke." Nick stellte sein Bier ab und schlug eine Taste an. „Ich habe noch zu tun."

„Mach, was du willst. Komm, Freddie, ich sterbe vor Hunger. Ich habe wieder mal einen lieben langen Tag damit zugebracht, böse Jungs zu jagen."

Forsch drückte sie Nick einen Kuss auf die Wange. „Bis morgen dann."

Alex wartete, bis sie auf der Straße waren, bevor er das Thema, das ihn beschäftigte, ansprach. „Also? Was läuft da ab?"

„Was läuft wo ab?"

„Zwischen dir und Nick."

„Auf jeden Fall nicht das, was ich mir wünsche", gab Freddie freimütig zu. Da ihr Onkel wie vom Donner gerührt stehen blieb, war es wohl ihr überlassen, ein Taxi heranzuwinken.

„Äh … beziehst du dich da auf die professionelle Ebene oder mehr auf das Persönliche?"

„Oh, was das Professionelle betrifft, da haben wir uns gesucht und gefunden. Ich denke, dass wir schon nächste Woche seinem Produzenten etwas fantastisches vorlegen können. Sag mal, sollten wir nicht besser die U-Bahn nehmen? Um diese Tageszeit kriegen wir doch nie ein Taxi."

Er setzte sich wieder in Bewegung und lief neben ihr her zur U-Bahn-Station. „Das heißt also, du meinst das Persönliche?"

„Wie bitte? Ah, ja, stimmt." Sie lächelte ihn an. Die Sonne ging gerade unter und ließ sein dunkles Haar aufleuchten. Für sie sah er aus wie der tapfere Ritter, der gerade von einer siegreichen Schlacht zurückkam. „Ach, Onkel Alex, ich bin so froh, dass ich hier mit euch allen zusammen bin."

„Ja, es ist schön, dich bei uns zu haben. Aber lenk nicht ab. Was genau meinst du mit ‚persönlich'?"

Sie seufzte, aber sie war nicht verärgert. „Genau das, was du befürchtest."

Er stutzte, dann musste er sich beeilen, um Freddie einzuholen, die bereits die Treppen in die U-Bahn-Station hinunterstieg. „Sieh mal … ich weiß, du warst als Kind verknallt in Nick …"

„Das weißt du?" Sie kramte in ihrer Tasche nach Kleingeld.

„Ja, sicher. Wir alle haben es gemerkt. Es war irgendwie süß."

„Nick ist es aber nicht aufgefallen." Sie ließ die Münzen wieder in die Tasche fallen, als Alex zwei Tickets hervorzog.

„Schön, er ist also ein bisschen begriffsstutzig. Aber was ich sagen will, ist … du bist kein Kind mehr."

Sie blieb hinter dem Drehkreuz stehen, legte beide Hände an sein Gesicht und küsste ihn voll auf die Lippen. „Du weißt ja gar nicht, was es mir bedeutet, dass ausgerechnet du das sagst, Onkel Alex. Ich liebe dich wirklich!"

„Ich liebe dich auch, Freddie, aber ich glaube, dir ist nicht ganz klar, was ich damit ausdrücken wollte." Er nahm sie beim Ellbogen und führte sie durch den langen Tunnel.

„Doch, ich weiß, was du meinst. Du machst dir Sorgen, dass ich etwas tun werde, das ich hinterher bedauern könnte. Oder dass Nick es bedauert."

„Sollte er wirklich etwas tun, das er bereut, wird er monatelang kein Klavier mehr spielen können."

Sie lachte amüsiert. „Alles nur heiße Luft. Du liebst ihn doch wie einen Bruder."

Seine golden schimmernden Augen verdunkelten sich. „Das hielte mich aber noch lange nicht davon ab, ihm jeden Finger einzeln zu brechen, wenn er sie nicht von dir lässt."

Sie hielt es für besser zu verschweigen, wo Nicks Finger noch vor wenigen Stunden gelegen hatten. „Onkel Alex, ich liebe ihn.“ Sie lachte hell auf und schüttelte ihr Haar zurück. „Ein wunderbares Gefühl! Du bist der Erste, dem ich es sage. Selbst Dad und Mama wissen es noch nicht.“ Sie kicherte, als sie seine perplexe Miene sah. „Kommt das denn wirklich so überraschend für dich?“

Die Starre löste sich, und er klappte den Mund wieder zu. Er murmelte einen Fluch, während er sie in den mittlerweile eingefahrenen Zug zog. „Freddie, jetzt hör mir mal genau zu …“

„Nein, du hörst mir zu. Bitte.“ Sie griff nach der Stange, um sich festzuhalten, als der Zug anfuhr. „Ich weiß, du denkst, ich würde den Unterschied zwischen einer Teenagerliebe und wahren Gefühlen nicht erkennen. Aber das tue ich, glaube es mir.“ Sie sagte es so ernst und mit solcher Überzeugung, dass er schwieg. „Ich liebe nicht den Jungen, den ich vor all den Jahren zum ersten Mal getroffen habe, Onkel Alex. Ich liebe den Mann, der aus ihm geworden ist. Mit all seinen Fehlern und Schwächen, mit all dem, was gut in ihm ist. Sogar das Rebellische. Ich liebe den ganzen Menschen. Vielleicht weiß er es noch nicht, vielleicht will er es auch nicht akzeptieren oder mich nicht lieben, aber das ändert nichts daran, was ich für ihn fühle.“

Alex atmete schwer aus. „Du bist wirklich erwachsen geworden.“

„Ja, stimmt. Und ich habe lauter gute Beispiele vor Augen. Nicht nur Mama und Dad, sondern auch dich und Bess und alle anderen. Deshalb weiß ich, dass, wenn man nur lange genug und intensiv genug liebt, dann ist es für immer.“

Er konnte dem nicht widersprechen. Was er mit Bess gefunden hatte, war etwas ganz Besonderes, und es wurde mit jedem weiteren Tag besser. „Nick ist für mich genauso wichtig wie jedes andere Familienmitglied“, setzte er vorsichtig an. „Gerade deshalb kann ich dir sagen, dass er kein einfacher Mensch ist. Er trägt Lasten aus der Vergangenheit mit sich herum, die er nicht so leicht abschütteln kann.“

„Das weiß ich. Ich will nicht behaupten, dass ich das alles verstehe, aber ich bin mir im Klaren darüber.“ Sie legte kurz ihre Hand an seine Wange. „Mach dir nicht zu viele Sorgen, Onkel Alex. Und ich möchte gerne, dass das zwischen uns bleibt. Ich würde es noch gern etwas aufschieben, bevor mir die ganze Familie im Nacken sitzt.“

Als Freddie an diesem Abend in ihr Hotelzimmer zurückkehrte, wartete an der Rezeption ein Brief auf sie. Neugierig riss sie den Umschlag auf, während sie im Aufzug nach oben fuhr.

Darin lag ein Brief von Nick.

Also schön, du hast Recht. Es ist Maddys Solo. Morgen will ich den Text sehen. Und zwar einen guten. Ich habe mit Valentine und den anderen Schlips-und-Kragen-Leuten einen Termin vereinbart. Pass auf, dass du nicht alles vermasselst. Nick.

Sie tanzte zu ihrem Zimmer.

Zwei Stunden später stürmte sie die Treppe zu Nicks Wohnung hoch. Sie wusste, dass er in der Bar arbeitete, weshalb sie nicht von ihm gestört werden konnte. Sie setzte sich an seinen Flügel und stellte den Kassettenrecorder an.

„Ich habe deinen Text, Nicholas, und er ist besser als gut. Hör zu."

Angefeuert von ihrer eigenen Begeisterung, sang sie ihren Text zu seiner Melodie. Die Worte waren ihr im Kopf herumgegangen, seit sie zum ersten Mal die Musik gehört hatte. Nun verschmolzen sie mit den Noten, als wären sie zusammen geboren worden.

Nachdem der letzte Takt verklungen war, schloss sie die Augen.

„Was treibst du hier?"

Sie schrak zusammen und fuhr zur Tür herum, wo Nick stand. Er sah nicht sonderlich freundlich aus.

„Ich habe dir eine Nachricht dagelassen. Du wolltest den Song vor dem Meeting. Du hast ihn."

„Ich habe es gehört." Und er hatte gelitten, während er dagestanden und gelauscht hatte, während sie für ihn sang. „Was tust du hier, Freddie? Ist dir eigentlich klar, wie spät es ist?"

„Ungefähr Mitternacht, schätze ich. Ich dachte, du bist unten beschäftigt."

„Bin ich auch. Rio sagte mir, dass du hier bist."

„Du hättest nicht raufzukommen brauchen. Ich wollte nur einfach nicht bis morgen warten. Wie viel hast du gehört?"

„Genug."

„Und?" Ungeduldig schwang sie ihre Beine rittlings über die Klavierbank, um ihn anschauen zu können. „Was sagst du dazu?"

„Schätze, es reicht."

„Na großartig. Ist das alles, was du dazu zu sagen hast?"

„Was willst du denn sonst noch hören?"

Wie Würmer aus der Nase ziehen, dachte sie. Immer. „Was du fühlst."

Er wusste nicht, was er fühlte. Sie zog ihn ständig irgendwie in Gegenden, die er noch nicht erforscht hatte. „Ich denke, dass es erstaunlich lyrisch ist", tastete er sich behutsam vor. „Ein Song, der ans Herz geht. Und ich denke, dass die Leute, wenn sie aus dem Theater rausgehen, ihn noch immer hören."

Sie konnte nicht sprechen. Sie fühlte sich beschämt, als sie merkte, dass sich ihre Augen mit Tränen gefüllt hatten. Hastig senkte sie die Lider und starrte auf ihre ineinander verschlungenen Finger. „Dass du das sagst, hätte ich nicht erwartet."

„Du weißt selbst, dass du Talent hast, Freddie."

„Ja. Zumindest habe ich mir das immer eingeredet." Ruhiger geworden, schaute sie wieder auf. Ihr Herz machte einen kleinen Satz, als sich ihre Blicke begegneten. „Ich habe mir in den letzten Jahren eine Menge eingeredet, Nick. Dinge, die oftmals die Nacht, in der ich sie mir eingeredet habe, nicht überlebten. Aber das, was du eben gesagt hast, wird bleiben, was auch immer geschehen mag."

Er konnte seinen Blick nicht von ihr abwenden und merkte kaum, dass er auf sie zuging. „Ich fahre morgen zu Valentine und zeige ihm, was wir bis jetzt haben. Du hast morgen frei."

„Ich könnte ja meinen Umzug vorbereiten, damit ich nicht vor lauter Nervosität sterbe."

„Prima." Als ob sie zu jemand anderem gehörte, streckte sich ihr seine Hand entgegen und zog sie auf die Füße. Das einzige Licht im Raum kam von der Lampe, die auf dem Klavier stand. Ihr Schein hüllte sie beide in weiche Schatten ein. „Du hättest heute Nacht nicht mehr hierher kommen sollen."

„Warum?"

„Ich denke zu viel an dich. Und nicht so, wie ich früher an dich gedacht habe."

„Die Zeiten ändern sich", sagte sie mit leicht bebender Stimme. „Und die Menschen auch."

„Man will es aber nicht, und sie ändern sich nicht immer zum Besseren. Dies hier ist keinesfalls eine Änderung zum Besseren", raunte er, während sich sein Mund auf den ihren herabsenkte.

Es war nicht so übersteigert diesmal. Sie war seelisch darauf vorbereitet, doch diesmal wurde es ein langsamer, tiefer und leise verzweifelter Kuss. Anstatt sich vom Sturm davontragen zu lassen, wurde ihr Körper einfach nur schlaff und schmolz dahin wie Kerzenwachs unter der Flamme.

Es war die Unschuld, die er spürte. Ihre Unschuld, die keine Chance hatte gegen sein eigenes, ihn unbarmherzig vorwärts treibendes Begehren. Die Bilder, die ihm durch den Kopf schossen, erregten, verwirrten und beschämten ihn.

„Ich habe mein Versprechen gebrochen", murmelte er und löste sich unter Schwierigkeiten von ihr. „Ich habe gesagt, ich würde dich nie wieder anfassen."

„Ich will aber, dass du mich anfasst."

„Ich weiß." Er ließ seine Hände fest auf ihren Schultern liegen, weil sie leicht schwankte. „Ich möchte, dass du jetzt in dein Hotel gehst. Ich melde mich morgen, wenn ich zurück bin."

„Du willst, dass ich bleibe", flüsterte sie. „Du willst mit mir zusammen sein."

„Nein, das will ich nicht." Das zumindest war die Wahrheit. Er wollte es nicht, selbst wenn er es so schrecklich zu brauchen schien. „Wir sind eine Familie, Freddie, und es lässt uns aussehen wie Verräter. Ich werde das nicht alles kaputt machen. Und du auch nicht." Er wich einen Schritt zurück. „So, und jetzt will ich, dass du nach unten gehst und dir von Rio ein Taxi rufen lässt."

Jeder Nerv in ihrem Körper befand sich in Alarmzustand. Doch obwohl sie am liebsten vor Frustration laut aufgeschrien hätte, sah sie die Besorgnis, die sich in seinen Augen widerspiegelte. „Also gut, Nick. Ich warte, bis ich etwas von dir höre."

Sie ging zur Tür, wo sie noch einmal stehen blieb und sich umdrehte. „Aber du wirst weiterhin an mich denken. Zu viel. Und es gibt keinen Weg, die Uhr zurückzudrehen."

Als die Tür hinter ihr ins Schloss fiel, ließ er sich auf dem Klavierhocker nieder. Sie hat Recht, dachte er, während er sich mit der Hand übers Gesicht fuhr. Nichts würde jemals wieder so werden, wie es einmal war.

5. KAPITEL

Das sonntägliche Essen bei den Stanislaskis war weder eine leise noch eine sehr gemessene oder gar würdevolle Angelegenheit. Seit dem frühen Nachmittag schallten fröhliches Kindergelächter, hitzige Erwachsenendebatten und lautes Hundegebell durch die Räume, die köstlichsten Gerüche wehten durch die Luft.

Das alte Haus wurde bis in seine Grundfesten erschüttert, die Wände ächzten, um all die vielen Menschen aufzunehmen. Mikhails und Sydneys Haus in Connecticut war wesentlich größer, Rachels und Zacks Wohnung wesentlich bequemer und Alex' und Bess' Loft wesentlich geräumiger. Aber niemand wäre je auf die Idee gekommen, diese Sonntagstradition des Familienessens an einen anderen Ort als das Heim von Yuri und Nadia zu verlegen.

Denn dieses wunderbare alte Haus, das schier aus seinen Nähten zu platzen schien, war für alle Mitglieder der Familie „Zuhause", ganz unabhängig davon, wo jeder lebte oder arbeitete.

Mit diesem Gedanken quetschte Freddie sich zwischen Sydney und Zack auf das alte Sofa.

„Hoch!" verlangte deren Tochter Laurel und streckte die Ärmchen in die Luft.

„Dann komm her!“ Freddie hob die Kleine schwungvoll auf den Schoß und wippte sie auf den Knien.

„Und? Wie gefällt dir die Wohnung?“ Sydney konnte nicht widerstehen und strich ihrem Sohn kurz über den wirren Haarschopf, als der an ihr vorbeiraste, um seinen Cousin zu fangen.

„Sie ist einfach toll. Ich kann dir gar nicht genug danken. Es ist genau das, was ich mir vorgestellt hatte. Die Größe, die Gegend …“

„Das freut mich.“ Sydney beobachtete mit Adleraugen ihren Ältesten. Neuerdings schien es ihm diebischen Spaß zu machen, seine Schwester zu ärgern. Nicht dass sie sich um Moira Sorgen zu machen brauchte. Die Kleine hatte einen kräftigen linken Schwinger. „Griff“, rief Sydney streng. Dieses eine Wort und ein mahnender Blick ließen den Jungen noch einmal überdenken, ob es sich wirklich lohnte, sein Vorhaben durchzuführen und seine Schwester an dem langen Pferdeschwanz zu ziehen.

„Wie sieht es mit Möbeln aus?“

„Ich schaue mich um, aber eher halbherzig.“ Von oben ertönte ein markerschütterndes Kriegsgeheul, gleich darauf folgte ein lauter dumpfer Knall, aber niemand im Raum zuckte auch nur mit der Wimper. „Im Moment habe ich mir nur hier und da ein paar Dinge angesehen. Nächste Woche, wenn ich einziehe, werde ich mich wohl gründlicher darum kümmern.“

„Ich kenne da einen Laden im Zentrum, die haben günstige Teppichangebote. Ich werde dir die Adresse raussuchen. Äh, Zack …?“

„Hm?“ Der Angesprochene riss den Blick von dem Football-Spiel auf dem Fernseher los und folgte dem Blick seiner Frau in die Richtung, wo sein Jüngster einen Stuhl an den Schrank gezogen hatte, auf dem Yuri die Türe mit den Weingummis aufbewahrte.

„Vergiss es, Gideon.“

Gideon strahlte. „Nur eines, Daddy. Papa hat gesagt, ich darf eines haben.“

„Das glaube ich dir ungesehen.“ Zack erhob sich, schnappte sich seinen Sohn und warf ihn durch die Luft zu Sydney. „Hier, Mom, fang auf.“

Erfahrung und Reflex ließen Sydney reagieren. Mit festen Griff packte sie zu und hielt ihren kichernden Sohn dann kopfüber fest, während sie sich weiter mit Freddie unterhielt. „So, wo bleibt denn unser temperamentvoller Nick?“

Genau die Frage, die Freddie sich schon die ganze Zeit stellte. „Er wird sicher bald eintrudeln. Er verpasst nie ein Essen. Ich habe gestern noch mit ihm geredet.“

Und er hatte sich schlichtweg geweigert, ihr auch nur mit einem Wort anzudeuten, was der Produzent wohl zu ihrer Zusammenarbeit sagen würde. Das Warten war unerträglich.

Dabei sollte ich mich doch mittlerweile daran gewöhnt haben, dachte sie mit einem heimlichen Seufzer. Schließlich wartete sie schon seit mehr als zehn Jahren auf Nick.

Sie ließ die Gespräche und den Lärm an sich vorbeiziehen, dann erhob sie sich und ging in die Küche. Langjährige Erfahrung hatte sie gelehrt, die verschiedenen Kinderkörper auf dem Boden und vergessene Spielzeuge zu umgehen.

Bess saß am Küchentisch und legte letzte Hand an einen frischen Salat in einer riesigen Schüssel, während Nadia am Herd stand.

Ein wunderbarer Raum, dachte Freddie, als sie sich umsah. Kein Quadratzentimeter Arbeitsplatz war bei den Essensvorbereitungen frei geblieben, an der Kühlschranktür hingen unzählige farbenfrohe Zeichnungen, die die Kinder ihren Großeltern geschenkt hatten. Etwas köchelte immer auf diesem Herd, und die Keksdose war nie leer.

Es sind diese kleinen Dinge, dachte sie, die ein Heim ausmachen. Eines Tages würde sie auch so eine Küche haben, das schwor sie sich. Und eine eigene Familie, die sich dort versammeln würde.

„Hi, Grandma." Sie drückte Nadia einen Kuss auf die Wange und sog den leisen Lavendelgeruch ein. „Kann ich helfen?"

„Nein. Setz dich und trink deinen Wein. Es gibt schon zu viele Köche in meiner Küche."

Bess zwinkerte Freddie zu. „Ich darf nur hier sein, weil ich Unterricht kriege. Nadia ist der Meinung, ich müsste endlich mehr zu Stande bringen als nur das Telefon zu benutzen, um Essen zu ordern."

„Alle meine Kinder können kochen", stellte Nadia voller Stolz klar.

„Nick aber nicht." Freddie stibitze sich ein Radieschen, während Nadia nicht hinsah.

„Ich habe nicht gesagt, dass sie gut kochen können." Nadia rührte weiter den Kuchenteig. Ihr Haar war mittlerweile eisgrau geworden, aber ihr Gesicht war immer noch schön. Das Alter hatte Falten in dieses Antlitz gezeichnet, aber keine einzige davon war eine Kummerfalte. Sie drehte sich um und zeigte mit dem Rührlöffel auf Bess. „Wenn du es gelernt hast, wirst du es deinen Kindern beibringen."

Bess schüttelte sich theatralisch. „Ein grässlicher Gedanke. Gerade letzte Woche hat Carmen eine ganze Tüte Mehl über ihrem Kopf ausgeschüttet und dann auch noch Eier hinzugegeben."

Nadia lächelte. „Du musst es ihnen richtig beibringen. Deinen Söhnen auch. Freddie, machst du Hühnchen Kiew, wie ich es dir gezeigt habe?"

„Ja, Grandma." Sie konnte nicht anders, sie warf

Bess einen triumphierenden Blick zu. „Wenn ich in der neuen Wohnung eingezogen bin, werde ich dich und Papa zum Essen einladen."

„Angeberin", presste Bess zwischen zusammengepressten Zähnen hervor.

Aus dem Wohnzimmer drangen Begrüßungsrufe herüber, der Geräuschpegel stieg.

„Nick ist da", sagte sie und prüfte den Braten im Ofen. „Wir können gleich essen."

Und schon schwang die Küchentür auf. Nick, einen großen Strauß Margeriten in der Hand, ein Kleinkind auf dem Arm, ein anderes, das sich an sein Bein klammerte, kam strahlend zur Tür herein, küsste Nadia auf die Wange und reichte ihr den Strauß. „Tut mir Leid, dass ich zu spät komme."

„Du bringst mir die Blumen nur, damit ich dich nicht ausschimpfe."

Er grinste breit. „Sicher. Und? Geht meine Rechnung auf?"

Nadia lachte. „Du bist ein Spitzbube, Nicholas. Stell sie ins Wasser. Nimm die gute Vase."

Mit den Kindern im Schlepptau ging er zum Schrank. „Hm, Sonntagsbraten", er rieb seine Nase an Laurels Wange, die vergnügt aufquietschte. „Das riecht fast so gut wie kleine Mädchen."

„Nimm mich auch auf den Arm, Nick."

Er sah auf den kleinen Jungen herunter, der eifrig an seiner Hose zupfte. „Warte, bis ich wieder eine Hand frei habe, Kyle."

„Kyle, lass Nick in Ruhe." Bess nahm das Glas Saft entgegen, das Freddie ihr reichte.

„Aber Mom, er hebt Laurel doch auch hoch."

„Warte, nur einen Augenblick." Nick stellte die Margeriten ins Wasser und hob den Jungen auf den zweiten Arm. Dann drehte er sich zu Freddie um. „Na, Kleine? Wie sieht's aus?"

„Sag du mir, wie's aussieht. Hast du von dem Produzenten gehört?"

„Es ist Sonntag", erinnerte er sie. „Er ist mit seiner Familie in die Hamptons gefahren oder nach Bar Harbor oder sonstwohin. Er wird sich sicher in ein paar Tagen melden."

In ein paar Tagen. Bis dahin würde sie vor Aufregung längst geplatzt sein. „Er muss doch irgendeine Reaktion gezeigt haben."

„Nein, eigentlich nicht."

„Hat er sich das Tape angehört?"

Nick kitzelte Kyle, der begeistert kicherte. „Natürlich hat er es sich angehört."

Dann streckte Kyle die Arme nach Freddie aus, und sie setzte ihn automatisch auf ihre Hüfte. „Und? Ich meine, was hat er gesagt, nachdem er es gehört hat?"

„Nicht viel.“

Sie nahm sich zusammen, um nicht laut aufzuschreien. „Er muss doch irgendwas gesagt haben. Irgendeine Andeutung.“

Nick zuckte nur die Schultern und griff nach einer Karottenscheibe aus der Salatschüssel. Bess haute ihm blitzschnell auf die Finger.

„Mein Gott, Bess, wem soll das schon auffallen, wenn das Stückchen fehlt?“

„Mir. Ich kreiere hier eine Komposition aus Farben und Form. Hier, nimm die.“ Sie hielt ihm eine ganze Möhre hin.

„Danke. Also“, wandte er sich wieder an Freddie, „warum beschäftigst du dich nicht erst mal mit deiner Wohnung?“ Er beobachtete sie genau, während er genüsslich an der Möhre knabberte. Es gefiel ihm, wie ihre grauen Augen dunkler wurden, wie Gewitterwolken, und die Unterlippe sich ein klitzekleines bisschen vorschob, wenn sie ihre Wut zu kontrollieren suchte. „Kauf dir den ganzen Kram, den du brauchst. Ich lass von mir hören, sobald ich etwas weiß.“

„Und ich soll also einfach warten?“

Als wollte er sein Mitgefühl bekunden, legte Kyle seinen Kopf an Freddies Schulter. „Ich soll einfach warten?“ ahmte er sie nach.

„Es wird dir wohl nichts anderes übrig bleiben. Und

komm ja nicht auf die Idee, Valentine selbst anzurufen. Ob er nur ein Freund der Familie ist oder nicht, so funktioniert das nicht bei mir."

Es brodelte in ihr, denn genau das hatte sie vorgehabt. „Es kann doch nichts schaden, wenn ..."

„Nein", sagte er nur, gab die Möhre an Laurel weiter und ging mit ihr hinaus.

„Sturer, rechthaberischer Maulheld", zischte Freddie ihm nach.

„Maulheld! Maulheld!" Das Wort gefiel Kyle ganz offensichtlich.

„Tante Bess, wenn du Beziehungen hast, benutzt du sie doch auch, oder?"

Das Schneiden eines Champignons schien plötzlich Bess' ganze Aufmerksamkeit zu erfordern. „Also, so langsam kriege ich es raus. Das muss aus dem Handgelenk kommen ..."

„Angeberischer Idiot", fauchte Freddie unter angehaltenem Atem.

„Idiot!" stimmte Kyle entzückt zu und ließ sich von ihr aus der Küche tragen.

„Gestern noch Kinder, und heute sind sie schon erwachsen", bemerkte Nadia.

„Es ist gar nicht so leicht, erwachsen zu werden."

Nachdenklich rollte Nadia den Kuchenteig aus. „Er schaut sie mit diesem Blick an."

Bess hob den Kopf. Sie war nicht sicher gewesen, ob es Nadia aufgefallen war. Aber sie hätte es besser wissen müssen. Nadia entging nichts, was ihre Familie betraf.

„Und sie sieht genauso zurück“, sagte sie

Die beiden Frauen lächelten sich verschwörerisch an und nickten.

„Sie würde ihn dazu bringen, das Beste aus sich herauszuholen.“

Bess nickte. „Und er würde ihren übermäßigen Ehrgeiz ein wenig zügeln.“

„Er hat so ein gutes Herz. Und große Sehnsucht nach einer Familie.“

„Das haben sie beide.“

„Das ist gut.“

Bess hob ihr Saftglas und trank. „Also wirklich, es ist einfach großartig.“

Das war nur das erste in einer Reihe von Gesprächen, die Freddie und Nick entsetzt hätten, wenn sie sie hätten hören können.

In der Loft kuschelte Bess sich enger in Alex’ Arm und gähnte herzhaft. Das erste Drittel einer Schwangerschaft machte sie immer so herrlich träge und faul.

„Alexej?“

„Hm?“ Er strich ihr über den Kopf, mit den Gedanken halb bei den laufenden Nachrichten im Fernseher, der im Schlafzimmer stand, halb bei dem Fall, an dem er gerade arbeitete. „Brauchst du etwas? Im Kühlschrank sind noch Erdbeeren. Oder saure Gurken."

„Eigentlich ..." Sie überlegte kurz, dann schüttelte sie den Kopf. „Nein, heute sind wir zwei ganz zufrieden." Sie lächelte, als er mit der Hand über ihren noch flachen Bauch streichelte. „Ich habe nur gerade an Freddie und Nick denken müssen."

Das Versprechen, das er seiner Nichte gegeben hatte, wog schwer auf seinen Schultern. „Was ist mit den beiden?" fragte er vorsichtig.

„Meinst du, sie wissen schon, dass sie verrückt nacheinander sind, oder stecken sie noch in dieser ‚Keine-Ahnung-was-hier abläuft'-Phase?"

„Was?" Er setzte sich auf und sah auf seine Frau mit den verführerisch schläfrigen Augen und dem wirren Haar herunter. „Wie bitte?"

„Ich bin mir noch nicht sicher." Sie rückte ganz selbstverständlich nach und passte sich seiner neuen Haltung an. „Wahrscheinlich ist es für beide ein bisschen unangenehm, unter den gegebenen Umständen."

Alex atmete schwer aus. Wieso ließ er sich immer wieder von Bess' forscher Art dazu verleiten zu glauben, ihr fehle der Blick für die Nuancen? „Wie kommst du darauf, dass sie verrückt nacheinander sein könnten?"

Ihre Energie reichte gerade noch dazu, ein Auge zu

öffnen. „Wie oft muss ich es dir noch sagen? Schriftsteller können genauso gut beobachten wie Cops. Du hast es doch auch bemerkt, oder nicht? Die Art, wie sich sie ansehen? Wie sie sich umkreisen?“

„Mag sein.“ Er wusste immer noch nicht, ob ihm die Vorstellung wirklich gefiel. „Jemand sollte Natasha einen Wink geben.“

Bess schnaubte träge. „Alexej, verglichen mit einer Mutter sind Schriftsteller und Cops harmlose Anfänger.“ Sie schmiegte sich noch näher an ihn. „Was sagtest du? Erdbeeren?“

Am anderen Ende der Stadt sahen Rachel und Zack noch ein letztes Mal nach ihren schlafenden Kindern. Rachel nahm ihrer Tochter die Kopfhörer ab, während Zack den verschlissenen Teddybären wieder fest in ihren Arm klemmte. Die Gegensätze eines heranwachsenden Mädchens, dachte Rachel – Rockmusik und Kuscheltiere.

„Sie ähnelt dir mit jedem Tag mehr“, murmelte Zack, während sie nebeneinander standen und gemeinsam auf ihre Älteste hinuntersahen.

„Nur das Kinn, das hat sie von dir. Stur wie ein Maulesel. Wie du!“

Arm in Arm gingen sie in den nächsten Raum, den ihre beiden Söhne sich teilten. Beide seufzten hilflos auf. Inmitten der verschiedenen Haufen von Kleidungsstücken, Spielzeugen, Modellflugzeugen, Skateboards, Fußbällen und Ähnlichem war ein Etagenbett auszumachen, in dem zwei kleine Körper lagen. Auf dem oberen Bett hingen Jakes Arm und ein Bein gefährlich weit über den Rand der Matratze, und nur einem Überstunden machenden Schutzengel konnte es zu verdanken sein, dass er bisher noch nicht herausgerollt und auf einen der verschiedenen Stapel gefallen und darin verschollen war.

Rachel schob ihn wieder in die richtige Position, was er mit einem verschlafenen Brummen bedachte. „Bist du sicher, dass das wirklich unsere Kinder sind?“ fragte sie ihren Mann leise.

„Jeden Tag stelle ich mir die gleiche Frage. Ich habe Gideon dabei erwischt, wie er Miks Kindern vorschlug, sie sollten Bettlaken zusammenknoten und damit von Yuris Dach springen. Er wollte sie davon überzeugen, dass sie dann bis nach Manhattan und wieder zurück fliegen könnten.“

Rachel schloss die Augen. „Behalte das lieber für dich. Manche Dinge will ich gar nicht wissen.“ Im unteren Bett zog sie die Bettdecke von Gideons Gesicht und musste feststellen, dass seine Füße auf dem Kopfkissen lagen. Also versuchte sie es mit dem anderen Ende.

„Ich wollte dich noch fragen, was du von Nick und Freddie hältst?“

„Dass sie zusammen arbeiten? Ich finde es großartig.“ Zack stieß einen erstickten Fluch aus, als er mit dem Zeh gegen den Propeller eines Modellflugzeugs stieß. „Verdammt!“

„Ich hatte dich doch gewarnt, dass du dieses Zimmer am besten nur mit Werkschuhen betreten solltest. Aber ich meinte nicht die Arbeit, ich wollte wissen, wie du über die Romanze denkst.“

Mit einer Hand massierte er seinen geschundenen Zeh. „Romanze? Welche Romanze?“

„Nick und Freddie.“

Wie im Zeitlupentempo richtete er sich auf. „Wovon redest du da eigentlich?“

„Ich rede davon, dass Freddie völlig in Nick vernarrt ist. Und darüber, dass er ständig die Hände in die Hosentaschen steckt, sobald sie in der Nähe ist. So als hätte er Angst, dass er sie einfach packen und …“

„Moment! Jetzt aber mal Halt!“ Da er lauter geworden war, legte sie ihm rasch die Hand über den Mund. Er griff sie beim Arm und zog sie in die Diele hinaus. „Willst du mir etwa damit sagen, die beiden zeigen Interesse für einander?“

„Über das Stadium von Interesse sind die beiden schon längst hinaus.“ Rachel neigte den Kopf und sah ihren Mann amüsiert an. „Was ist los, Muldoon? Machst du dir Sorgen um deinen kleinen Bruder?“

„Nein. Ja. Nein …“ Frustriert fuhr er sich durchs Haar. „Bist du dir sicher?“

„Sicher bin ich mir sicher. Und wenn du nicht so darauf eingefahren wärst, in Nick nur den rebellischen Teenager zu sehen, wäre es dir auch aufgefallen.“

Zack ließ die Schultern sacken und lehnte sich an die Wand. „Wahrscheinlich habe ich es gesehen. Er hat sich so komisch benommen, als sie mit einem Freund von ihm ausgegangen ist.“

Rachel grinste. „Eifersüchtig, was? Zu schade, dass ich das verpasst habe.“

„Er hätte mich am liebsten erwürgt, weil ich die beiden miteinander bekannt gemacht habe.“ Ganz langsam zeichnete sich ein Lächeln auf Zacks Lippen ab, dann lachte er herzhaft auf. „Da schau her! Freddie und Nick. Wer hätte das gedacht!“

„Jeder, der Augen im Kopf hat. Sie himmelt ihn doch schon seit Jahren an.“

„Stimmt. Sie ist wirklich niedlich, aber das heißt lange nicht, dass sie sich so leicht herumschubsen lässt. Ich würde sagen, mein kleiner Bruder steckt tief in der Patsche.“ Er sah seine Frau an. Ihr Haar war offen und fiel ihr weich ums Gesicht. Sie trug nur einen hauchzarten Morgenmantel, der zudem noch die Unart hatte, ihr ständig ein wenig von der rechten Schulter zu rutschen. Sein Grinsen wurde breiter. „Und da wir gerade von Romanze sprechen, Euer Ehren … mir ist da gerade etwas eingefallen, das, so hoffe ich, die Zustimmung des Gerichts finden wird."

Er flüsterte ihr etwas ins Ohr, das sie erst die Augenbrauen heben ließ und sie dann zum Lachen brachte. „Nun, Muldoon, das ist eine sehr interessante Eingabe. Warum besprechen wir das nicht ausführlicher in meinen Räumen?"

„Ich fürchtete schon, du würdest nie fragen."

In dem großen Haus in Connecticut lag Sydney auf ihrem Mann. Ihr Herz schlug immer noch rasend, ihr Blut jubelte laut in ihren Ohren.

Unglaublich, dachte sie zufrieden. Nach all diesen Jahren konnte sie immer noch nicht verstehen, wie dieser Mann es schaffte, ihren Körper so in Ekstase zu versetzen. Sie wollte es auch gar nicht verstehen.

„Ist dir kalt?" Mikhail streichelte ihr träge über den nackten Rücken.

„Soll das ein Witz sein, mein Lieber?" Sie hob ihr Gesicht, ihre Wangen glühten immer noch, und hielt seinen Blick fest. „Du bist so unbeschreiblich schön, Mikhail."

„Fang nicht wieder damit an."

Sie lachte leise und zog eine Spur von kleinen Küssen über seine Brust. „Ich liebe dich."

„Also damit darfst du ruhig weitermachen." Er stieß einen zufriedenen Seufzer aus, als sie sich in seinen Arm kuschelte und sie gemeinsam eine Weile schweigend die Schatten betrachteten, die das flackernde Kerzenlicht auf die Wände warf.

„Meinst du, dass wir bald für die nächste Hochzeit planen müssen?"

Sydney brachte nicht nachzufragen, von welcher Hochzeit er sprach, sie wusste, was er meinte. Und von wem. „Nick ist sich seiner Sache noch nicht so sicher, aber Freddie wird ihm schon noch die Augen öffnen. Es ist süß, die beiden zu beobachten, wie sie einander auskundschaften und abschätzen."

„Das erinnert mich an ein anderes Paar", bemerkte er nachdenklich.

Sie hob den Kopf und lächelte ihn an. „So?"

„Du warst verdammt stur, *mela moja*."

„Und du warst verdammt arrogant."

„Stimmt." Er fühlte sich überhaupt nicht beleidigt. „Wenn ich weniger selbstsicher und entschieden gewesen wäre, wärst du als alte Jungfer geendet, verheiratet mit deinem Job." Er lachte, als sie ihn gespielt entrüstet auf die Schulter knuffte. „Aber ich habe dich vor diesem schlimmen Schicksal bewahrt."

„Und wer wird dich jetzt davor bewahren?“ Mit einem Lachen rollte sie sich auf ihn.

Freddie hatte keine Ahnung davon, worüber ihre Familie sprach, und so griff sie tänzelnd vor Aufregung nach ihrem eben erst angeschlossenen schnurlosen Telefon und drückte eine Nummer. Ihr Vater war bestimmt noch in der Schule, aber ihre Mutter würde sie in dem Spielzeugladen erreichen.

„Mama.“ Den Hörer umklammernd, drehte sie sich einmal im Kreis, dann ging sie von ihrem Wohnzimmer ins Schlafzimmer. „Rate mal, wo ich bin. Ja.“ Ihr Lachen hallte durch die fast leeren Räume. „Es ist wundervoll. Ich kann es gar nicht erwarten, bis ihr es endlich zu sehen bekommt. Ja, ich weiß, zum Hochzeitstag. Oh ja, alles läuft bestens.“ Sie tanzte einen kleinen Boogie-Woogie auf der Perserbrücke, die sie in dem Geschäft erstanden hatte, von dem ihr Sydney erzählt hatte. „Ich habe sie alle am Sonntag getroffen. Grandma hat Schmorbraten gemacht. Ein Geschenk?“ Sie hielt in ihrem improvisierten Tanz inne. „Von Dad? Ja, ich bin den ganzen Tag hier. Was ist es denn?“

Sie verdrehte die Augen zur Decke und begann wieder zu tanzen. „Also schön. Dann wird mir wohl nichts anderes übrig bleiben, als mich in Geduld zu üben. Ja, die Teller sind angekommen. Danke. Sie haben auf dem

Küchenregal einen Ehrenplatz bekommen. Ein paar Sachen habe ich mir schon gekauft."

Sie schnappte sich ein Plätzchen aus einer Tüte auf dem Küchentresen und tanzte dann vergnügt wieder zurück ins Wohnzimmer. „Nein, ich kaufe mir hier ein Bett. Ich will, dass mein Bett in meinem alten Zimmer bleibt, sonst komme ich mir vor wie ausquartiert. Und sag Brandon, dass ich noch nicht zu den Yankees gekommen bin, aber ich hoffe, dass ich es zum Spiel nächste Woche schaffe. Und ich habe schon Karten fürs Ballett."

Zwei Karten, dachte sie. Sie würde mit Nick hingehen, selbst wenn die Welt unterging.

„Oh, und sag Dad … ach, nein, sag ihm einfach nur einen schönen Gruß. Es gibt so viel zu erzählen, aber das muss warten, bis ihr raufkommt, und … warte, es hat eben geklingelt, ich will nur rasch nachschauen … ja, Mama", sagte sie mit einem Lächeln. „Bleib einen Moment dran. Ja?" rief sie in die Gegensprechanlage.

„Miss Frederica Kimball? Eine Lieferung für Sie."

„Papa?"

„Was glaubst du denn? Frank Sinatra?"

„Komm rauf, Frankie. Ich wohne in 5 D."

„Ich weiß, wo du wohnst, Mädchen."

„Ja, es ist Papa", sagte Freddie ins Telefon. „Er will dir nur rasch Hallo sagen, falls du noch eine Sekunde

Zeit hast.“ Sie war schon dabei, ihre Tür aufzumachen. „Du solltest es sehen, Mama … Ich habe einen Wahnsinnsaufzug, mit schmiedeeisernen Verzierungen und allem Drum und Dran. Und meine Nachbarin auf dem Flur gegenüber ist eine brotlose Dichterin, die nur Schwarz trägt und mit vornehm britischem Akzent spricht. Ich glaube nicht, dass sie jemals Schuhe trägt. Oh, hier kommt der Aufzug. Papa!“

Es war nicht nur Yuri. Hinter ihm kam Mikhail, der eine riesige Kiste schleppte.

„Töpfe und Pfannen“, sagte Mikhail, als er die Kiste mit einem gefährlich klingenden Krachen abstellte. „Deine Grandma befürchtet, dass du nichts hast, womit du kochen kannst.“

„Danke. Mama ist am Telefon.“

„Gib sie mir.“ Mikhail schnappte sich den Hörer in dem Moment, in dem ihr Großvater Freddie in seine Arme zog.

Yuri war ein großer, breit gebauter Mann, der sie drückte, als läge ihr letztes Wiedersehen Jahre und nicht erst ein paar Tage zurück.

„Wie geht es meiner Kleinen?“

„Wundervoll.“ Er roch nach Pfefferminz, Tabak und Schweiß, eine Mischung, die sie wohl ihr ganzes Leben lang mit Liebe und Geborgenheit in Verbindung bringen würde. „Komm, ich mache eine Führung mit dir.“

Yuri rückte seinen Gürtel gerade und schaute sich in ihrem Wohnzimmer um. „Du brauchst Regale."

„Stimmt." Sie klimperte mit den Wimpern. „Tatsächlich habe ich mir schon den Kopf darüber zerbrochen, wo ich einen fähigen Tischler auftreiben könnte, der ein bisschen Zeit …"

„Ich baue dir deine Regale. Wo sind deine Möbel?"

„Ich kaufe sie mir nach und nach."

„Ich habe einen Tisch in meinem Laden. Er passt gut hier rein."

Er marschierte zu den Fenstern, überprüfte die Verriegelung und ob sie sich ohne Schwierigkeiten öffnen und schließen ließen.

„Gut", verkündete er. Dann untersuchte er gründlich die Fußleisten und wollte eben seine Aufmerksamkeit der Arbeitsplatte in der Küche zuwenden, als Nick hereingeschlendert kam. „Kommst du, um beim Ausladen der Kisten zu helfen?" fragte Yuri.

„Nein." Nick überreichte Freddie ein großes, weiß blühendes afrikanisches Veilchen. „Ein kleines Einstandsgeschenk."

Sie hätte sich nicht mehr freuen können, wenn er auf den Knien hereingerutscht gekommen wäre, mit einem Diamanten von der Größe eines Scheinwerfers in der Hand. „Es ist wundervoll."

„Ich habe mich daran erinnert, dass du Zimmerpflanzen magst.“ Mit Händen, die sich bereits in seinen Hosentaschen in Sicherheit gebracht hatten, schaute er sich um. „Hattest du nicht etwas von einer kleinen Wohnung gesagt?“

Er schüttelte fassungslos den Kopf. In diese Wohnung passte seine zweimal rein. So viel zur Wahrnehmungsweise der Reichen und Privilegierten. „Du solltest aber auf keine Fall deine Wohnungstür offen stehen lassen.“

Sie hob empört die Augenbrauen. „Ich bin doch nicht allein.“

„He, Papa, Tash will mit dir reden. Freddie, hast du irgendwas zu trinken da?“

„Im Kühlschrank“, antwortete sie Mikhail, ohne Nick aus den Augen zu lassen. „Dann bist du also hier, um meiner Wohnung den LeBeck-Segen zu erteilen?“

„So ungefähr.“ Er schlenderte vom Wohnzimmer ins Schlafzimmer hinüber, in dem nicht mehr als ein Schrank, der bereits voll gestopft war mit Kleidern, und ein paar Kisten standen. Auf dem Boden lag ein Teppich, der wahrscheinlich so viel gekostet hatte wie seine Miete fürs ganze Jahr.

„Wo wirst du schlafen?“

„Ich warte auf eine Schlafcouch, die heute geliefert werden soll. Mit dem richtigen Bett möchte ich mir noch Zeit lassen.“

„Hmm.“ Gefährlich, dachte er und begab sich wieder nach nebenan ins Wohnzimmer. An ihr Bett zu denken. Sein Bett. Irgendein Bett. Mit ihr drin. „Die Fenster solltest du besser immer verriegelt lassen“, riet er. „Diese Feuerleiter ist eine Einladung.“

„Ich bin kein Idiot, Nicholas.“

„Nein, nur grün hinter den Ohren.“ Er schaute gerade rechtzeitig auf, um die Mineralwasserdose aufzufangen, die Mikhail ihm zugeworfen hatte. „Du brauchst ein Sicherheitsschloss an dieser Tür.“

„Der Schlosser kommt um zwei. Sonst noch was, Daddy?“

Er warf ihr nur einen finsteren Blick zu. Er brütete noch immer über einer angemessenen Retourkutsche, als der Türsummer erneut ertönte. Offensichtlich eine weitere Lieferung für Miss Kimball.

„Vielleicht ist es ja das Sofa“, überlegte Freddie laut, während Nick sich eine Zigarette ansteckte und sich nach einem Aschenbecher umschaute. Freddie fand für ihn eine Seifenschale aus Porzellan, die geformt war wie ein Schwan.

Aber es war nicht das Sofa. Es war alles andere als ein Sofa. Der Mund blieb Freddie offen stehen, als drei muskelbepackte Männer schnaufend einen Konzertflügel in ihre Wohnung hievten.

„Wo soll er hin, Lady?“

„Oh Gott! Oh, mein Gott. Dad." Ihre Augen füllten sich mit Tränen.

„Stellen Sie ihn dort drüben hin", sagte Nick, während Freddie schniefte und sich ihre Wangen abwischte. „Ein Steinway", registrierte er und freute sich für sie. „Typisch. Nur das Beste für unsere kleine Freddie."

„Halt die Klappe, Nick." Noch immer schniefend, nahm Freddie Yuri das Telefon aus der Hand. „Mama. Oh, Mama ..."

Du hättest mit den anderen gehen sollen, sagte sich Nick, als er sich dreißig Minuten später mit Freddie allein wiederfand. Sie war, immer wieder unterbrochen von glückseligen Aufschluchzern, damit beschäftigt, das herrliche Instrument zu stimmen.

„Hör doch endlich auf zu weinen, ja?" Unbehaglich auf der neuen Klavierbank herumrutschend, schlug Nick das hohe C an.

„Es gibt eben Menschen, die haben Gefühle und schämen sich auch nicht, sie zu zeigen. Los mach schon, gib mir ein A."

„Gott, was für ein Instrument", murmelte er. „Dagegen hört sich mein kleines Piano wie ein verrosteter Blecheimer an."

Sie schaute ihn an, während sie einen Akkord anschlug. Sie wussten beide, dass er sein Klavier durch ein Instrument ersetzen könnte, das genauso großartig war wie dieses hier. Aber er hing an ihm.

„Sieht ganz danach aus, als könnten wir hier auch arbeiten, wenn wir es wollen." Sie wartete einen Herzschlag lang, streckte die Finger, versuchte sich an einem Arpeggio. „Falls wir etwas zu arbeiten haben."

„Ja, so ungefähr." Entzückt von dem Flügel, begann Nick einen Blues zu improvisieren. „Hör doch nur, was für ein Klang."

„Ich höre es." Ebenso begeistert wie er griff sie seine Melodie auf und spielte die zweite Stimme.

„Na, wie findest du das?"

„Hmm. Oh, übrigens, du hast dir einen Vertrag verschafft, Freddie. Bis Ende der Woche hast du ihn in der Tasche. Du hast an Tempo verloren", beschwerte er sich, als sie mitten in der Bewegung innehielt. „Spiel weiter."

Sie saß nur da, die Hände still auf den Tasten, und schaute ins Leere. „Ich kann nicht atmen."

„Hol ganz tief Luft und lass sie dann wieder raus."

„Ich kann nicht." Sie beugte sich vor und legte den Kopf zwischen die Knie. „Es gefällt ihnen", brachte sie mühsam heraus, während Nick ihr auf den Rücken klopfte.

„Sie sind begeistert. Valentine hat mir erzählt, dass Maddy sagte, es wäre die beste Eröffnungsnummer ihrer Laufbahn, und sie will mehr. Und von dem Lovesong ist sie auch sehr angetan. Aber natürlich war es meine Melodie, auf die sie abgefahren ist."

„Red kein Blech, LeBeck." Trotz ihres scharfen Tonfalls waren ihre Augen schon wieder feucht, als sie den Kopf hob.

„Mach dich nicht schon wieder nass. Du bist jetzt ein Profi."

„Ich bin ein Songwriter." Überglücklich warf sie sich ihm an den Hals. „Wir sind ein Team."

„Sieht ganz danach aus." Er fand sich mit dem Gesicht in ihrem Haar wieder. „Du musst aufhören, dieses Zeugs zu tragen."

„Was für ein Zeugs?"

„Dieses Parfum. Es lenkt mich ab."

Sie war zu überwältigt von ihrem Glück, um Vorsicht walten zu lassen. „Ich liebe es, dich abzulenken." Sie ließ ihre Lippen über seinen Hals wandern, bis sie auf sein empfindsames Ohrläppchen trafen.

Fast wäre es ihm nicht gelungen, sein schlagartig aufsteigendes Begehren zu unterdrücken. Um ein Haar hätte er sie geküsst. Er fluchte. „Lass das." Er ergriff sie bei den Schultern und drückte sie zurück. „Das hier ist eine Arbeitsbeziehung, möchte ich betonen. Ich will nicht, dass wir die Dinge vernebeln."

„Vernebeln? Womit?"

„Mit Hormonen“, präzisierte er. „Ich denke nicht mehr mit den Drüsen, Freddie, aus dem Alter bin ich raus. Und du solltest es auch nicht.“

Sie fuhr sich mit der Zungenspitze über die Lippen. „Ist irgendwas mit deinen Drüsen, Nicholas?“

„Hör auf damit.“ Er erhob sich, um etwas Distanz zwischen sich und sie zu bringen. „Was wir brauchen, sind ein paar Grundregeln.“

„Fein.“ Sie schaffte es nicht, ihr Lächeln zu unterdrücken. „Und die wären?“

„Ich werde sie dich zu gegebener Zeit wissen lassen. Bis dahin sind wir Partner. Geschäftspartner.“ Er entschied, dass es nicht weise wäre, die Vereinbarung per Handschlag zu besiegeln. Nicht bei diesen weichen, schmalen, unglaublich sensiblen Händen. „Profis.“

„Profis“, stimmte sie zu. Sie legte den Kopf schräg und schlug die Beine geschmeidig übereinander, was ihn veranlasste, eingehend einen Punkt über ihrem Kopf zu betrachten. „Und wann fangen wir an … Partner zu sein?“

6. KAPITEL

Nick wusste, dass Freddie mit ihren Gedanken nicht bei der Arbeit war. Fast zwei Wochen lang waren sie ohne größere Störungen klargekommen, aber je näher der Tag rückte, an dem ihre Familie zur Feier von Nadias und Yuris Hochzeitstag nach New York kommen sollte, desto unkonzentrierter wurde sie.

Er hatte nicht vorgehabt, sie anzuschnauzen, wirklich nicht, aber die Art, wie ihre Gedanken pfeilschnell von einem Thema zum anderen schossen – ein neues Rezept für Appetithäppchen, das sie Rio unbedingt noch geben musste, die Art-deco-Lampe, die sie sich für ihr Wohnzimmer angeschafft hatte, der zungenbrecherische, sprunghafte Text, den sie für eine Nummer im zweiten Akt abgeliefert hatte –, von richtiger Arbeit konnte beim besten Willen keine Rede mehr sein. Und das schon seit drei Stunden.

„Sag mal, warum gehst du nicht einfach einkaufen, lässt dir die Nägel maniküren oder machst sonst irgendetwas ganz Wichtiges?"

Freddie warf ihm einen ausdruckslosen Blick zu und zwang sich, nicht schon wieder auf die Uhr zu schauen. Ihre Familie würde in weniger als drei Stunden eintreffen. Sie war aufgeregt.

„Wir sind eine Verpflichtung eingegangen. Ich nehme meine Verpflichtungen ernst."

„Ich auch. Ich rede nur von ein paar Stunden."

„Ein paar Stunden hier, ein paar Stunden da." Er weigerte sich, sie anzuschauen, als er die Hand ausstreckte, um eine Note auf dem Notenblatt vor ihnen zu verändern. „Es waren eine Menge Stunden in den letzten Tagen." Er griff nach seiner Zigarette, die im Aschenbecher vor sich hinqualmte, und inhalierte tief. „Es muss die Hölle sein, wenn einem bei seinem Hobby immer wieder sein soziales Leben in die Quere kommt."

Sie holte tief Atem in der Hoffnung, es würde helfen. Es half nicht. „Es muss die Hölle sein, wenn einem beim Ausleben seiner Kreativität immer wieder scheinheilige Bemerkungen in die Quere kommen." Dieser Hieb hatte gesessen, genau wie sie es beabsichtigt hatte.

„Warum versuchst du nicht einfach, deinen Job zu machen? Ich kann dich schließlich nicht an den Haaren herbeizerren", revanchierte er sich erbost.

Jetzt kam ihr Atem zischend heraus. „Mich braucht niemand an den Haaren herbeizuzerren. Ich bin hier, oder etwa nicht?"

„Ausnahmsweise." Er warf die Zigarette in den Aschenbecher, wo sie weiter vor sich hinqualmte. „Und warum versuchst du dann nicht, dich ein bisschen zu konzentrieren, damit wir weiterkommen? Nicht jeder hat Daddys Geld im Rücken, manche Leute müssen sich ihren Lebensunterhalt mit eigener Hände Arbeit verdienen."

„Das ist unfair."

„Das ist Tatsache, Kleine. Und ich will keine Partnerin, die nur Songwriter spielt, solange es in ihren Terminkalender reinpasst."

Freddie drehte sich halb um, um ihn besser anschauen zu können. „Ich arbeite genauso hart wie du, sieben Tage die Woche, seit fast drei Wochen jetzt."

„Außer wenn du dir gerade Bettwäsche oder Lampen kaufen oder darauf warten musst, dass dein Bett geliefert wird."

Er köderte sie ganz bewusst, und sie schluckte den Köder. „Wenn du dich nicht geweigert hättest, in meiner Wohnung zu arbeiten, hätte ich mir dafür nicht freizunehmen brauchen."

„Ja, toll. In dem ganzen Dreck von Yuris Sägespänen und dem Höllenlärm, den er veranstaltet."

„Ich brauche nun mal Regale." Sie tat ihr Bestes, ihren Zorn im Zaum zu halten, während er dem seinen die Sporen zu geben schien. „Und es war ja wohl kaum mein Fehler, dass das Bett drei Stunden später als angekündigt kam. Immerhin habe ich in dieser Zeit den Refrain des ersten Solos im zweiten Akt fertig gemacht."

„Ich habe dir gesagt, dass es Arbeit ist.“ Ohne eine Antwort abzuwarten, begann Nick wieder zu spielen.

„Und das Solo ist gut.“

„Es bedarf der Überarbeitung.“

Sie atmete laut aus, aber sie ließ sich nicht dazu herab, ihm zu widersprechen. „Also schön, ich feile weiter daran. Es würde helfen, wenn die Melodie nicht so flach wäre.“

Das war der Gipfel. „Erzähl mir nicht, dass die Melodie flach ist!“ explodierte er. „Wenn du nicht genügend Fantasie hast, um dir einen Text dafür einfallen zu lassen, mache ich es eben selbst.“

„Ach wirklich? Wo du doch mit Worten so ein glückliches Händchen hast.“ Ihre Worte trieften förmlich vor Sarkasmus, als sie sich erhob. „Nur zu, Lord Byron, schreiben Sie uns ein Gedicht.“

Er schien sie mit Blicken erdolchen zu wollen. „Komm mir jetzt nicht mit deiner vornehmen Erziehung, Freddie. Ein College besucht zu haben bedeutet noch lange nicht, dass man ein guter Texter ist, und Beziehungen nützen da auch nichts. Ich habe dir eine Verschnaufpause gegeben, und die hättest du wenigstens nutzen können.“

„Du gibst mir eine Verschnaufpause.“ In ihrer Stimme schwang ein Grollen mit, wild und gefährlich. „Du eingebildeter, überheblicher Idiot! Alles, was du mir gegeben hast, ist Kummer. Ich gebe mir meine Verschnaufpausen selber. Dafür brauche ich dich nicht. Und wenn dir meine Arbeitsgewohnheiten nicht passen oder die Ergebnisse, beschwer dich doch beim Produzenten über mich."

Sie stürmte durchs Zimmer, wobei sie unterwegs ihre Handtasche einsammelte.

„Wo, zum Teufel, willst du hin?"

„Mir die Nägel maniküren lassen", schoss sie zurück und war schon an der Tür.

„Wir sind noch nicht fertig. Los, setz dich wieder hin und tu, wofür man dich bezahlt."

Sie wollte schon hinausstürmen, dann aber entschied sie sich für einen würdevolleren Abgang. „Lass uns eines ein für alle Mal klarstellen. Wir sind Partner, Nicholas, und das bedeutet, dass du nicht mein Boss bist. Verwechsle die Tatsache, dass ich dir bis jetzt erlaubt habe, den Ton anzugeben, bitte nicht mit Unterordnung."

„Du hast mir erlaubt, den Ton anzugeben?" fragte Nick reichlich fassungslos. „Soll das ein Witz sein?"

„Überhaupt nicht. Es ist völlig korrekt. Ebenso wie ich deine sprunghaften Launen, deine Schlamperei und deine Angewohnheit, bis in die Puppen zu schlafen, hingenommen habe. Das sind alles Dinge, die ich toleriert habe in der Annahme, dass sie zu deiner Kreativität eben dazugehören. Ich arbeite hier in diesem Saustall, in dem du lebst, richte meinen Terminkalender nach deinen Bedürfnissen aus, ja, ich bemühe mich sogar, das Äußerste aus zweitklassigen Melodien herauszuholen. Zu all dem bin ich bereit. Aber ich bin nicht bereit, mir hässliche Bemerkungen, Beleidigungen oder gar Drohungen anzuhören."

Seine Augen glitzerten jetzt. Zu einem anderen Zeitpunkt hätte sie vielleicht die goldenen Einsprengsel in dem Grün bewundert. „Niemand droht dir, lass dir das gesagt sein. So, und wenn du dich jetzt beruhigt hast, können wir ja wieder an die Arbeit gehen."

Sie boxte ihm ihren Ellbogen in die Rippen, wobei sie seinen Rat beherzigte, die ganze Körperkraft in einen solchen Stoß zu legen. Er schwankte noch, als sie die Tür aufriss.

„Scher dich zum Teufel, du blöder Idiot!" zischte sie fuchsteufelswild und knallte ihm beinahe die Tür ins Gesicht.

Er wäre fast, um ein Haar, hinter ihr her gerannt. Aber er war sich todsicher, dass er sie dann entweder erwürgen oder ins Bett zerren würde. Beides wäre ein Fehler gewesen.

Was ist bloß in sie gefahren? rätselte er, während er sich seine schmerzenden Rippen rieb und wieder zum Klavier zurückging. Das Mädchen, das er gekannt hatte, war immer leicht lenkbar, fast ein bisschen scheu gewesen und so sanft wie ein Sonnenaufgang.

Das zeigte wieder einmal, was passierte, wenn aus kleinen Mädchen Frauen wurden. Ein bisschen konstruktive Kritik reichte aus, um sie zu Furien werden zu lassen.

Verdammt, der Refrain musste überarbeitet werden. Der Text entsprach nicht ihrem üblichen Niveau. Und er war der Erste, der bereit war zuzugeben, dass ihr Niveau erstaunlich hoch war.

Gedankenverloren strich er mit der Hand über die Kante des Klaviers. Nun ja, vielleicht hatte er das bisher noch nicht zugegeben. Nicht richtig jedenfalls. Aber schließlich wusste sie doch, wie er dachte. Sie musste es einfach wissen.

Übellaunig versuchte er sich den Kopfschmerz wegzumassieren, der sich hinter seiner Stirn einzunisten begann. Vielleicht war er ja ein bisschen hart mit ihr umgesprungen, aber sie brauchte ab und zu eine feste Hand. Schließlich war sie ihr ganzes Leben verhätschelt worden, oder etwa nicht? Dies zeigte sich schon allein darin, wie sie ohne mit der Wimper zu zucken ihre Prioritäten verlagerte.

Wie lange brauchte man, um sich in einer neuen Wohnung einzurichten? Wie viele Möbel musste man sich anschaffen? Nach Rachels und Zacks Auszug hatte er sich innerhalb von ein paar Stunden hier heimisch gemacht.

Nick runzelte die Stirn, drehte sich um und ließ seinen Blick durch das Zimmer schweifen. Also schön, es war vielleicht ein bisschen unordentlich, aber er fühlte sich wohl.

Nein, diese Wohnung war ein Saustall. Er hatte ja vorgehabt aufzuräumen, doch wozu der Aufwand, wenn es ohnehin wieder unordentlich wurde? Und er hatte geplant, die Wände zu weißeln und vielleicht irgendwann diesen Stuhl mit dem abgebrochenen Bein rauszuschmeißen.

Es war keine große Sache, er konnte es an einem Wochenende schaffen. Er brauchte nicht so einen Palast, wie Freddie ihn sich ein paar Häuserblocks weiter hinstellte. Er konnte überall arbeiten.

Es war nur ärgerlich, dass, je mehr Zeit sie in diesen Räumen verbrachte, diese Räume ihm umso vergammelter vorkamen. Aber das ging nur ihn etwas an, und er brauchte ihre spitzen Bemerkungen über die Art, wie er lebte, nicht.

Entschlossen, sie aus seinen Gedanken zu verbannen, begann er wieder zu spielen. Als er bei der dritten Zeile angelangt war, hatte sich sein Gesicht vollends verfinstert.

Verdammt, die Melodie war flach.

Freddie legte in ihrer Wohnung letzte Hand an den Begrüßungsimbiss, den sie für ihre Familie vorbereitet hatte. Fast begann sie es schon zu bereuen, dass sie nicht eine größere Wohnung gemietet hatte. Wenn sie zwei Schlafzimmer hätte, könnte die ganze Familie bei ihr übernachten, statt sich bei Alex und Bess einquartieren zu müssen.

Nun, zumindest hatte sie noch ein bisschen Zeit für sich, ehe das Fest anfing. Und sie wollte, dass alles perfekt war.

Das ist genau dein Problem. Ihre Schultern fielen herab, während sie den Käse und die Früchte auf dem Teller arrangierte. Immer muss alles perfekt sein, um dich zufrieden zu stellen. Gut ist nicht genug. Wundervoll ist nicht genug. Perfekt muss es sein, ansonsten gehört es rausgeschmissen.

Sie hatte Nick gerade eben fertig gemacht, weil er nicht perfekt war.

Obwohl er es verdient hatte, wie sie sich eilig versicherte. Sie als ein verwöhntes Gör hinzustellen, das nur nach Lust und Laune arbeitete! Das hatte wehgetan, vor allem deshalb, weil sie sich nach seiner Achtung ebenso sehnte wie nach seiner Liebe. Und noch mehr schmerzte es, dass er nicht zu begreifen schien, wie viel ihr das alles bedeutete.

Natürlich war es aufregend, jetzt in New York zu

wohnen, aber es war ihr auch schwer gefallen, von Zuhause wegzugehen. Den Text für ein Musical zu schreiben war ihr Traum gewesen, aber es war auch harte Arbeit. Und die Möglichkeit eines Misserfolges schwebte wie ein Damoklesschwert über ihrem Kopf.

Wusste er denn nicht, dass sie, wenn sie als seine Partnerin versagte, in allem versagen würde, was sie sich je in ihrem Leben gewünscht hatte? Es war nicht einfach nur ein Job für sie, und ganz gewiss war es kein Hobby, so wie er behauptet hatte. Es war schlicht und ergreifend ihr Leben.

Diese Überlegungen bewirkten, dass ihre Augen anfingen zu brennen. Sie zwang sich, ihre Gedanken auf den vor ihr liegenden Abend zu richten.

Es würde perfekt werden … Sie fluchte leise, als sie sich fast in den Finger anstatt die Selleriestange geschnitten hätte. Die ganze Familie in einem Raum, um den Hochzeitstag zweier Menschen zu feiern, die sich ihr ganzes Leben lang geliebt hatten und sich immer noch liebten, miteinander schwere Zeiten überstanden hatten und gute Zeiten miteinander teilten. Da es ihr wichtig war, hatte sie einen Großteil der Planung für Yuris und Nadia Hochzeitstag selbst übernommen. Sie hatte die Blumen ausgewählt und bestellt, hatte Rio bei der Menüzusammenstellung geholfen und sich um unzählige andere Details gekümmert.

Während Nick wie üblich den Morgen verschlafen hatte, hatte sie das „Lower the Boom“ dekoriert. Sie und Rachel und Zack hatten erst alles geschrubbt, bis jeder Quadratzentimeter glänzte. Bess hatte ihr geholfen, die Luftballons aufzuhängen, und Alex hatte sich eine Stunde freigenommen, um auch ein bisschen mit anzupacken. Sydney und Mikhail waren vorbeigekommen, um bei Rio in der Küche Hand anzulegen.

Alle hatten geholfen. Bis auf Nick. Er hatte nicht einmal seine Unterstüztung angeboten.

Nein, sie würde nicht wieder an ihn denken. Jetzt würde sie nur noch daran denken, wie sie alle zusammen ihren Großeltern den Abend so schön wie möglich gestalten konnten.

Als der Summer ertönte, raste sie an die Tür, jedoch nicht, ohne sich vorher noch einmal umzudrehen, um zu überprüfen, ob auch alles an Ort und Stelle war.

„Ja?“

„Hallo, Mädchen! Die Kimball-Crew meldet sich vollzählig zur Stelle.“

„Dad! Ihr seid früh dran. Kommt rauf, kommt schnell rauf. Fünfter Stock.“

„Wir sind schon unterwegs.“

Freddie beeilte sich, das Sicherheitsschloss zu öffnen und die Kette zu lösen. Sie konnte nicht abwarten, sie rannte hinaus zum Aufzug und trat nervös von einem

Fuß auf den anderen, sobald sie hörte, dass der Lift sich in Bewegung setzte.

Sie erblickte sie hinter der schmiedeeisernen Gittertür, als die Kabine anhielt. Ihr Vater mit dem hellen Haar, in dem sich die ersten grauen Strähnen zeigten, die lebenslustigen dunklen Augen ihrer Mutter, Brandon, dem die Baseballkappe schief über den Ohren saß, und Katie, die sich bereits aufgeregt an den Gitterstäben zu schaffen machte, um sie zurückzuziehen.

„Freddie, eine tolle Gegend!“ Katie, mittlerweile so groß wie ihre Schwester, umarmte sie stürmisch. „Auf der anderen Straßenseite ist ein Ballett-Studio. Ich hab sie durch das große Fenster tanzen sehen.“

„Na und?“ tat Brandon schnöde ab. „Gibt's was zu essen?“

„Steht alles bereit“, versicherte Freddie. Brandon ist eine wahrlich Aufsehen erregende Mischung von Mom und Dad, dachte sie. „Die Tür ist offen“, sagte sie, als er sie mit einem knappen Kuss begrüßte und sich an ihr vorbeischob.

„Dad.“ Sie kicherte vergnügt, als er sie hochhob und mit strahlenden Augen betrachtete. „Ach, es ist so schön, euch alle hier zu haben.“ Und sie blinzelte Tränen zurück, als sie sich in Natashas offene Arme warf. „Ich habe euch schrecklich vermisst.“

„Das Haus ist nicht mehr dasselbe, seit du weg bist.“

Natasha genoss die Umarmung, dann hielt sie Freddie von sich ab. „Sieh dich nur an! So schlank, so elegant. Spence, wo ist unser kleines Mädchen geblieben?"

„Sie muss irgendwo da drinnen sein." Er beugte sich vor und küsste seine Tochter auf die Wange. „Wir haben dir etwas mitgebracht."

„Noch mehr Geschenke?" Lachend legte sie beide Arme um ihre Eltern und führte sie in die Wohnung. „Ich habe den Flügel noch nicht richtig verdaut, Dad. Ein wunderschönes Instrument."

Er nickte, als er das dunkle Holz im Sonnenlicht schimmern sah, das durch das Fenster hereinfiel. „Du hast den richtigen Platz gewählt."

Sie wollte gerade sagen, dass Nick den Platz ausgesucht hatte, schüttelte dann aber nur den Kopf. „Es könnte gar keinen falschen Platz geben."

„Hast du auch was anderes da als Karnickelfutter?" Brandon kam aus der Küche, eine Selleriestange in der Hand.

„Du kannst dich nachher auf der Feier voll stopfen."

„Mama! Dad! Kommt her", rief Katie aus dem Schlafzimmer. „Das müsst ihr euch ansehen."

„Mein Bett", erklärte Freddie ihren verdutzten Eltern. „Es ist gestern geliefert worden."

Es war wirklich ein prachtvolles Stück. Da der Raum geräumig genug war, hatte sie sich auch den Luxus eines großen Betts geleistet. Die Messingstäbe, dekoriert mit Blumenmotiven und kleinen Vögeln, hatten bereits Patina angesetzt, was dem Ganzen einen fast antiken Eindruck verlieh.

„Wow!“ war alles, was Brandon dazu sagte, den Mund voll mit dem ach so gering geschätzten Kaninchenfutter.

„Wie aus einem Märchen“, murmelte Natasha.

„Genau.“ Freddie fuhr strahlend mit einem Finger über das Fußende. Wenn jemand das Gefühl nachempfinden konnte, das sie beim Anblick dieses Betts empfunden hatte, dann ihre Mutter. „Und Papa hat die Regale gebaut, damit ich Onkel Miks Figuren aufstellen kann. Den Spiegel hier habe ich in einem Antiquitätenladen gefunden.“ Sie zog eine Grimasse, als sie auf die Kartons zeigte, die darunter standen. „Aber ich habe noch keine passende Kommode gefunden.“

„Du hast schon viel erreicht in weniger als einem Monat“, stellte Spence fest. Es versetzte seinem Herzen einen kleinen Stich. Aber es würde wohl immer so sein, wenn er daran dachte, dass sein Baby nicht mehr bei ihm lebte. Aber da war auch der Stolz eines Vaters. Und das war das Gefühl, das in seinen Augen lag, als er den Arm um ihre Schultern legte und sie zu sich heranzog. „Wie ich höre, kommen Nick und du gut voran mit dem neuen Musical.“

„Mal besser, mal schlechter.“ Sie zwang sich zu einem Lächeln, als sie ins Wohnzimmer zurückgingen. Brandon lümmelte sich auf der Couch herum, und Katie versuchte vom Fenster aus einen Blick nach unten in das Ballett-Studio zu erhaschen.

„Ich muss mich noch für die Party umziehen“, sagte Freddie eine Weile später, nachdem alle Neuigkeiten berichtet waren. „Wir sollten früh genug dort sein. Hast du die Tickets, Dad?“

„Aber ja.“ Er klopfte sich leicht auf die Brusttasche seines Jacketts. „Zwei offene Tickets für Paris, Hin- und Rückflug, sowie die Reservierung der Flitterwochen-Suite im Ritz.“

„Mama und Papa wieder zusammen in Europa, nach all den Jahren …“

Spence strich seiner Frau sanft über die dunklen Locken. „Es wird bestimmt nicht so aufregend wie damals, als sie in einem Fuhrwerk übers Gebirge gefahren sind.“

„Nein.“ Sie lächelte melancholisch. Die Erinnerung an die Flucht aus der Ukraine, an die Angst, die Kälte und den Hunger würde wohl nie ganz verblassen. „Aber ich kann mir denken, dass sie diese Reise hier vorziehen werden.“ Wieder einmal fiel ihr der besorgte Ausdruck in Freddies Augen auf, den sie seit der Ankunft ihrer Familie zu verheimlichen suchte. „Weißt du, du und die Kinder, ihr solltet schon mal zur Bar rübergehen. Vielleicht können Zack und Nick ja noch Hilfe gebrauchen.“ Sie lächelte ihren Mann an. „Ich bleibe mit Freddie hier und helfe ihr ein bisschen, sich zurechtzumachen.“

Er verstand den Wink, wunderte sich aber trotzdem. „Na schön. Aber der erste Tanz gehört mir.“

„Wie immer.“ Sie küsste ihn auf die Wange, scheuchte die Kinder und Spence zur Tür hinaus und akzeptierte das Glas Wein, das Freddie ihr reichte. „Zeig mir, was du heute Abend tragen wirst.“

„Als ich mir das Kleid kaufte, war ich überzeugt, damit zur betörendsten Frau des Abends zu werden. Aber nachdem ich dich jetzt sehe …“ Bewundernd und voller Stolz musterte sie ihre Mutter, die in dem karmesinroten Seidenkleid und mit den langen schwarzen Locken schön und exotisch wie eine Zigeunerin aussah. „Ich werde mich wohl mit dem zweiten Platz zufrieden geben müssen.“

Natasha lachte herzlich auf und ging voran ins Schlafzimmer. „Vor deinem Vater solltest du besser nicht davon reden, dass du sexy aussehen willst. Soweit ist er noch nicht.“

„Aber den Umzug hat er doch verkraftet, oder?“

„Du fehlst ihm. Manchmal geht er in dein Zimmer, als würde er darauf warten, dass du jeden Moment auftauchst – mit Zöpfen. Ich übrigens auch“, gab sie zu und setzte sich auf das Bett. „Aber ja, er hat es verkraftet. Mehr noch, er ist sehr stolz auf dich. Und das nicht nur wegen der Musik."

Natasha war völlig perplex, als Freddie sich neben ihr auf das Bett sinken ließ und in Tränen ausbrach.

„Aber Liebes … Kleines, was ist denn los?" Sie streichelte ihr beruhigend über den Rücken.

„Tut mir Leid." Sie lehnte den Kopf bei ihrer Mutter an und fühlte sich geborgen. „Wahrscheinlich braut sich das schon den ganzen Tag zusammen. Die ganze Woche … ach was, mein ganzes Leben. Wahrscheinlich bin ich einfach nur verwöhnt und verweichlicht."

Natasha fühlte sich sofort persönlich beleidigt. Energisch hielt sie Freddie von sich ab. „Du bist weder das eine noch das andere! Was hat dich nur dazu verleitet, einen solchen Unsinn zu denken?"

„Nicht was, sondern wer." Wütend auf sich selbst, kramte Freddie hektisch nach einem Taschentuch. „Ach Mama, Nick und ich haben uns heute fürchterlich gestritten."

So war das also. Natasha seufzte still. Sie hätte es wissen müssen. „Wir streiten oft mit den Menschen, die uns lieb sind, Freddie. Du solltest es nicht so schwer nehmen."

„Es war nicht nur eine harmlose Reiberei, so wie sonst. Wir haben einander schreckliche Dinge an den

Kopf geworfen. Er hat nicht den geringsten Respekt für mich. Nicht für mich, nicht für meine Arbeit, nicht für das, was ich erreichen will. Seiner Meinung nach bin ich nur hier, um mir ein wenig die Zeit zu vertreiben und Spaß zu haben. Sollte ich auf die Nase fallen, kann ich ja jederzeit wieder nach Hause zurückkehren."

„Und das kannst du auch, wenn du uns brauchst. Dafür ist die Familie schließlich da. Aber nur, weil da jemand ist, auf den du dich verlassen kannst, heißt das nicht, dass du nicht selbstständig bist und auf eigenen Füßen stehst."

„Das weiß ich." Trotzdem tat es gut, es zu hören. „Aber er denkt ... Oh, ich wünschte, es würde mich nicht interessieren, was er denkt!" unterbrach sie sich bitter. „Aber ich liebe ihn. Ich liebe ihn so sehr."

„Ich weiß", sagte Natasha sanft.

„Nein, Mama." Freddie atmete tief durch und sah ihrer Mutter direkt in die Augen. „Es ist nicht so wie bei Katie oder Brandon oder den anderen in der Familie. Ich liebe ihn."

„Ich weiß", wiederholte Natasha. Sie strich Freddie das Haar aus der Stirn. „Ich kann es sehen. Du hast schon vor Jahren aufgehört, ihn mit den Augen eines Kindes zu betrachten. Und es tut weh."

Getröstet legte Freddie ihren Kopf wieder an Natashas Schulter. „Es sollte aber nicht wehtun. Vorher war es so einfach, ihn zu lieben." Sie schnüffelte. „Jetzt sieh mich nur an. Ich heule wie ein Baby."

„Du hast doch Gefühle, oder? Und du hast das Recht, sie zu zeigen."

Freddie musste lächeln. „Oh ja, heute Nachmittag habe ich sie sehr deutlich gezeigt. Ich habe Nick gesagt, dass er schlampig und überheblich sei."

„Nun, das ist er ja auch."

Freddie stand auf und marschierte im Zimmer auf und ab. „Das kann man wohl sagen! Aber er ist auch freundlich und gutherzig und großzügig und liebevoll. Nur manchmal kann man das leicht vergessen, weil er immer noch diese harte Schale um sich trägt."

„Sein Leben war nicht einfach, Freddie."

„Im Gegensatz zu meinem." Sie strich mit einem Finger über die kleine Skulptur einer schlafenden Prinzessin, die Mik für sie gemacht hatte. „Dad hat so hart gearbeitet, um mir alles geben zu können, was ein Kind sich wünscht. Und dann kamst du hinzu, du und deine ganze Familie, und ihr habt das Bild komplett gemacht. Nick war schon fast ein Mann, als wir in seinem Leben auftauchten, und die Jahre davor haben Narben hinterlassen. Aber Mama, ich liebe den ganzen Menschen, mit allem, was zu ihm gehört."

„Dann wirst du auch lernen müssen, den ganzen Menschen zu akzeptieren."

„Langsam beginne ich das zu verstehen. Dabei hatte ich alles so schön und genau geplant.“ Sie drehte sich um und zog eine Grimasse. „Aber so einfach ist das nicht, einen Mann dazu zu bringen, dass er sich in dich verliebt.“

„Willst du denn, dass es einfach ist?“

„Ich dachte, ich wollte es. Aber jetzt weiß ich nicht mehr, was ich will. Und erst recht weiß ich nicht, was ich tun soll.“

„Nun, ein Teil zumindest ist wirklich ganz leicht.“ Natasha erhob sich, nahm Freddie das zerknüllte Taschentuch aus der Hand und tupfte ihr die Tränen von den Wangen. „Sei einfach du selbst. Bleib dir und deinem Herzen treu. Und übe Geduld.“ Sie lachte, als Freddie die Augen verdrehte. „Ich weiß, du warst nie sehr geduldig. Trotzdem … warte ab, was passiert, wenn du einen Schritt zurück machst, anstatt ständig vorzupreschen. Wenn er von allein zu dir kommt, weißt du, dass du dein Ziel erreicht hast.“

„Geduld also.“ Freddie seufzte schwer. „Na schön, ich werd's versuchen.“ Sie legte den Kopf schief. „Mama, bin ich eigentlich rechthaberisch?“

„Ein bisschen vielleicht.“

„Stur?“

Natasha verkniff sich ein Grinsen. „Etwas mehr als nur ein bisschen.“

Freddies Lippen zuckten. „Sind das nun Schwächen oder Tugenden?“

„Beides.“ Natasha küsste sie auf die Nasenspitze. „Eine verliebte Frau muss etwas herrisch sein, und sie muss auch dickköpfig sein. Und jetzt geh und wasch dir das Gesicht. Du wirst dich jetzt schön machen – damit er so richtig leidet.“

„Eine großartige Idee.“

Nick beschloss seinen Groll zu vergessen. Weil es Yuris und Nadias Abend war, wollte er ihn nicht dadurch verderben, dass er Freddie schnitt. So sehr sie es auch verdient haben mochte.

Und vielleicht, aber nur vielleicht, fühlte er sich ja auch ein klein bisschen schuldig. Besonders nachdem er nach unten gekommen war und gesehen hatte, wie viel Zeit und Arbeit sie investiert hatte, um die Bar festlich zu dekorieren. Wenn irgendjemand sich heute mittag die Mühe gemacht hätte, ihn aufzuwecken, hätte er mit angepackt. Mit einem Fingerschnippen brachte er die weißen Hochzeitsglocken aus Spitze, die über der Bar hingen, zum Tanzen.

An Hochzeitsglocken hätte er nicht gedacht, das musste er einräumen. Ebenso wenig wie an die Körbe und Eimer mit Blumensträußen, die den Raum mit ihrem Duft erfüllten, oder die weißen Turteltäubchen, die von der Decke herabhingen, oder die eleganten Kerzen in den silbernen Leuchtern auf den Tischen.

Es musste sie eine Menge Zeit und Arbeit gekostet haben, diese Sachen zusammenzutragen. Deshalb hätte er vielleicht ein bisschen geduldiger mit ihr sein können, als er ihr vorgeworfen hatte, dass sie wie eine wild gewordene Hummel durch die Gegend schoss und mit ihren Gedanken so offensichtlich ganz woanders war.

Nun, jetzt hatte er ihr verziehen.

„He, Nick, hast du diese genialen Fleischbällchen schon probiert?"

Er drehte sich um und lächelte Brandon an. „Ich war drauf und dran, aber bei dem Versuch, mir zwei zu stibitzen, hat Rio mir fast die Hand abgehackt."

„Mir nicht." Mit einem triumphierenden Grinsen schob sich Brandon ein auf einen Zahnstocher aufgespießtes Fleischbällchen in den Mund. „Hast du schon Freddies irres Bett gesehen?"

„Ihr Bett?" Schuldgefühl, Angst und geheime Lust ließen seine Stimme schärfer als beabsichtigt klingen. „Natürlich nicht. Warum?"

„Es ist der totale Wahnsinn, sag ich dir. Groß wie ein See." Brandon setzte sich und wartete mit seinem gewinnendsten Lächeln auf. „Was ist mit einem Bier, Nick?"

„Nichts dagegen."

„Ich meinte für mich", beschwerte sich Brandon, als Nick sich ein Bier einschenkte.

„Klar, Kleiner, sicher. In deinem Traum." Er klopfte Brandon belustigt auf die Schulter und wandte den Kopf, als die Tür aufging. Und war sehr froh, dass er bereits geschluckt hatte.

Natasha, Freddies Mutter, sah großartig aus, eine elegante Zigeunerin in schwingender roter Seide, aber Nicks Blick klebte an Freddie.

Sie sah aus wie in Mondlicht gehüllt. Er versuchte sich einzureden, dass das Kleid einfach nur grau wäre, aber der Stoff glitzerte wie mit Tausenden silbernen Lichtern bestickt. Es umschloss ihre zierliche Gestalt so eng wie ein Handschuh. Und die Art, wie ihr das üppige Haar gekonnt ungebärdig frisiert über die Schultern fiel, legte die Vermutung nahe, dass sie eben aus dem überdimensionalen Bett, von dem Brandon ihm erzählt hatte, gestiegen sei.

Natasha kam schnurstracks auf ihn zu, um ihn herzlich zu begrüßen, und Freddie rang sich ein distanziertes Lächeln ab, wobei sie es jedoch vermied, seinem Blick zu begegnen.

„Neuer Anzug?" erkundigte sich Freddie, nur um etwas zu sagen und weil ihr klar geworden war, dass sie für mehrere Sekunden auf sein Revers gestarrt hatte. Das schwarze Jackett war erstklassig geschnitten und saß wie angegossen, doch sie würde sich lieber die Zunge abbeißen, als dies laut zu sagen.

„Ich dachte mir, er wäre der besonderen Gelegenheit angemessen."

Aber für eine Krawatte hat es anscheinend nicht mehr gereicht, dachte sie bissig. Die obersten Knöpfe seines schwarzen Hemdes hatte er offen gelassen, was die lässige Eleganz, die er ausstrahlte, noch unterstrich – ebenso wie das Bier in seiner Hand und das herausfordernde Glitzern seiner Augen, als sie schließlich wieder aufschaute. Sie hoffte, durch ihr gleichmütiges Schulterzucken verbergen zu können, wie gefährlich – und aufregend – er aussah. Dieser Mann verdiente ihre Komplimente nicht, so wie er sich heute ihr gegenüber verhalten hatte.

„Du siehst großartig aus", warf Natasha jetzt ein.

„Danke."

„Alles ist perfekt. Es hat mir Riesenspaß gemacht, den Raum zu schmücken", sagte Freddie und drehte sich langsam im Kreis, um sich zu vergewissern, ob auch wirklich alles an seinem Platz war.

„Das hast du wirklich toll hingekriegt." Es kam Nick so vor, als hisse er die weiße Flagge. Aber sie warf ihm nur einen nichts sagenden Blick über die Schulter zu. „Wirklich", bekräftigte er noch einmal. „Es muss dich eine Menge Zeit gekostet haben."

„Kein Problem. Nach Ansicht gewisser Leute habe ich ja nichts in solchen Mengen wie Zeit. Brandon, hilfst du mir mal? Onkel Mik muss jeden Moment mit Papa und Grandma hier sein."

„Er holt sie nicht ab", brummte Nick in sein Bier.

„Was soll das heißen, er holt sie nicht ab? Natürlich holt er sie ab. Ich habe dafür gesorgt, dass er es tut."

„Und ich habe es wieder rückgängig gemacht", gab Nick gelassen zurück, dann fügte er hinzu: „Sie kommen in einer Limo."

Sie zwinkerte verdutzt. „In einer Limo?"

„Irgendjemand hat mich auf diese glänzende Idee gebracht", sagte er und warf ihr ein spöttisches Grinsen zu. „Immerhin ist es ja ihr Hochzeitstag. Es gibt Leute, die bestellen sich eine Limo, wenn sie nur zum Essen fahren."

Freddie gab einen erstickten Laut von sich, der Brandon veranlasste, seiner Mutter einen viel sagenden Blick zuzuwerfen.

„Gleich geht's los", murmelte er und beugte sich gespannt vor.

„Das war sehr aufmerksam von dir, Nicholas." Freddies Stimme war jetzt wieder kühl und kontrolliert, woraufhin ihr Bruder enttäuscht aufseufzte. „Ich bin mir sicher, dass sie es zu schätzen wissen. Und natürlich ist es nicht viel Aufwand, zum Hörer zu greifen und einen

Wagen zu bestellen. Ich gehe in die Küche, um Rio zu helfen."

Sie stolzierte hinaus. So beschrieb Nick es für sich zumindest. In sich hinein brummend, schob er sein Bier beiseite. Allem Anschein nach würde es eine lange, lange Nacht werden.

7. KAPITEL

Freddie hasste die Tatsache, dass sie Nick nicht lange böse bleiben konnte. Kühl, ja, bewusst auf Distanz achtend, ja, aber nicht böse. Die Bar war angefüllt mit Lärm und Menschen, da war es nicht schwer, auf Distanz zu bleiben.

Sie konnte eben nur nicht wütend auf ihn sein, nicht nach dem, was er für ihre Großeltern getan hatte. So oder so, zum Grübeln blieb sowieso keine Zeit. Da waren Reden zu halten, Trinksprüche auszubringen, gutes Essen zu kosten, Tänze zu tanzen.

Nicht dass Nick sie aufgefordert hätte. Er tanzte mit ihren Tanten, ihrer Mutter, Nadia, Verwandten, Bekannten und Freunden. Und natürlich mit der überwältigend sexy aussehenden Lorelie.

Nun, wenn er sich einbildete, er könnte sie den ganzen Abend schneiden – das konnte sie besser!

„Tolle Party!“ schrie Ben ihr ins Ohr.

„Ja, nicht wahr?“ Sie schaffte es zu lächeln, während er sie über die Tanzfläche zog.

„Ich kenne Zacks Verwandtschaft schon seit Jahren. Klasse Leute!“

„Die Besten, die es gibt.“ Ihr Lächeln wurde herzlicher, als sie Alex mit seiner Mutter auf der Tanzfläche erblickte.

„Sag mal, ich hatte mir überlegt …" Ben kam aus dem Takt und verfehlte ihre Zehen nur knapp. „'Tschuldigung. Hab die Tanzschule nie zu Ende gemacht."

„Nein, du tanzt doch recht gut." Wenn man davon absah, dass er ihr fast das Handgelenk brach, weil er ihren Arm wie einen Pumpschlegel auf und ab riss. Sie griff nach dem erstbesten Rettungsring, der ihr einfiel. „Hast du schon das Essen probiert? Rio hat sich selbst übertroffen."

„Dann lass uns ans Büfett gehen."

Sieh sie sich nur einer an, dachte Nick, während Lorelie schmachtend an seinem Hals hing, und sah mit grimmiger Miene zu Freddie hinüber. Sie flirtet schamlos mit Ben. Jeder mit einem Fünkchen Verstand hätte sehen können, dass sie nicht interessiert war. Sie führte ihn nur an der Nase herum. Typisch Frau!

„Nick, Liebling." Lorelies samtige Stimme unterbrach seine düsteren Gedankengänge. „Du bist meilenweit weg von hier. Ich habe ja regelrecht das Gefühl, allein zu tanzen."

Er lächelte sie so charmant an, dass sogar die bewanderte Lorelie fast hätte glauben können, dass er an niemand anderen als an sie dachte. „Ich habe nur gerade gecheckt, ob ich mich vielleicht mal um die Bar kümmern sollte."

„Das hast du vor fünf Minuten schon getan." Lorelie zog einen hübschen Schmollmund. Sie wusste genau, wann sie die volle Aufmerksamkeit eines Mannes hatte – und wann nicht. Aber sie sah die Dinge sehr philosophisch. So attraktiv Nick auch sein mochte, es gab auch noch andere gut aussehende Männer. „Warum besorgst du mir dann nicht ein Glas Champagner?"

„Klar, mach ich." Er war erleichtert, von ihr wegzukommen. Schon den ganzen Abend hing sie an ihm wie eine Klette. Und je mehr jemand klammerte, desto mehr war er entschlossen, den Griff abzuschütteln.

Irgendwie klickte es einfach nicht zwischen ihnen beiden. Er war sicher, es würde ihr nicht das Herz brechen, aber die Erfahrung hatte ihn gelehrt, dass Frauen selbst die einträchtigste Trennung nicht besonders gut aufnahmen.

Er würde es behutsam machen. Je früher er sich von ihr trennte, desto besser. Für sie.

Bei dieser Vorstellung kam er sich wie ein richtiger Menschenfreund vor, und beflügelt ließ er den Korken der neuen Champagnerflasche laut knallen.

„Wieso kriegen wir eigentlich nur Musik aus diesem komischen Kasten?" Yuri versetzte Nick einen kameradschaftlichen Schlag auf die Schultern, der einen Bären umgehauen hätte. „Bist du Klavierspieler oder nicht?"

„Sicher, aber ich bin gerade beschäftigt."

„Ich will Musik von meiner Familie. Das ist doch meine Feier, oder?"

„Auf jeden Fall! Okay, Papa, du hast es so gewollt. Hier", er reichte Yuri das Champagnerglas und deutete in den Raum. „Siehst du die Brünette da drüben? Die mit der ausladenden … Persönlichkeit?"

Yuri grinste begeistert. „Wer könnte die Lady denn übersehen …?"

„Bring ihr das Glas, ja? Sag ihr, dass ich eine Zeit lang am Klavier sitzen werde. Und benimm dich, verstanden?"

„Ich bin ein anständiger Mann." Damit tanzte er im Rumba-Rhythmus zu Lorelie hinüber.

Fest entschlossen, sich zu amüsieren, bahnte Nick sich einen Weg zum Klavier. Allerdings verging ihm das Lächeln, als er Freddie auf der Bank sitzen sah.

„Du sitzt auf meinem Platz."

Sie warf ihm einen Blick zu, der ihm sagte, dass sie genauso wenig begeistert war wie er. „Sie wollen, dass wir zusammen spielen."

„Einer reicht."

„Es ist doch Papas Feier, oder?"

Er verkniff sich das Grinsen, weil sie Yuri nachgeahmt hatte. „Na schön. Also, rutsch rüber." Er setzte sich und achtete peinlich genau darauf, dass er sie nicht berührte. „Was wollen sie hören?"

„Cole Porter, oder Gershwin."

Mit einem Stöhnen legte Nick die Finger auf die Tasten und spielte die ersten Takte von „Embraceable You". Freddie fiel ein, und zwanzig Minuten später war sie einfach zu entzückt über das Zusammenspiel, um noch Distanz zu wahren.

„He, das war wirklich nicht schlecht."

„Wer hat gesagt, dass ich mich nicht mit den Songs aus den Vierzigern auskenne?"

„Hm." Automatisch nahm sie den Boogie-Woogie auf, den er jetzt anspielte. Es gefiel ihm viel zu sehr, dass sie ihm so mühelos in die Improvisation folgen konnte.

Und ihr Parfum trieb ihn zum Wahnsinn.

„Mach mal Pause, ich komme auch allein klar. Ben ist wahrscheinlich schon einsam."

„Ben?" Sie sah von den Tasten auf. „Oh, Ben. Ich denke, der wird auch ohne mich überleben. Aber vielleicht solltest du dich jetzt besser um Lorelie kümmern. Sie vermisst dich sicher."

„Sie ist nicht der Besitz ergreifende Typ." Um sich nicht an der Lüge zu verschlucken, wechselte er das Tempo.

Freddie passte sich sofort an. „Wirklich? Also mich hätte sie fast täuschen können, so, wie sie sich um dich windet. Natürlich, für manche Männer ..." Sie brach ab, als Applaus aufbrandete. Die Gäste hatten die Tanzfläche frei gemacht, und Yuri und Nadia tanzten den Jitterbug zusammen. Freddie lachte hell auf. „Sind sie nicht einfach großartig?"

„Wunderbar. Sag mal, hättest du Lust … Verdammt, guck dir das an!"

„Was?" Sie blinzelte und sah genauer hin. Scheinbar spendeten der einsame Ben und die allein gelassene Lorelie einander Trost. „Trost" ist wohl nicht das richtige Wort, dachte Freddie, so wie die beiden in der dunklen Ecke knutschen. „Sie sitzt auf seinem Schoß."

„Das sehe ich auch."

„Tja, so viel also zum Thema ‚behutsam beibringen'", murmelte sie.

Nick benutzte gleichzeitig genau die selben Worte. Aber er war schneller. „Was hast du gesagt?"

„Nichts, gar nichts. Was hast du denn gesagt?"

„Nichts."

Und plötzlich begannen beide zu grinsen.

„Nun …" Freddie atmete tief aus, während ihre Finger weiter über die Tasten glitten. „Die beiden geben ein hübsches Paar ab."

„Ja, ein wunderbares Paar. Und jetzt gehen sie auf die Tanzfläche."

„Die Arme", seufzte Freddie mit ehrlichem Mitgefühl. „Ben ist wirklich ein netter Typ, aber er tanzt, als würde er nach Öl bohren. Ich glaube, er hat mir die Schulter ausgerenkt."

„Sie hält das schon durch. Aber lass uns etwas Langsameres spielen, bevor Yuri noch einen Herzschlag kriegt."

Er leitete zu „Someone To Watch Over Me" über.

Freddie seufzte sehnsüchtig auf. Diese romantischen Lieder zerrten immer an ihr. Sie warf Nick einen Seitenblick zu. „Es war ungemein lieb von dir, was du für Grandma und Papa getan hast."

„Wirklich ein Klacks. Nur ein kurzer Anruf, wie du ja selbst sagtest."

„Lass uns Waffenstillstand schließen, ja?" Sie legte kurz ihre Hand auf seine. „Es war ja nicht nur die Limousine. Aber dass du sie auch noch mit weißen Rosen, eiskaltem Wodka und Kaviar ausgestattet hast ..."

„Ich hab mir gedacht, es würde ihnen Spaß machen." Wie immer rüttelte ihre offene Herzlichkeit an seinem schlechten Gewissen. „Ich bin heute ziemlich bissig zu dir gewesen. Es tut mir wirklich Leid, Freddie. Ich hätte dran denken müssen, wie viel Zeit und Energie du in die Planung für heute Abend gesteckt hast, und auch in deine Wohnung. Obwohl ... warum man so lange braucht, um eine Lampe zu finden, ist mir schleierhaft."

Die neue Art-deco-Lampe war ihr ganzer Stolz.

„Warum belässt du es nicht einfach bei der Entschuldigung?“

„Du hast großartige Arbeit für diese Party geleistet.“

„Danke.“ Sie freute sich über ihren Sieg und gab ihrem Vater ein Zeichen. „Und da du dich so nett entschuldigt hast …“, sie beugte sich zu ihm und drückte ihm einen Kuss auf die Wange, „… verzeihe ich dir auch.“

„Darum habe ich nicht …“ Aber da war sie schon fort, und ihr Vater nahm ihren Platz ein. „Weiber!“ murmelte Nick aufgebracht.

„Besser hätte ich es nicht ausdrücken können. Aber sie ist wirklich zu einer sehr attraktiven und unabhängigen Vertreterin ihres Geschlecht herangewachsen.“

„Sie war so ein nettes Mädchen“, überlegte Nick laut. „Du hättest verhindern sollen, dass sie erwachsen wird.“

Spence musterte Nick und kam zu der Auffassung, dass Natashas Vermutung von einer Romanze zwischen seiner Freddie und Nick wahrscheinlich stimmte. Es versetzte ihm einen Stich ins Herz, aber das war wohl immer so bei Eltern, wenn die Kinder erwachsen wurden und ihr eigenes Leben lebten. Aber da war auch der Stolz.

Mühelos fiel Spence in den Ray Charles-Song ein, den Nick anspielte.

„Soll ich dir was sagen?“ fuhr er fort. „Die Jungs klingeln jetzt schon wegen Katie an der Haustür.“

„Unmöglich!“ Der Schock stand ihm in den Augen geschrieben, dann stellte sich das entsetzliche Gefühl ein, mit dreißig langsam alt zu werden. „Wenn ich eine Tochter hätte, würde ich das nicht erlauben.“

„Die Wirklichkeit ist eben nicht immer so einfach.“ Spence seufzte. Und dann ritt ihn der Teufel. „Weißt du, Nick, es beruhigt mich ungemein, dass du hier bist. Zu wissen, dass du dich um Freddie kümmerst, dass da jemand ist, dem ich vertrauen kann. Ich brauche mir also überhaupt keine Sorgen zu machen, wenn du sie im Auge behältst.“

„Ja, sicher ...“ Nick räusperte sich verlegen. „Ich werd wohl besser für eine Weile den Dienst hinter der Bar übernehmen.“

Spence grinste ihm nach und spielte vergnügt weiter.

„Du solltest ihn nicht so aufziehen, du Schuft.“ Natasha stand hinter ihrem Mann und legte eine Hand auf seine Schulter.

„Als Vater ist es meine Pflicht, ihm das Leben so schwer wie möglich zu machen. Und überleg doch nur, wie viel Übung ich haben werde, wenn Katie erst mal soweit ist.“

„Daran will ich lieber gar nicht erst denken.“

Es war bereits nach zwei Uhr morgens, als die letzten Gäste das „Lower the Boom“ verließen. Es war die ausgelassenste Feier gewesen, die Freddie je erlebt hatte, und sie fühlte sich beschwipst und glücklich. Glücklich vor allem deshalb, weil sie und Nick sich im Verlauf des Abends wieder näher gekommen waren. Nur getanzt hatte er zu ihrem Leidwesen nicht mit ihr. Aber egal. Es war auch so ein wunderschöner Abend gewesen. Freddie, die mit Nick und ein paar Nachzüglern aus dem Familienkreis zurückgeblieben war, schaute sich müde und zufrieden um.

Der Raum sah aus, als ob ein Heerlager überstürzt seine Zelte abgebrochen hätte, um in die nächste Schlacht zu ziehen.

Überall hing buntes Krepppapier schlaff herunter, und auch die Turteltauben schwebten auf Halbmast. Die Speisen auf den ehemals brechend vollen Tischen hatten sich Besorgnis erregend dezimiert, und alles, was von Rios fünfstöckigem Hochzeitskuchen zurückgeblieben war, waren Krümel und ein bisschen silbriger Zuckerguss.

Überall standen leere und halbvolle Gläser herum. Irgendein Erfindergeist hatte in einer Ecke eine eindrucksvolle Pyramide aus Gläsern aufgebaut. Freddie sah einen Wald aus zusammengeknüllten Papierservietten auf dem Fußboden und, seltsamerweise, einen einzelnen goldenen Schuh mit einem Schwindel erregend hohen Stilettoabsatz.

Sie fragte sich, wie seine Besitzerin es geschafft hatte, darin zu laufen, ohne sich die Beine zu brechen.

Zack, der an der Bar lehnte, schaute sich ebenfalls um und grinste. „Scheint, als hätten alle eine Menge Spaß gehabt."

„Das kannst du laut sagen." Rachel griff nach einem Geschirrtuch und begann halbherzig die Theke blank zu wienern. „Papa tanzte noch auf dem Weg nach draußen, und meine Ohren klingen noch immer von diesen ukrainischen Volksliedern."

„Ein paar davon hast du immerhin selbst geschmettert", erinnerte Zack sie.

„Daran war der Wodka schuld. War es nicht wundervoll, ihre Gesichter zu sehen, als wir ihnen ihr Geschenk überreichten?"

„Grandma hat geweint", murmelte Freddie.

„Und Papa hat ihr gesagt, dass sie aufhören soll", warf Nick ein. „Während ihm selbst die Tränen über die Wangen rollten."

„Es war eine wundervolle Idee, Freddie." Rachels Augen begannen bei der Erinnerung erneut verdächtig zu glitzern. „So romantisch. Einfach perfekt."

„Ich wusste nur, dass wir ihnen etwas ganz Besonderes schenken müssen. Ich wäre nie darauf gekommen, wenn Mama es nicht erwähnt hätte."

„Eine bessere Idee hätte dir gar nicht kommen können." Rachel rollte ihre müden Schultern und schaute sich um. „Hört zu, ich bin dafür, wir lassen alles so, wie es ist, und räumen morgen auf."

„Einverstanden." Mehr als gewillt, dem Schlachtfeld auf der Stelle den Rücken zu kehren, nahm Zack ihre Hand und zog sie hinter der Theke hervor. „Die Ratten verlassen das sinkende Schiff."

„Geht ruhig", erwiderte Freddie gelassen. Sie wollte unter keinen Umständen, dass diese Nacht schon zu Ende ging. Und wenn eine Verlängerung bedeutete, Teller zu spülen, dann würde sie eben spülen. „Ich mache nur das Nötigste."

Rachel bekam Gewissensbisse. „Wir könnten ja vielleicht noch …"

„Nein." Freddie warf ihr einen verschwörerischen Blick zu. „Ihr fahrt nach Hause. Schließlich habt ihr einen Babysitter, den ihr ablösen müsst. Ich nicht."

„Auf die eine Stunde kommt es jetzt auch nicht mehr an", mischte Zack sich ein und straffte die Schultern.

„Aber wir lassen euch jetzt trotzdem allein", sagte Rachel und stieg ihrem Ehemann hart auf den Fuß.

„Aber …"

Endlich war bei Zack der Groschen gefallen, dass es hier nicht ums Aufräumen ging. „Ja, richtig. Macht so viel, wie ihr wollt. Wir kümmern uns morgen um den Rest. Ich bin hundemüde. Kann kaum noch die Augen offen halten." Um seine Worte zu unterstreichen, gähnte er übertrieben. „Gute Nacht, Freddie." Unsicher, ob er Nick zublinzeln oder ihm besser eine scharfe Warnung zukommen lassen sollte, beschränkte er sich nur auf ein „Nick".

„Ja, bis dann." Nachdem sich die Tür hinter den beiden geschlossen hatte, schüttelte Nick den Kopf. „Irgendwie war Zack ziemlich komisch. Was hatte das denn zu bedeuten?"

„Er war nur müde", gab Freddie zurück, während sie ein Tablett mit Gläsern belud.

„Unsinn. Er war wirklich seltsam." Genauso seltsam, wie er sich fühlte, plötzlich allein mit Freddie. „Hör zu, sie haben Recht. Es ist spät. Warum lassen wir nicht einfach alles liegen und gehen auch? Es ist morgen immer noch da."

„Geh ruhig schon rauf, wenn du müde bist." Freddie marschierte mit ihrem voll beladenen Tablett in die Küche. „Das ist schon Ok. Ich kann nicht schlafen, wenn ich diese ganze Unordnung zurücklasse. Was man von dir ganz bestimmt nicht sagen kann", warf sie ihm noch über die Schulter zu, bevor die Tür hinter ihr zuschwang.

„Als ob ich dieses Chaos veranstaltet hätte", brummte Nick in sich hinein, während er ebenfalls ein Tablett belud. „Ich glaube, ich habe noch ein oder zwei

Leute außer mir entdeckt, die heute Nacht Gläser benutzt haben."

„Hast du was gesagt?" rief Freddie von hinten.

„Nein. Nichts."

Er trug sein Tablett in die Küche, wo sie bereits den Geschirrspüler belud, und stellte es klirrend ab.

„Du kommst nicht in die Hölle, wenn du die Gläser in der Spüle stehen lässt."

„Ich habe dir doch gesagt, dass du raufgehen sollst. Ich komme allein zurecht."

„Ich komme allein zurecht", äffte er sie nach, während er einen Eimer unter der Spüle hervorzog. Er stellte ihn ins Becken, schüttete eine Überdosis Putzmittel hinein und ließ dann Wasser einlaufen.

Als er einen Moment später mit Eimer und Schrubber bewaffnet nach draußen stiefelte, grinste Freddie in sich hinein.

Während der nächsten zwanzig Minuten arbeiteten sie in einem Schweigen, das immer kameradschaftlicher wurde. Es machte Freddie Spaß, aufzuräumen und zu sehen, wie die Bar wieder blitzte. Und obwohl Nick nicht direkt pfiff bei der Arbeit, hatte sich seine Laune doch sichtlich gebessert.

„Ich habe gesehen, dass Ben und Lorelie zusammen weggegangen sind", begann Freddie.

„Dir entgeht auch wirklich nichts." Aber seine Mundwinkel hoben sich. „Sie haben sich prächtig amüsiert. Alle haben sich prächtig amüsiert.“

„Es macht dir also nichts aus?“

Er zuckte gleichgültig die Schultern. „Nein. Es war nichts Ernstes. Lorelie und ich haben nie …“ Vorsicht, LeBeck! „Es hat einfach nicht gefunkt zwischen uns, verstehst du.“

Es gelang ihr gerade noch, einen Freudenschrei zu unterdrücken. Vor sich hin summend, griff sie nach einem Stuhl und stellte ihn umgedreht auf einen Tisch in einer Gegend, die Nick bereits gewischt hatte.

Er putzte um sie herum. Da sie so entspannt wirkte, beschloss er, reinen Tisch zu machen.

„Freddie, ich wollte mit dir über heute Nachmittag reden …“

„Na schön. Hör zu, ich glaube, wenn wir noch mehr aufräumen, wird Zack sich überflüssig vorkommen. Ich möchte nicht seine Gefühle verletzen.“

Dann ging sie zur Musikbox, und es dauerte einen Moment, bis sie ihre Wahl traf und die entsprechenden Tasten drückte. „Du hast heute Abend noch gar nicht mit mir getanzt, Nick.“

„Wirklich nicht?“ Er wusste sehr gut, dass es so war, und noch besser wusste er, warum.

„Nein.“ Sie ging auf ihn zu. „Du willst doch nicht etwa meine Gefühle verletzen, Nicholas?“

„Natürlich nicht, aber …“

Aber sie hatte die Arme bereits um ihn geschlungen. Er legte ihr seine Hand auf den Rücken und machte den ersten Tanzschritt.

Seine Bewegungen waren geschmeidig und überraschend elegant. Schon immer waren sie so gewesen, erinnerte sie sich, während sie ihren Kopf auf seine Schulter legte. Als sie zum ersten Mal mit ihm getanzt hatte, war ihr ein Schauer freudiger Erregung über den Rücken gelaufen.

Aber heute war es eine andere Art Schauer, der sich von dem, den sie als Heranwachsende erfahren hatte, grundlegend unterschied.

Sie fasst sich schön an, dachte er. Schon immer war das so, erinnerte er sich, während er sie enger an sich zog. Aber sie hatte noch nie so geduftet, und er konnte sich nicht erinnern, dass ihr Haar je seine Lippen gestreift hätte.

Sie waren allein, und die Musik stimmte. Er hatte schon immer stark auf Musik reagiert. Er kam in Versuchung, mit seinen Lippen ihre Schläfe zu streifen und an ihrem Ohrläppchen zu knabbern.

Er hielt sich jedoch zurück und wirbelte sie so gekonnt herum, dass sie lachen musste. Ihre Augen glitzerten, als sie wieder in seine Arme zurückkehrte.

Und plötzlich lag sein Mund auf dem ihren. Sie hob

die Arme, legte sie um seinen Hals, ihre Finger wühlten sich in sein Haar.

Er hörte nicht, wie die Musik zu Ende ging, weil sie in seinem Kopf weiterspielte. Er glaubte Freddie vollständig in sich aufnehmen zu können, wenn sie es zuließe. Ihre Haut, ihren Duft, diesen wundervollen, großzügigen Mund.

Während er seinen Kuss weiter vertiefte, stellte er sich vor, wie einfach es wäre, sie auf den Arm zu nehmen und die Treppe nach oben zu tragen. In sein Bett.

Die Klarheit dieses Bildes schockierte ihn genug, um ihn zurückweichen zu lassen. „Freddie …“

„Nein, sag nichts.“ Ihr Blick war verhangen, verträumt. „Küss mich einfach, Nick. Küss mich.“

Und schon lag ihr Mund wieder auf seinem und ließ ihn eine lange Zeit alle Gründe vergessen, warum er das, was er tat, nicht tun sollte. Aber als sich diese schließlich doch wieder in den Vordergrund seines Bewusstseins drängten, legte er ihr entschlossen die Hände auf die Schultern und trat einen Schritt zurück.

„Schluss jetzt.“

„Warum?“

„Du befindest dich hier auf schwankendem Boden“, warnte er sie. „Hol jetzt deine Sachen, deine Tasche oder was auch immer. Ich bringe dich nach Hause.“

„Ich will hier bleiben, bei dir.“ Ihre Stimme war ruhig, auch wenn ihr Puls raste. „Ich will mit dir nach oben gehen, ins Bett."

Sein Magen zog sich zusammen. „Ich habe gesagt, du sollst deine Tasche holen. Es ist schon spät."

Auch wenn sie nicht viel Erfahrung in diesen Dingen hatte, wusste sie doch, wann es Zeit für einen Rückzug war. Auf nicht ganz sicheren Beinen ging sie hinter die Theke, um ihre Tasche zu holen.

„Also schön. Wir machen es so, wie du willst. Aber du weißt nicht, was dir entgeht."

Es stand zu befürchten, dass sie Recht hatte. Er zog sie mit sich zum Ausgang. „Los, komm jetzt", sagte er schroff, knallte die Tür hinter sich zu und schloss ab.

Freddie schlenderte ein Stück die Straße hinunter. „Was für eine herrliche Nacht."

Nick verschluckte einen Fluch. „Ja, einfach toll", gab er beißend zurück. „Gib mir deine Tasche."

„Was?"

„Gib sie her." Er riss ihr die glitzernde Abendtasche aus der Hand und schob sie in seine Sakkotasche. Zum ersten Mal nahm er Notiz von ihren Ohrringen. „Ich wette, diese Steine sind echt."

„Die?" Mechanisch hob sie eine Hand und berührte einen mit Saphiren und Diamanten besetzten Ohrring. „Ja, warum?"

„Du solltest es besser wissen, als mit Ohrringen, die

mehr als ein Jahresgehalt wert sind, durch die Gegend zu laufen.“

„Es macht keinen Sinn, sie zu besitzen, wenn ich sie nicht trage“, erklärte sie mit bestechender Logik.

„Dafür gibt es die richtige Zeit und den richtigen Ort. Und für einen Spaziergang um drei Uhr morgens auf der Lower East Side gilt keins von beidem.“

„Willst du sie auch einstecken?“ erkundigte sie sich in schnippischem Ton.

Bevor er darauf antworten konnte, rief jemand seinen Namen.

„Hallo, Nick!“

Nick schaute die verlassene Straße hinunter und sah die schwarzen Umrisse einer Gestalt. Einen Moment später erkannte er, um wen es sich handelte. „Geh einfach weiter“, sagte er zu Freddie und nahm sie automatisch auf die andere Seite. „Und sag nichts.“

Außer Atem von dem kurzen Sprint, gesellte sich ein ausgemergelt aussehender Mann in einer ausgebeulten Hose zu ihnen und ging im Gleichschritt neben ihnen her. „He, Nick, wie läuft's denn so?“

„Ganz gut, Jack.“

Freddie machte den Mund auf, aber es kam nur ein ersticktes Ächzen heraus, weil Nick ihr fast die Hand zerquetschte.

„Nobel, nobel.“ Jack zwinkerte Nick verschwörerisch zu und versetzte ihm einen kumpelhaften Rippenstoß. „Na, du hattest schon immer Glück."

„Ja, ich kann mich gar nicht retten. Wir haben's eilig, Jack."

„Darauf wette ich. Die Sache ist nur, dass ich so kurz vor Zahltag höllisch knapp bei Kasse bin."

Wann war er das nicht? „Komm morgen in der Bar vorbei, dann kriegst du einen Vorschuss."

„Das weiß ich zu schätzen, Kumpel. Dumm ist nur, dass ich jetzt höllisch knapp bin."

Ohne stehen zu bleiben, kramte Nick in seiner Tasche und zog einen zerknitterten Zwanziger hervor. Er wusste genau, wo das Geld landen würde, vorausgesetzt, es gelang Jack um diese Zeit noch, seinen Dealer zu erwischen.

„Danke, Bruder." Der Schein verschwand in der ausgebeulten Hose. „Du kriegst es zurück."

„Klar." Wenn in der Hölle die Eiszapfen schmelzen. „Wir sehn uns, Jack."

„Darauf kannst du wetten. Einmal Cobra, immer Cobra."

Nicht, wenn es nach ihm ging. Wütend darüber, dass der andere ihn zu der Begegnung gezwungen hatte und dass Freddie mit dieser dunklen Ecke seiner Vergangenheit in Berührung gekommen war, beschleunigte er seine Schritte.

„Du kennst ihn von der Gang, bei der du früher mitgemacht hast", sagte Freddie ruhig.

„Stimmt. Heute ist er ein Junkie."

„Nick ..."

„Er hängt manchmal den ganzen Tag hier in der Gegend rum. Ich hoffe, dass er sich nicht mehr an dich erinnert, weil er schon so zugedröhnt war, aber falls du ihm zufällig über den Weg laufen solltest, sieh zu, dass du sofort Land gewinnst. Er ist ein ziemlich übler Zeitgenosse."

„Gut." Sie wollte tröstend seine Hand nehmen, um die Traurigkeit, die plötzlich in seinen Augen aufflackerte, zu verscheuchen, aber sie hatten ihr Haus bereits erreicht und er zog ihr Abendtäschchen aus seiner Tasche.

Nick nahm die Schlüssel heraus und schloss die Vordertür auf, dann ging er ins Haus und holte den Aufzug. „Vergiss nicht, deine Tür abzuschließen."

„Komm mit mir rauf. Bleib bei mir."

Er sehnte sich danach, sie zu berühren, nur ein einziges Mal noch, aber seine Finger, die Jack beim Entgegennehmen des Geldscheins gestreift hatten, kamen ihm vor wie verseucht.

„Ist dir klar, was eben passiert ist?" fragte Nick. „Wir sind einem Teil meines Lebens in die Arme gelaufen, und wenn ich nicht dabei gewesen wäre, hätte er dir wahrscheinlich mehr abgenommen als nur deine hübschen Ohrringe."

„Er ist kein Teil deines Lebens", gab sie ruhig zurück. „Er ist nicht dein Freund. Und trotzdem hast du ihm Geld gegeben."

„So raubt er vielleicht wenigstens nicht die nächste Person aus, die ihm über den Weg läuft."

„Du gehörst nicht mehr zu ihnen, Nick. Und ich bezweifle, dass du jemals wirklich dazugehört hast."

Er war plötzlich so müde, so unglaublich müde. Erschöpft lehnte er seine Stirn an die ihre. „Du weißt nicht, was ich einmal war, was ich vielleicht immer noch bin. Geh jetzt rauf, Freddie."

„Nick ..."

Um sie zum Schweigen zu bringen, ergriff er sie bei den Schultern und legte seinen Mund hart auf den ihren. Als sie wieder atmen konnte, wäre sie ins Taumeln gekommen, wenn er sie nicht festgehalten hätte, während er sie in den Aufzug schob.

„Schließ deine Tür ab", sagte er noch einmal, dann ging er hinaus.

Er schaute die Straße hinauf und hinunter, dann wandte er sich um und wartete, bis er in ihrer Wohnung das Licht aufflammen sah.

Auf Umwegen ging er nach Hause.

8. KAPITEL

Sie träumte unglaubliche Dinge. Es war eine kurze Nacht mit nur wenigen Stunden Schlaf, aber Freddie sah keinen Grund, sich zu beschweren. Sie fühlte sich großartig, als sie erwachte, frisch und ausgeruht. Da sie noch Zeit hatte, schlenderte sie zum Village und durch die kleinen Läden, auf der Suche nach Krimskrams, wie Nick es nannte.

Bis sie mit dem Taxi wieder zu Hause angelangt war, die neuen Schätze, die sie erstanden hatte, verstaute und die Wohnung wieder verließ, war sie spät dran.

Aber der Tag war viel zu schön, um sich darüber Gedanken zu machen.

Es war Frühling, überall blühte und grünte es, und der erste Hauch des Sommers kündigte sich bereits an. Die Luft war lau und angenehm warm, nicht so stickig wie in der Hitze des Sommers, wenn die Hundstage die Stadt in ihrer Gewalt hatten. Die Straßencafés im Village waren voll mit gut gelaunten Menschen.

Sie war die glücklichste Frau der Welt. Sie lebte in einer aufregenden Stadt, stand am Beginn einer großartigen Karriere, und sie war jung und verliebt. Und falls ihr ihre weibliche Intuition nicht einen ganz bösartigen Streich spielte, war sie ihrem Ziel, den Mann, den sie liebte, davon zu überzeugen, dass er sie auch liebte, schon sehr, sehr nahe gekommen.

Alles lief genau so, wie sie es geplant hatte.

Und da sie so bester Laune war, beschloss sie, großzügig zu sein, und kaufte bei einem Straßenhändler zwei riesige Salzbrezeln, für Nick und sich.

Als sie das Kleingeld in die Jackentasche steckte, fiel ihr der Mann auf, der auf der anderen Straßenseite an einer Hauswand lehnte.

Dieses ausgemergelte Gesicht. Die ausgebeulte Hose. Ihr wurde leicht mulmig, als sie in der heruntergekommenen Gestalt den Mann erkannte, den Nick gestern Abend Jack genannt hatte. Er zog nervös an einer Zigarette, seine Augen blickten unstet von einer Richtung in die andere.

Auch wenn dieser Blick eine Sekunde lang auf ihr haften blieb, lag darin kein Erkennen. Erleichtert schüttelte sie das ungute Gefühl ab und ging weiter.

Sie beschleunigte ihre Schritte, als sie auf die Bar zuging, ohne sich umzusehen. Auch wenn die feinen Härchen in ihrem Nacken sich aufgerichtet hatten.

Entschlossen verdrängte sie den Gedanken an diesen Jack, als sie die Küche betrat und ein paar Minuten mit Rio plauderte, um ihn für das Essen gestern Abend zu loben.

Die Brezeln in der Hand, ging sie nach oben und

klopfte an Nicks Tür. Ihre gute Laune verflog auch nicht, als sie Nicks finsteres Gesicht sah.

„Du kommst spät."

„Ich war mir nicht sicher, ob du schon auf bist. Es war eine lange Nacht."

Daran brauchte er nicht erinnert zu werden. „Ich bin auf und arbeite, was mehr ist, als man von dir sagen kann." Seine Nacht war die Hölle gewesen. Er hatte nicht mehr als eine Stunde geschlafen und war schließlich in Schweiß gebadet erwacht. Kein Wunder, dass seine Stimmung dementsprechend war.

Und nun stand sie vor ihm, hell und munter wie ein Sonnenstrahl.

Obwohl sie sah, dass er schlechte Laune hatte, lächelte Freddie ihn mit schräg gelegtem Kopf an. Er hatte sich noch nicht rasiert, aber dagegen war nichts einzuwenden. Seine zornigen Augen und das mit Bartstoppeln bedeckte Kinn gaben ihm ein rücksichtsloses, gefährliches Aussehen, das auf seine Art höchst anziehend wirkte.

Es schien, als wäre seine Nacht nicht sonderlich zufrieden stellend verlaufen, worüber sie gar nicht glücklicher hätte sein können.

„Hast du schlecht geschlafen, Nick? Hier, nimm eine Brezel."

Da sie sie ihm regelrecht in den Mund stopfte, hatte

er keine andere Wahl, als abzubeißen und an der Brezel zu kauen. Aber deshalb musste es ihm noch lange nicht gefallen.

„Wo ist der Senf?“

„Hol ihn dir selbst.“ Sie durchquerte das chaotische Wohnzimmer und setzte sich ans Klavier. „Können wir anfangen?“

„Ich habe schon vor Stunden angefangen.“ Was sollte man sonst tun, wenn man nicht schlafen konnte? „Wo hast du dich rumgetrieben?“

„In der Stadt.“

„Hätte ich mir denken können.“

„Und bevor du wieder an die Decke gehst, der Text von ‚Du bist nicht hier‘ ist fertig.“ Zufrieden mit dem Dämpfer, den sie ihm verpasst hatte, öffnete sie ihre Aktentasche und zog das Notenblatt hervor. „Ich habe die Zeit, bis die Geschäfte öffnen, ausgenutzt, um ihn noch ein bisschen aufzupolieren.“

Er brummte etwas in sich hinein, setzte sich jedoch neben sie auf die Klavierbank. Seine Laune hellte sich etwas auf, als er den Text las. Er hätte es wissen müssen, dass er perfekt sein würde.

Aber es gab keinen Grund, ihrer Eitelkeit zu schmeicheln. „Nicht schlecht.“

Sie verdrehte die Augen.

Als er sie jetzt anschaute – zum ersten Mal richtig an

diesem Tag –, verengte er die Augen. „Was hast du denn mit deinem Haar angestellt?“

Instinktiv streckte sie die Hand aus und berührte ihre Frisur. „Hochgesteckt. Damit es aus dem Weg ist.“

„Ich mag es, wenn es im Weg ist.“ Um seine Behauptung zu unterstreichen, fing er an, die Haarnadeln herauszuziehen.

„Hör auf.“ Sie versuchte seine Hände abzuwehren. Er fing ihre Handgelenke ein und umschloss sie mit einer Hand, während er mit der anderen fortfuhr, die Nadeln aus ihrem Haar herauszuziehen.

Als der angerichtete Schaden ein Stadium erreicht hatte, das ihm zusagte, lachte er zufrieden auf, und sie beschimpfte ihn. „Da“, sagte er schon besser gelaunt. „So ist es schon viel netter.“

„Jetzt bist du mein Typberater.“

„Du siehst niedlich aus, wenn diese Sprungfedern von deinem Kopf abstehen.“

Sie blies die Haare aus ihrem Gesicht. „Sprungfedern. Na, ich danke.“

Sie tauchte ab, doch er war schneller. Es hatte sie schon immer gewurmt, dass sie es nie schaffte, ihn auszutricksen. Er rang mit ihr, bis sie sich vor Lachen kaum mehr halten konnte.

Es dauerte einen Moment, ehe ihr auffiel, dass er nicht mehr lachte, sondern sie nur anstarrte. In seinem

Blick lag eine Intensität, die ihr den Atem verschlug und ihre Kehle trocken werden ließ. Ihre Beine waren mit seinen verschlungen, so dass sie fast auf seinem Schoß saß.

Sie verspürte ein süßes Ziehen im Unterleib.

„Nick."

„Wir vertrödeln unsere Zeit." Er ließ seine Hände sinken und rückte von ihr ab. Er musste sofort diesen plötzlichen Hunger, der ihn wie ein Blitz aus heiterem Himmel überfallen hatte, stoppen. „Wir fangen mit dem Stück an, das du fertig gemacht hast. Mal sehen, wie es klingt."

Geduld, ermahnte sie sich, und wischte sich ihre feuchten Handflächen an ihrer Hose ab. „Schön. Wann immer du soweit bist."

Nach diesem holprigen Start ging alles glatt, und sie konzentrierten sich auf die Musik, als ob nichts geschehen wäre.

Sie arbeiteten mehr als drei Stunden, gerieten sich über dieses und jenes in die Haare, aber es waren immer nur Kleinigkeiten.

Fast.

„Es muss romantisch sein."

„Komödiantisch", widersprach Nick.

„Es ist ihre Hochzeitsnacht."

„Eben." Er unterbrach sein Klavierspiel für eine Zigarette, insgeheim zufrieden darüber, dass es ihm gelungen war, seinen täglichen Tabakkonsum einzuschränken. „Sie sind in diese Heirat hineingestolpert. Sie kennen sich erst seit drei Tagen."

„Sie sind bis über beide Ohren verliebt."

„Sie wissen nicht, was sie sind." Gedankenverloren nahm er einen tiefen Zug, während sich die Szene vor seinem geistigen Auge entfaltete. „Sie haben sich gerade von einem Friedensrichter in einer lächerlichen Zeremonie trauen lassen, und jetzt sind sie in einem schäbigen Hotelzimmer und fragen sich, was in sie gefahren ist. Und was, zum Teufel, sie jetzt tun sollen."

„Mag sein, aber es ist trotzdem ihre Hochzeitsnacht. Du hast einen Trauermarsch geschrieben."

Er grinste nur. „Hast du dir jemals den Hochzeitsmarsch angehört, Freddie? Ich meine, so richtig?" Um den Beweis anzutreten, drückte er seine Zigarette aus und begann das Stück zu spielen.

Freddie musste zugeben, dass darin ein feierlicher Ernst mitschwang, es klang fast ein bisschen gruselig. „Okay, ein Punkt für dich. Spiel es noch mal und lass mich nachdenken."

Sie ging in Gedanken versunken im Zimmer auf und ab und versuchte sich vorzustellen, was in dem Paar vorgehen könnte. „Was ist, wenn wir so anfangen, wie du es komponiert hast, langsam, wie ein Trauermarsch –

nur Cello und Orgel. Und dann beschleunigen wir das Tempo immer mehr. Panik baut sich auf."

„Einhergehend mit einem Tonartwechsel."

„Gut. Versuch es hier." Sie beugte sich über seine Schulter und legte ihren Finger auf eine bestimmte Stelle des Notenblatts.

„Ja, schon gut, ich sehe es." Er wünschte bei Gott, ihre Brüste würden sich nicht so gegen seinen Rücken drücken. „Du engst mich ein, Freddie."

Seine gepresste Stimme ließ sie aufhorchen. „Wirklich? Das tut mir Leid." Aber es tat ihr nicht Leid, kein bisschen. Sie zog sich etwas zurück und hörte ihm zu. „Ich glaube, wir haben es." Sanft legte sie ihre Hände auf seine Schultern und begann sie zu massieren. „Du bist verspannt."

Er verspielte sich, es ärgerte ihn. „Du engst mich immer noch ein."

„Ich weiß."

Ihr Haar streifte seine Wange, und dieses verdammte Parfum, das sie aufgelegt hatte, schien ihm geradewegs in die Lenden zu schießen. In der Absicht, sie anzufahren, wandte er den Kopf – sein erster großer Fehler –, was damit endete, dass er in diese großen grauen Augen schaute.

„Mache ich dich nervös, Nicholas?" murmelte sie, während sie sich wieder neben ihn setzte.

„Du machst mich verrückt", rutschte es ihm unversehens heraus. Es war die schlichte Wahrheit.

„Das ist gut." Sie beugte sich vor und drückte ihm einen weichen, feuchten Kuss auf den Mund, bei dem sie ihn ganz zart mit der Zungenspitze kurz berührte. „Du machst mich nämlich schon seit Jahren verrückt. Es wird höchste Zeit, dass ich auch endlich mal drankomme."

Er bekam keine Luft mehr. Plötzlich glaubte er genau zu wissen, wie man sich fühlte, wenn man zum dritten Mal unterging. Wie man in panischer Angst im Wasser um sich schlug und nach Luft schnappte. Und eine verlorene Schlacht mit seinem Schicksal kämpfte.

„Das ist kein Spiel, Freddie. Und du kennst die Spielregeln nicht", sagte er scharf.

Sie ließ ihre Hände an seinen Unterarmen hinaufgleiten, bis sie schließlich auf seinen Schultern lagen, dann beugte sie sich vor, bis ihr Mund ganz nah vor seinem war. „Ich kann mir vorstellen, dass du sie mir beibringen könntest."

Er klammerte sich an den letzten noch verbliebenen Rest seiner Selbstkontrolle, der ihm auch schon zu entgleiten drohte. „Wenn du wüsstest, was ich dir gern beibringen würde, würdest du die Beine unter den Arm nehmen und so schnell wie möglich nach Hause zu Daddy rennen."

Diese Bemerkung forderte ihren Stolz heraus. Ihre Augen sprühten. „Probier es aus."

Es war verrückt. Er wusste genau, dass es verrückt war, sie an sich zu ziehen und diesen Mund, der ihn so peinigte, zu erobern. Er redete sich ein, dass er sie nur erschrecken wollte, dass er wollte, dass sie aufsprang und ihr Heil in der Flucht suchte.

Aber das war gelogen.

Als ihr Körper in seinen Armen erbebte, sich anspannte und schließlich dahinschmolz, riss der dünne Faden seiner Selbstkontrolle und ließ ihn taumeln.

„Verdammt. Verdamm uns beide." Er zog sie von der Bank, nahm sie in die Arme und hob sie hoch in einer Geste, wie jede Frau sie sich erträumt. „Diesmal entkommst du mir nicht."

Auch wenn sie kaum Luft bekam, begegnete sie seinem Blick gelassen. „Ich habe nie versucht, dir zu entkommen, Nick. Und du wirst es auch heute nicht schaffen, mich in die Flucht zu schlagen."

„Dann möge Gott dir helfen. Möge er uns beiden helfen."

Sein Mund lag wieder auf ihrem, wild und ungezügelt, während er sich umdrehte und sie in sein Schlafzimmer trug.

Das Bett war ungemacht, die Laken zerknittert, ein Zeugnis seiner schlaflosen Nacht. Die Spätnachmittagssonne schien grell durchs Fenster. Unter anderen Umständen hätte er vielleicht den einen oder anderen Gedanken auf das Drumherum verschwendet und für eine angemessene romantische Atmosphäre gesorgt.

Aber jetzt wollte er sie einfach nur in seinem Bett.

Seine Hände zerrten bereits an ihrer Bluse, und seine Lippen waren überall. Sie wehrte sich nicht gegen seine drängende Hast, sondern hieß sie voll und ganz willkommen. Nachdem sie so lange gewartet hatte, erschien es ihr nur richtig, sich zu beeilen, ihnen beiden förmlich die Kleider vom Leib zu reißen. Vielleicht gab es eine kleine Spur Panik irgendwo ganz tief in ihr drin. Die pure Angst, im entscheidenden Moment alles zu vermasseln.

Würde es wehtun? Würde es sie gar demütigen?

Dann lag sein Mund wieder heiß auf ihrem, und die Panik wurde ausgelöscht durch das Feuer seiner Leidenschaft, ehe sie Gelegenheit gehabt hatte, von ihr Besitz zu ergreifen.

Sie hatte sich nie vorgestellt, dass es so sein würde. Ein so gewaltiges und intensives Begehren. So aufregend. All ihre Fantasien, ihre lang gehegten Träume und stillen Hoffnungen verblassten angesichts dieser Realität.

Er konnte gar nicht genug von ihr bekommen. Es schien, als hätte er sein ganzes Leben lang nur auf diesen Augenblick gewartet. Sie war ein Festschmaus, ein Bankett der verschiedensten Geschmackssorten, süß, würzig, scharf, und er war ein Verhungernder.

Ihre Haut war wie Elfenbein, mit einem Feuer direkt unter der Oberfläche, das ihn in Entzücken versetzte. Jede kleine Bewegung, die sie machte, so geschmeidig wie der Tanz, den sie in der Nacht zuvor zusammen getanzt hatten, erregte ihn aufs Äußerste.

Unterschwellig glaubte er zu spüren, dass sie noch unschuldig war. Er würde behutsam sein müssen. Er fühlte ihre zarte Haut unter seinen Händen, diese sanften Rundungen. Deshalb verlangsamte er instinktiv sein Tempo. Und begann es auszukosten.

Die Süße. Die Form ihres Mundes. Die Umrisse ihrer Schultern. Sanft bewegte er seine Lippen über ihren Hals und mahnte sich zu Geduld, um ihr Gelegenheit zu geben, ihre Empfindungen ebenfalls bis zur Neige auszukosten.

Sie konnte ihre Augen nicht offen halten. Ihre Lider waren zu schwer. Seltsam, wie leicht sich ihr ganzer restlicher Körper anfühlte. Wie hauchdünnes, zerbrechliches Glas. Und er streichelte sie so sanft mit diesen wundervollen Händen, als wüsste er, dass sie zerbrechen könnte.

Dann wanderte sein Mund weiter abwärts, seine Lippen umspielten ihre Knospe, fingen sie ein, begannen zu saugen. Die Lust durchbohrte sie wie ein Pfeil, blieb zitternd stecken.

Die Lust, ihn zu berühren, dachte sie verschwommen. Um diese geballte Kraft zu spüren, die seinen Muskeln innewohnte. Beifällig murmelnd fuhr sie mit den Händen über seine nackten Arme, seine Brust, seinen Bauch, erfreut, mit jeder Bewegung eine neue Entdeckung zu machen.

Diese sanften, vorsichtig tastenden Berührungen bewirkten, dass ihm das Blut in den Kopf schoss. Er konnte es in seinen Ohren rauschen hören. Sein nächster Kuss war schon ein bisschen fordernder, Nick drang tiefer in ihre warme, feuchte Mundhöhle ein, verweilte etwas länger.

Sie erinnerte ihn an eine schlummernde Prinzessin, wie sie so dalag mit den geschlossenen Augen, der glühenden Haut und ihrem Haar, das sich wie ein Strahlenkranz auf dem Kissen ausbreitete.

Aber sie erbebte unter ihm, ihre Lippen waren voll und angeschwollen von seinem geduldigen, nicht nachlassenden Angriff, und ihr Atem flog. Als er die Hand an ihren Schoß legte, spürte er, dass sie heiß war und feucht und unwiderstehlich.

Angesichts dieser neuen Intimität riss sie die Augen auf. Und der Druck, dieser unerträgliche Druck, der sich in ihr aufbaute, drohte sie zu zerreißen, versprach, sie zu überwältigen. Obwohl sie verneinend den Kopf schüttelte, wölbte sie sich ihm verlangend entgegen.

Er erreichte, dass sie laut aufschreiend ihrem ersten Höhepunkt entgegenflog. Ihre Fingernägel krallten sich in seinen Rücken angesichts der ungeheuren Woge der Lust, von der sie sich überschwemmt sah und die sie hilflos machte.

Dann fiel die Spannung von ihr ab und ließ sie ermattet zurück. Sie glaubte ihn stöhnen zu hören und spürte, wie er im selben Moment wie sie erschauerte. Aber er schaffte es, ihre Leidenschaft aufs Neue zu wecken, so schnell und geschickt, dass ihr nichts blieb, als sich an ihn zu klammern und ihm wiederum wiederum die Führung zu überlassen.

Seine Hände waren zu Fäusten geballt, als er langsam in sie eindrang, so langsam, dass ihm der Schweiß aus allen Poren brach und sein Körper nach Erlösung schrie.

Er wusste, dass er ihr wehtun würde, wenn er in sie eindrang.

Aber sie öffnete sich ihm so geschmeidig, als hätte sie ihn schon die ganze Zeit erwartet.

Er würde in der Hölle schmoren für das, was er getan hatte. Nick verfluchte sich wieder und wieder, aber er fand nicht die Kraft, sich zu bewegen. Er lag noch immer auf ihr und war noch immer in ihr und versuchte sich von dem gewaltigsten Höhepunkt seines Lebens zu erholen.

Er hatte kein Recht gehabt, sie zu nehmen. Noch weniger, es mit Freuden zu tun.

Nick wünschte sich, sie würde etwas sagen, irgendetwas, das ihm zumindest einen Hinweis darauf geben könnte, wie mit der Situation weiter umzugehen war. Aber sie lag einfach nur da, völlig ermattet, mit einer Hand auf seinem Rücken.

Ihm blieb nichts anderes, als selbst die Initiative zu ergreifen.

So sanft wie möglich rollte er sich von ihr herunter. Sie gab einen Laut von sich, es klang fast wie ein Schnurren, und dann schmiegte sie sich ganz eng an ihn.

Ganz gewiss würde er in der Hölle schmoren, und zwar dafür, dass er sie schon wieder begehrte.

„Es gibt nichts, womit ich das wieder gutmachen könnte."

„Nichts", sagte sie mit einem Aufseufzen und legte eine Hand auf die alte Narbe knapp oberhalb seines Herzens.

Er starrte verzweifelt auf einen Punkt an der Decke. „Kann ich dir irgendetwas bringen, Freddie? Einen Brandy vielleicht?"

„Einen Brandy?" Verdutzt hob sie den Kopf. „Ich

hatte keinen Unfall und bin auch nicht von einer Lawine überrollt worden. Warum also sollte ich einen Brandy brauchen?“

„Na … wegen des Schocks“, sagte er zögernd. „Dann eben ein Glas Wasser“, wagte er einen zweiten Vorschlag, angewidert von sich selbst. „Irgendwas.“

Der schöne rosa Nebel in ihrem Kopf löste sich langsam auf. Er klärte sich genug, um die Reue und Selbstverachtung zu sehen, die sich in seinen Augen widerspiegelte. „Du willst mir doch wohl nicht erzählen, dass es dir Leid tut?“

„Und wie Leid es mir tut, verflucht noch mal. Das hätte nie passieren dürfen. Ich hätte es niemals so weit kommen lassen dürfen. Schließlich wusste ich, dass es für dich das erste Mal war.“

Das kränkte sie gehörig in ihrer Eitelkeit. „Woher willst du das wissen?“

Endlich schaute er sie an. „Das war offensichtlich.“

„Aha … ich verstehe.“ Vielleicht konnte man ja nach einem so himmelhochjauchzenden Vergnügen eine Demütigung verkraften. „War ich unzulänglich?“

„Un…“ Er atmete laut aus, dann fluchte er ellenlang. Die Frau hatte ihm sein Innerstes nach außen gekehrt, und jetzt wollte sie wissen, ob sie unzulänglich gewesen war! „Nein, du warst nicht unzulänglich. Du warst erstaunlich.“

„Wirklich?" Ihre Mundwinkel hoben sich. „Wirklich erstaunlich?"

Er wollte das Thema so schnell wie möglich beenden. „Darum geht es jetzt nicht."

„Ich finde schon." Die Qual, die in seiner Stimme mitschwang, veranlasste sie, sich auf die Ellbogen aufzustützen und ihn anzuschauen. „Ich wusste immer, dass du mein erster Mann sein wirst, Nicholas. Ich habe es mir immer gewünscht."

Als er den Erregungsschauer über sich hinwegrieseln spürte, fragte er sich, warum er sich nicht schämte. „Ich habe es ausgenützt, dass ..."

Sie schnitt ihm mit einem Auflachen das Wort ab. „Du hast gar nichts ausgenützt. Vielleicht willst du dir selbst vormachen, dass du eine Jungfrau verführt hast, Nicholas, aber das stimmt nicht, weil es nämlich genau umgekehrt ist. Ich habe dich verführt, und das war verflucht harte Arbeit, das kannst du mir glauben."

„Ich versuche nur, Verantwortung zu übernehmen", sagte er geduldig. „Aber du machst es mir verdammt schwer."

„Du hast mich glücklich gemacht", murmelte sie und senkte ihren Mund auf seinen herab. „Ich hoffe, wir haben uns gegenseitig glücklich gemacht. Warum sollte uns das Wissen darum traurig machen?"

Es schien tatsächlich nicht viel Sinn zu machen, deshalb lächelte er sie an. „Du solltest weinen und zittern und schockiert sein."

„Oh." Sie spitzte die Lippen. „Na, vielleicht schaffe ich es ja beim nächsten Mal."

Später ließ er sie in seinem Bett allein und ging nach unten in die Bar, um seine Schicht zu übernehmen. Zum ersten Mal in all den Jahren ertappte er sich dabei, dass er auf die Uhr schaute. Obwohl er so lässig wie immer den Zapfhahn bediente und Drinks mixte, hätte er die Gäste, die nach der letzten Runde noch immer nicht ans Gehen dachten, am liebsten kurzerhand rausgeworfen.

Als er schließlich nach oben kam, schlief sie tief, ihr Kopf ruhte auf seinem Kissen, ihr Arm lag da, wo er, Nick, gleich liegen würde. Es war schön, sie einfach anzuschauen und ihren gleichmäßigen tiefen Atemzügen zu lauschen, die nur verstummten, wenn sie sich im Schlaf bewegte.

Dann kam ihm eine Idee, bei der er schmunzeln musste, und er begann sein Hemd aufzuknöpfen.

Er ließ seine Kleider auf dem Boden liegen, dann ging er zum Fußende des Betts. Er schob behutsam das Laken, mit dem sie zugedeckt war, zur Seite und beugte sich über ihren Fuß.

Freddie erwachte von einem angenehmen Prickeln. Es schien über ihre Haut zu kriechen, in ihr Blut zu sickern. Sie hörte sich lustvoll aufseufzen. Oh, was für ein herrlicher Traum! Als Nick seine Zähne über ihren Spann zog, wurde sie ganz wach und setzte sich ruckartig auf.

„Nick?“ Verwirrt und mit klopfendem Herzen schob sie sich das Haar aus den Augen und blinzelte den Schatten, der am Fußende des Bettes kauerte, an. „Was machst du denn?“

„Dich aufwecken.“

Seine Augen glitzerten in der Dunkelheit wie die einer Raubkatze. Eines Wolfs. Als sie entdeckte, dass das Laken, mit dem sie sich zugedeckt hatte, weg war, legte sie peinlich berührt einen Arm über ihre Brüste. Ihre Schamhaftigkeit rührte ihn ebenso, wie sie ihn erregte.

„Zu spät“, murmelte er. „Ich habe dich schon nackt gesehen.“

Sich töricht vorkommend, ließ sie den Arm sinken. Ein bisschen.

„Mir kam der Gedanke, dass ich mich von deinen Zehen langsam aufwärts arbeiten könnte. Ich musste ihm einfach nachgeben.“

„Oh.“ Bei der Vorstellung fühlte sie sich von einer Welle der Lust überschwemmt. „Komm ins Bett.“

„Vielleicht.“

„Ich will, dass …“ Sie unterbrach sich und ließ sich kraftlos in die Kissen zurücksinken, während seine

Zunge erstaunliche und aufregende Dinge mit ihrem Knöchel anstellte.

„Da du mich beim ersten Mal verführt hast“, fuhr er fort, während er sich Zentimeter um Zentimeter an ihrer Wade nach oben arbeitete, „dachte ich mir, dass es nur gerecht ist, wenn ich mich jetzt bei dir dafür revanchiere.“

Wer hätte gedacht, dass eine Kniekehle von so köstlicher Empfindsamkeit war? „Nun ...“ Ihre Stimme bebte. „Gerecht ist gerecht.“

Freddie summte glücklich vor sich hin, als sie sich am nächsten Morgen in ihre Wohnung einließ. Nicht nur war sie verliebt, nein, sie hatte auch die erste Nacht mit dem Mann verbracht, den sie liebte. Nick LeBeck gehörte ihr. Und sie gehörte ihm.

Sie drehte zwei schwungvolle Pirouetten durch das Wohnzimmer und vergrub das Gesicht in dem weißen Veilchen, das er ihr geschenkt hatte, dann tanzte sie weiter durch die Wohnung.

Ihr Leben war einfach perfekt.

Sie hätte sofort ihr schönes Apartment aufgegeben und wäre mit Sack und Pack zu ihm in seinen Saustall gezogen. Aber sie konnte sich Nicks Gesicht genauestens vorstellen, sollte sie diesen Vorschlag machen.

Purer Schock. Und eine gehörige Portion Angst.

Nun, es bestand wirklich kein Grund, die Dinge übertrieben hektisch voranzutreiben. Im Moment jedenfalls noch nicht.

Sollte er allerdings nicht bald selbst den nächsten Schritt machen, würde sie wohl die Initiative ergreifen müssen. Und ihm einen Antrag machen.

Doch für den Moment war sie durchaus zufrieden. Was sie jetzt brauchte, war eine Dusche – die, die sie heute Morgen mit Nick zusammen genommen hatte, hatte nicht viel mit Körperreinigung zu tun gehabt – und frische Wäsche. In einer Stunde sollte sie wieder bei ihm sein.

Sie hatte gerade das Wasser abgestellt, als die Klingel ertönte. „Komme ja schon." Tropfend eilte sie zur Gegensprechanlage. „Ja?"

„Mach auf, Freddie."

Allein der Klang seiner Stimme verursachte einen angenehmen Schauer. „Nick, du solltest aufhören, mir ständig hinterherzulaufen."

„Sehr witzig. Mach schon auf. Wenn du ans Telefon gegangen wärst, hätte ich mir den Weg hierher ersparen können."

„Ich stand unter der Dusche." Sie drückte den Türöffner, dann schob sie die Riegel von der Tür und rannte zurück ins Bad. Sie wand ein Handtuch um ihr nasses Haar und trug noch etwas von der parfümierten Feuchtigkeitscreme auf, bevor sie in den kurzen Bademantel schlüpfte.

Und dann stand er auch schon in der Wohnung. „Lass nie die Wohnungstür offen stehen“, raunzte er sie als Erstes an.

Er ist ja so charmant, dachte sie. „Du warst doch auf dem Weg nach oben.“

„Niemals!“ wiederholte er, dann betrachtete er sie genauer. „Hast du nicht vor einer Stunde schon geduscht?“

Sie legte den Kopf ein wenig schief und schob das Handtuch zurück, das herunterfallen wollte. „Das würde ich eher in die Kategorie ‚Wasserspiele‘ einordnen. Was soll die Frage? Leidet New York etwa plötzlich unter Wassermangel?“

Zerstreut griff er nach dem Revers ihres Morgenmantels. „Und wie nennt man so ein Ding?“

Sie sah an dem kurzen, violetten Seidenmantel herunter. „Das ist ein Morgenmantel. Wie nennst du das denn?“

„Eine Einladung. Aber dafür haben wir jetzt keine Zeit. Beeil dich, pack deine Koffer.“

Sie riss erstaunt die Augenbrauen hoch. „Ich muss verreisen?“

„Wir müssen verreisen. Maddy hat angerufen, fünf Minuten, nachdem du weg warst. Sie hat uns eingeladen, ein paar Tage mit ihr zusammen in den Hamptons zu verbringen."

Da das Handtuch sich partout weigerte, elegant und gerade zu bleiben, riss sie es einfach herunter. „Wann? Jetzt?"

„Natürlich jetzt. Sie hat ein Wochenendhaus da, und ihre ganze Familie ist zu Besuch." Er streckte die Hand aus und ließ eine nasse Strähne durch seine Finger gleiten. „Sie hält das für eine gute Gelegenheit. Damit wir uns besser kennen lernen können, wenn wir zusammen arbeiten sollen."

„Hört sich vernünftig an."

„Also beeil dich, ja?" Man merkte ihm die Ungeduld an. „Ich muss auch noch packen, einen Wagen anmieten und jemanden finden, der meine Schicht in der Bar übernimmt."

„Fein, dann fang an. Bis du das erledigt hast, bin ich fertig."

„Darauf würde ich nicht wetten ... Du lieber Himmel!" Während des Sprechens war er rückwärts in das Schlafzimmer getreten, und jetzt sperrte er den Mund auf. „Was ist denn das?"

„Ein Bett", antwortete sie, trat vor und strich liebevoll über das Fußende. „Mein Bett. Toll, nicht?"

Er musste grinsen, er konnte nicht anders. „Aus ‚Tausendundeine Nacht' oder ‚Dornröschen'?"

„Irgendwo dazwischen.“ Sie hob skeptisch eine Augenbraue. „Auf jeden Fall ist es größer als deins.“

„Dreimal so groß.“ Er nahm die feine Spitze der Tagesdecke zwischen zwei Finger. Er hätte seinen Kopf darauf verwettet, dass sie Spitze wählen würde. Langsam wandte er sich zu ihr um, ein Funkeln in den Augen und Lust in seinem Herzen. „Also, Freddie, wie lange, meinst du, brauchst du zum Packen?“

„Bestimmt nicht sehr lange“, versprach sie und warf sich mit ihm auf das Bett.

9. KAPITEL

„Du willst mir wirklich allen Ernstes erzählen, du hättest *sie*? Den Superstar der Familie?“ Zack schüttelte entschieden den Kopf. „Lachhaft.“

„Es ist aber so“, beharrte Nick, außer Stande, sich seines Grinsens zu erwehren. Es war kein Geheimnis, dass die blonde Göttin eine von Zacks „kleinen Obsessionen“ war, wie Rachel es trocken auszudrücken pflegte.

Und es stimmte tatsächlich. Freddie und Nick waren übers Wochenende bei Maddy und ihrer großen Familie zu Besuch gewesen, um mit ihr die Hauptrolle durchzusprechen, die sie in dem Musical übernehmen sollte, und dort hatten sie unter anderem auch deren Schwester, eine berühmte Schauspielerin, kennen gelernt.

„Die Schauspielerin, deren Filme du dir reinziehst, sobald sie als Video erhältlich sind.“ Er schickte sich an, mit der nächsten Kiste Klub Soda, die er eben aus dem Kofferraum gehievt hatte, in den Vorratsraum zu gehen.

„He, warte doch mal eine Sekunde.“ Zack, der Nick mit leeren Händen nachgekommen war, hielt ihn am Ärmel fest. „Du meinst, du hast sie wirklich getroffen – in Fleisch und Blut?“

„Und sie hat ein verdammt aufregendes Fleisch, das

kann ich dir flüstern." Manchmal war Schadenfreude eben doch die schönste Freude. „Ich habe zweimal mit ihr zusammen zu Abend gegessen." Nick sorgte dafür, dass es möglichst lässig klang, und ergänzte das Ganze noch durch ein betont beiläufiges Schulterzucken. „Aber ich muss sagen, ihre Schwestern sind auch nicht zu verachten. Sie haben beide …"

„Ja, ja, über ihre Schwestern können wir später noch reden. Du hast mit ihr zu Abend gegessen, ich meine … so richtig? Mit ihr?" Zack musste sich räuspern. „Zusammen. An einem Tisch?"

„Richtig." Natürlich war bei diesen Mahlzeiten die gesamte Familie anwesend gewesen, und die Kinder hatten einen Lärm veranstaltet, dass man kaum sein eigenes Wort verstand, aber es gab keinen Grund, solche Kleinigkeiten zu erwähnen. „Ich habe dir doch erzählt, dass ich ein paar Tage zu Maddy fahre."

„Ich habe mir weiter keine Gedanken darüber gemacht", brummte Zack. „Irgendwie habe ich die beiden gar nicht zusammengebracht. Egal. Aber wenn du sie wirklich kennen gelernt und mit ihr zu Abend gegessen hast … sag mal, wie ist sie denn so, ich meine … in Wirklichkeit?"

Nick drehte sich nach Zack um und spitzte die Lippen zu einem theatralischen Kuss. Dann ging er grinsend weiter.

„He, verdammt, warte, du bringst mich noch um.“ Zack, ein Opfer seiner Fantasien, rannte hinter Nick her. „Ich meine, wie sieht sie denn aus? Na, du weißt schon …“ Er beschrieb mit den Händen eine Kurve in der Luft.

„Ihren Bikini füllt sie recht ordentlich aus.“

„Bikini.“ Zack presste sich eine Hand aufs Herz. „Großer Gott. Du hast sie im Bikini gesehen.“

„Ja, klar, wir sind ein paar Mal zusammen geschwommen.“ Tatsächlich hatten Freddie und er dreimal mit ihr Wasserball gespielt. Aber warum so detailversessen sein?

„Mit ihr geschwommen.“ Zack schluckte schwer. „Sie ist … nass geworden.“

„Das wird man beim Schwimmen gewöhnlich.“

Eingedenk seines Blutdrucks beschloss Zack, sich dieses Bild erst einmal nicht weiter vorzustellen. Er würde es sich für später aufheben, wenn er wieder ruhiger geworden war. „Und du hast mit ihr gesprochen. Habt ihr euch richtig unterhalten?“

„Die ganze Zeit über. Sie ist intelligent. Das erhöht ihren Reiz noch, nehme ich an. Zumindest in meinen Augen.“

„Ich frage ja nur. Du hast sie also wirklich getroffen.“ Er seufzte und hievte einen Kasten Limonade hoch.

„Ich habe sie nicht nur getroffen. Ich habe sie sogar geküsst."

„Dass ich nicht lache."

„Also gut, du hast Recht. Ich habe sie nicht geküsst."

Zack schnaubte verärgert. „Darüber reißt man keine Witze."

„Sie hat mich geküsst." Nick tippte sich mit dem Zeigefinger an die Lippen. „Genau hier hat sie mir einen Kuss draufgepflanzt."

Zack schaute ihn fassungslos an. „Du stehst hier und willst mir erzählen, dass *sie* dich geküsst hat – auf den Mund?"

„He, würde ich dich je anlügen?"

Zack dachte gründlich darüber nach. „Nein", entschied er schließlich. „Das würdest du nicht." Dann machte er einen Satz auf Nick zu, und ehe dieser wusste, wie ihm geschah, riss Zack ihn an sich und küsste ihn – genau wie die Sängerin es getan hatte – mitten auf den Mund.

„Verdammt, Zack!" Noch mehr Flüche entfuhren Nick, während er das Gesicht verzog und sich dem Handrücken den Mund abwischte. „Hast du sie noch alle?"

„He, ich nehme an, so nah komme ich ihr nie mehr im Leben." Befriedigt bückte sich Zack nach der nächsten Kiste. „Ein Mann hat seine Träume, Kumpel."

„Von mir aus, aber halt mich da raus." Nick setzte noch einen drauf und wischte sich den Mund ein zweites Mal ab. „Mann, was glaubst du, was los ist, wenn uns eben jemand gesehen hat?"

„Außer uns beiden ist doch keiner hier, Bruderherz. Und ich weiß es sehr zu schätzen, dass du sofort nach deinem aufregenden Ausflug gekommen bist, um hier mit anzupacken."

„Nicht der Rede wert."

„Und wie hat Freddie der Ausflug in die Welt der Reichen und Schönen gefallen?"

„Das ist doch nichts Neues für sie." Nick wischte sich den Schweiß vom Nacken. „Viel anders ist ihre Welt doch auch nicht."

„Ja, du hast wohl Recht. Man vergisst es nur so leicht. Hier ist sie einfach nur Freddie."

Sie luden die Kisten ab und trugen sie in den Vorratsraum, dann schlossen sie ihre Arbeit mit dem Eistee, den Rio in hohen Gläsern im Kühlschrank für sie kalt gestellt hatte, ab.

„Ganz schön heiß. Und das schon im Juni", setzte Zack an. „Du solltest dir eine Klimaanlage in der Wohnung einbauen."

„Ja, vielleicht."

Eine gute Einleitung, sagte sich Zack. Für etwas, das ihm schon länger durch den Kopf ging. „Ich hab nachgedacht, so wie deine Karriere sich jetzt anlässt und das alles …" Mit „das alles" meinte er hauptsächlich Freddie, aber er konnte sich nicht dazu bringen, es offen auszusprechen. „Vielleicht hast du ja keine Lust mehr, noch lange hier zu bleiben."

„Was? Oben?"

„Ja, oben in der Wohnung. Und hier, in der Bar."

Verdutzt setzte Nick sein Glas ab. „Heißt das, ich bin gefeuert?"

„Herrgott, nein. Um ehrlich zu sein, ich wüsste gar nicht, wie ich das alles ohne dich schaffen sollte. Aber ich beginne mir Sorgen zu machen, dass du dich vielleicht nur verpflichtet fühlst, hier zu bleiben. Barkeeper war nicht unbedingt dein Traumjob für die Zukunft, oder?"

„Deiner war es auch nicht", erwiderte Nick leise.

„Das ist etwas anderes …", begann Zack und schüttelte dann den Kopf, als er Nicks Blick sah. „Na schön, war es nicht. Aber ich hatte meine Chance und habe meine Wahl getroffen. Tatsache ist, ich liebe diese Bar. Ich bin glücklich und zufrieden mit meinem Leben. Was nicht bedeuten darf, dass wir aus dem Augen verlieren, dass du einen ganz anderen Weg vor dir hast."

„Willst du immer noch auf mich aufpassen?"

„Alte Angewohnheit."

Nick schürzte die Lippen. „Sagen wir mal so … Früher oder später wirst du dich nach einem anderen Barkeeper und Teilzeit-Pianisten umsehen müssen. Aber im Moment stört es mich nicht, die Nachtschicht zu übernehmen, solange mir das nicht das Komponieren durcheinander bringt. Außerdem – wenn das Stück ein Flop wird, brauche ich einen Rückhalt."

„Es wird kein Flop werden."

„Du hast Recht, wird es nicht. Aber lass uns die Dinge einfach für eine Weile noch beim Alten belassen." Er sah auf die Wanduhr und fluchte. „Mann, ich hätte schon vor einer halben Stunde bei Freddie sein sollen!" Er trank den letzten Schluck Eistee. „Bis später!" Damit war er schon zur Tür hinaus und ließ einen breit grinsenden Zack zurück.

Nick hatte entschieden, dass sie zur Abwechslung mal Freddies Flügel eine Chance geben sollten. Deshalb gaben die beiden an diesem Nachmittag der Abschlussszene des ersten Aktes in Freddies Wohnung den letzten Schliff.

„Es kommt gut", erklärte Nick zufrieden. „Das reicht."

„Ja, finde ich auch. Aber ich denke …"

„Nein. Höchste Zeit, mit dem Denken aufzuhören." Er streckte die Hände nach ihr aus, zog sie in seine Arme und stand mit ihr auf.

„Lass mich los. Was ist mit der Eröffnung für den zweiten Akt? Wir haben noch nicht mal angefangen damit."

„Morgen."

„Heute", sagte sie lachend, während sie sich von ihm freizumachen versuchte. „Nick, es ist helllichter Nachmittag."

„Das ist sogar noch besser."

„Du bestehst doch sonst immer so eisern darauf, dass wir arbeiten."

„Das war, als ich noch entschlossen war, dem aus dem Weg zu gehen, was ich jetzt gleich tun werde." Er trug sie ins Schlafzimmer und ließ sie aufs Bett fallen.

„Wir haben unser Tagespensum noch nicht geschafft." Als er sie nur angrinste und begann, sich das Hemd aufzuknöpfen, setzte sie sich auf. „Das ist nicht das Pensum, von dem ich rede."

„Du willst wohl, dass ich dich nach allen Regeln der Kunst verführe, hm?"

„Nein." Umgehend besann sie sich jedoch eines Besseren. Sie legte den Kopf auf die Seite und warf ihm einen langen, abschätzenden Blick zu. „Nun, vielleicht … wenn du glaubst, dass du es schaffst."

Er hatte sich bereits sein Hemd aufgeknöpft. Die Hürde, die sie aufgebaut hatte, gab dem ungezwungenen Vergnügen, auf das er ausgewesen war, einen neuen

Kick. Sie wandte den Blick ab, dann schaute sie ihn wieder an, als er sich auf der Bettkante niederließ.

„Nur durch Anschauen schaffst du es nicht, mich zu verführen."

„Ich liebe es, dich anzuschauen, ich kann mich gar nicht satt sehen an dir."

Sie zog die Augenbrauen zusammen. „Das ist mir zu billig, Mr. Romance."

„Dann muss ich dich wohl erst daran erinnern, dass du – zuverlässigen Aussagen zufolge – nicht wirklich mein Typ bist." Als sie empört aufspringen wollte, bekam er sie gerade noch zu fassen, warf sie aufs Bett und hielt sie fest.

„Ich bin nicht interessiert", sagte sie kühl. „Lass mich aufstehen."

„Oh, du bist sogar sehr interessiert. Diese kleine Ader hier an deinem Hals ..." Er fuhr mit den Lippen darüber. „Sie pocht ungewöhnlich schnell."

„Das ist nur der Ärger."

„Nein, wenn du dich ärgerst, kriegst du diese Linie hier." Er legte eine Fingerspitze zwischen ihre Augenbrauen und lächelte, als sich die Linie bildete. „Ja, genau so." Er küsste sie auf die Stirn und stellte zufrieden fest, dass sich die Furche wieder geglättet hatte.

„Ich will nicht, dass ..." Sein Mund, der neckisch den ihren streifte, bewirkte, dass sie den Faden verlor.

„Was?“

„Dass … mmm.“

„Das dachte ich mir.“

Welcher Mann konnte einer Frau widerstehen, die die Fähigkeit hatte, derart dahinzuschmelzen? Oder diesem leisen Gurren, das ihrer Kehle entstieg, wenn sich ein Kuss träge und lustvoll hinzog?

Und genauso wollte er sie jetzt lieben. Träge und lustvoll, damit er auch noch die kleinste Veränderung, die in ihr vorging, wahrnehmen konnte. Er brauchte sie nur anzutippen, und sie kam ihm entgegen. Ein gerauntes Kosewort genügte, und sie seufzte voller Verlangen auf.

Es schien, als gäbe es nichts, was er nicht tun, nichts, worum er sie nicht hätte bitten können.

Er wollte sie sehen, alles von ihr, während die Sonne durch die geöffneten Fenster ins Zimmer flutete und die Geräusche des nachmittäglichen Verkehrs zu ihnen nach oben drangen. Seine Bewegungen waren langsam und ohne Hast, als er die Knöpfe ihrer Bluse öffnete, einen nach dem anderen.

Er zeichnete den Spitzenbesatz an ihrem BH nach, ließ seine Finger darunter schlüpfen und lauschte ihren sich beschleunigenden Atemzügen.

So ist es immer, dachte sie verschwommen. Unangestrengt und schön. Egal, ob sie in hitzigem Verlangen oder einander neckend zusammenfanden, ruhig oder von heißen Wellen des Begehrens überschwemmt, es war immer ganz einfach.

Perfekt.

Sie spürte, wie ihr Verlangen langsam aufblühte, wie eine Rose, die sich Blütenblatt um Blütenblatt öffnet. Genauso leicht fiel es ihr, sich ihm zu öffnen.

Der leise Windhauch, so träge wie seine Hände, strich von den geöffneten Fenstern zu ihr herüber, kühlte ihre erhitzte Haut, die nur einen Wimpernschlag später wieder zum Glühen gebracht wurde durch seine Hände und wieder gekühlt und wieder erhitzt. Die Verkehrsgeräusche, die von der Straße heraufdrangen, klangen plötzlich gedämpft, wie in einem Traum, und auch das Sonnenlicht erschien ihr mild. Alles trat in den Hintergrund, wie ein Bühnenbild für die Fantasie.

Sie wölbte sich ihm entgegen, als er ihr die Hose auszog, und schob ihm gleichzeitig das offene Hemd über die Schultern, wobei sie ihre Hände über seine muskulösen Arme gleiten ließ.

Sie war sich nicht sicher, wann sich das Tempo beschleunigt hatte, wann die unterschwellige Dringlichkeit begonnen hatte, in sie einzusickern wie eine Droge, die ihr jetzt durch die Blutbahn schoss.

Sie klammerte sich an ihn und wand sich nach Erlösung lechzend unter ihm.

„Ich will dich, Nick. Jetzt.“

Die Lust wurde plötzlich dunkel, gefährlich. Nebelverhangene Träume wandelten sich in Besessenheit. Der Hunger peinigte sie beide, so sehr, dass sie tief erschauerten.

Niemand hatte ihm je so viel Lust bereitet.

„Jetzt“, keuchte sie atemlos vor Begehren, während sie sich über ihn kniete und mit einem triumphierenden Aufschrei ganz tief in sich aufnahm.

Sprachlos über die blitzschnelle Veränderung, die in ihr vorgegangen war, und angetrieben von der Hitze seines eigenen Begehrens, umklammerte er hart ihre Hüften und ließ sich von ihr reiten.

Später, als sie beieinander lagen, erschöpft wie Kinder, die den ganzen Nachmittag herumgetollt waren, fiel ihm etwas auf. In ihrer Beziehung gab es nicht den leisesten Hauch von Romantik. Alles, was man gemeinhin damit verband, fehlte – die Kerzen und der Wein, die verschwiegenen Plätze und die langen Spaziergänge.

Sie hatte Besseres verdient. Aber er hatte sie schließlich von Anfang an davon zu überzeugen versucht, dass sie für ihn viel zu schade war. Da sie nicht auf ihn gehört hatte, musste er ihr mindestens etwas zurückgeben.

Nick wünschte, er könnte ihr alles geben.

Woher kam plötzlich dieser Gedanke? Er atmete vorsichtig aus, während ein unerwarteter Gefühlssturm über ihn hinwegfegte. Der ihn erwärmte wie ein inneres Feuer. Der wie Musik klang in seinen Ohren. Wann hatte er angefangen, es zu genießen, dass er sie begehrte? Dass er sie liebte?

Reiß dich am Riemen, warnte er sich selbst. Es würde böse enden für sie beide, wenn er dem, was da unterschwellig in ihm gärte, freien Lauf ließe.

Er beschloss, dass es sicherer war, zu seiner Ausgangsidee zurückzukehren. Jawohl, es wurde höchste Zeit, dass er einmal von sich aus aktiv wurde und ihr einen schönen Abend bereitete, wenn er ihr sonst schon nichts zu bieten hatte.

„Du hast da ja eine Menge Schickimickikram in deinem Schrank hängen."

Es amüsierte sie, dass er von ihrer Garderobe Notiz genommen hatte. „Selbst in West Virginia schaffen wir es, einkaufen zu gehen, und tragen gelegentlich etwas anderes als Overalls."

„Sei doch nicht gleich so gereizt – ich liebe West Virginia."

Dort war sie aufgewachsen, in einem großen Haus mit antiken Möbeln und Hausangestellten. Und er war über einer Bar großgeworden und auf der Straße, mit einem Stiefvater, der den Whisky ein bisschen zu sehr geliebt hatte. Besser, du erinnerst dich daran, LeBeck, bevor du dir irgendwelche Flöhe in den Kopf setzt.

„Ich habe nur gedacht, du könntest dir vielleicht irgendwas Wildes anziehen, und dann könnten wir zusammen ausgehen."

„Ausgehen?" Sie horchte auf. „Wohin denn?"

„Wohin du möchtest." Er wünschte sich, sie würde ihn nicht anschauen, als hätte er eben einen Baseballschläger über ihrem Kopf geschwungen. Vorher würden sie noch miteinander ausgehen. „Ich habe ein paar Beziehungen. Ich könnte uns Karten für ein Musical besorgen. Nicht für meins", fügte er hinzu, bevor sie sich äußern konnte. „Ich will nicht, dass meine eigenen Melodien in meinem Kopf miteinander in einen Wettstreit treten."

Jetzt setzte sie sich ganz auf, töricht angetan von der Vorstellung, mit ihm auszugehen. Sie waren bisher nur ein einziges Mal zum Essen gegangen, und das war auf ihre Initiative hin geschehen. „Es ist ein bisschen spät am Tag, um noch Karten für irgendeine Vorstellung aufzutreiben."

„Nicht, wenn man weiß, wen man anrufen muss." Er fuhr ihr mit dem Finger über den Arm in einer Art und Weise, die sie leise aufseufzen ließ. Sie fragte sich, ob er wusste, dass sie sich wünschte, er würde sie immer und ewig so berühren. „Und anschließend könnten wir noch essen gehen. Französisch, wenn du magst."

Und es ist nicht nur ein einfaches Date, dachte sie benommen. Es ist ein Powerdate. „Das wäre schön." Sie war sich nicht sicher, wie sie reagieren sollte, doch bevor sie sich weiter den Kopf darüber zerbrechen konnte, war er schon aufgestanden und zog sich an. „Also los, takel dich auf. Ich gehe nach Hause und bestelle die Karten. Wir treffen uns bei mir. In einer Stunde."

Er beugte sich vor und gab ihr einen flüchtigen Kuss, dann war er weg.

Vielleicht ist er nicht Sir Lancelot, dachte sie kopfschüttelnd, aber egal ob mit Rüstung oder ohne, er hatte unzweifelhaft seine Momente.

Freddie brauchte jede Sekunde der Stunde, um sich zurechtzumachen. Sie hoffte nur, dass Nick das schulterfreie blaue Seidenkleid auch zu würdigen wusste. Als sie mit ihrem Pfennigabsatz um ein Haar in einer Pflasterspalte hängen geblieben wäre, wünschte sie sich, dass sie sich bei ihr verabredet hätten.

Sie fegte an Rio winkend vorbei und drehte eine Pirouette, als er ihr hinterherpfiff. Nach einem flüchtigen Klopfen an Nicks Wohnungstür trat sie ein.

„Diesmal bist du zu spät", rief sie.

„Ich musste Zack noch mit einer Lieferung helfen."

„Oh." Sie biss sich auf die Unterlippe. „Deine Schicht habe ich ja ganz vergessen."

„Ich habe heute meinen freien Tag." Nick kam, im

Gehen in sein Jackett schlüpfend, aus dem Schlafzimmer. Er bedachte sie mit einem eingehenden Blick und nickte schließlich beifällig. „Sehr nett."

„Du hast wirklich eine seltsame Art, Komplimente auszuteilen, Nicholas."

„Wie wär's damit?" Er packte sie, hob sie hoch und küsste sie, bis ihr die Luft wegblieb.

„Okay", sagte sie, als sie wieder atmen konnte. „Das ist sehr gut."

Plötzlich nervös geworden, ließ er sie los. „Wir haben noch ein wenig Zeit für einen kleinen Schluck. Was hältst du davon, wenn ich deinen persönlichen Barkeeper spiele?"

„Warum nicht? Gegen ein Glas Weißwein lässt sich nichts einwenden – der Barkeeper hat die Wahl."

„Ich denke, ich habe etwas, das deinen Beifall finden wird." Er hatte sich eine Flasche Champagner aus Zacks Weinkeller stibitzt.

„Oh." Freddies Augen weiteten sich. „Das scheint ja wirklich ein erinnerungswürdiger Abend zu werden."

„Das war meine Absicht." Er merkte, dass es ihm Spaß machte, sie zu überraschen. Etwas Außergewöhnliches für sie zu tun. Er ließ gekonnt den Korken knallen und füllte zwei Champagnerkelche, die er sich aus der Bar entliehen hatte. „Auf die Familie", sagte er und stieß mit ihr an.

Sie lächelte, als sie ihr Glas hob. „Was ist denn mit dir plötzlich los? Ich kann es noch gar nicht richtig einordnen."

Diese merkwürdige Unruhe meldete sich wieder, Verlangen und Sehnsüchte verknoteten sich in seinem Magen, schlangen sich um sein Herz. „Ich weiß es selbst nicht so genau."

Doch diese Tatsache machte ihn weniger nervös, als sie ihn eigentlich machen sollte. Weil er glücklich war. Himmelhochjauchzend glücklich. Und je öfter er sie anschaute, desto glücklicher wurde er.

Er war überzeugt davon, dass es ihm ein Leben lang Freude bereiten würde, sie anzuschauen.

Als dieser unerwartete Gedanke wie ein Fausthieb in seinem Magen landete, hielt er für einen Moment die Luft an und atmete dann ganz langsam aus.

„Ist alles in Ordnung mit dir?" Freddie klopfte ihm kameradschaftlich auf den Rücken. „Hast du dich verschluckt?"

„Nein, mir geht es gut." Liebe. Ein Leben lang. „Mir geht es … gut."

Plötzlich wurde sie unruhig, deshalb trat sie einen kleinen Schritt zurück. „Warum schaust du mich denn so an?"

„Wie?"

„Als hättest du mich noch nie gesehen."

„Ich weiß nicht." Aber das war gelogen. Er hatte sie tatsächlich noch nie gesehen, nicht durch die Augen eines Mannes jedenfalls, der völlig kopflos vor Liebe war.

Jetzt wurde ihm klar, dass ihm etwas Unglaubliches passiert war. Er hatte sich Hals über Kopf unsterblich in seine beste Freundin verliebt.

„Komm, setzen wir uns noch einen Moment." Es musste sein.

„Also gut." Leicht verunsichert ließ sie sich auf der Couch nieder. „Hör zu, Nick, wenn du dich nicht wohl fühlst, können wir die ganze Sache verschieben."

„Nein, mir geht es gut. Habe ich nicht schon gesagt, dass es mir gut geht?"

„Du siehst aber gar nicht gut aus. Du bist blass."

Kein Wunder. Er war ja auch noch nie vorher verliebt gewesen. Er war um die Liebe herumgetanzt, hatte damit gespielt, hatte die äußersten Ränder gestreift. Aber jetzt war er allem Anschein nach kopfüber hineingestürzt.

Mit Freddie.

Er hatte gerade begonnen sich daran zu gewöhnen, mit ihr Liebe zu machen. Aber die Erkenntnis, dass er sie liebte, verlangte ihm eine Menge mehr an Gedanken ab. Doch wie denken, wo er doch im Moment den Eindruck nicht los wurde, aus nichts als Gefühlen zu bestehen?

„Freddie … die Dinge zwischen uns haben sich irgendwie ziemlich rasant entwickelt."

Sie hob eine Augenbraue. „Ein Jahrzehnt nennst du rasant?"

Er wischte ihren Einwand beiseite. „Du weißt, was ich meine … die Arbeit und alles andere."

Der Schauer, der ihr über den Rücken lief, war eisig und voller Angst. Aber ihre Stimme war ruhig. „Versuchst du, mich behutsam fallen zu lassen, Nick?"

„Nein." Dieser Gedanke entsetzte ihn – es war undenkbar. „Nein", wiederholte er und griff so fest nach ihrer Hand, dass Freddie zusammenzuckte. „Ich will dich, Freddie. Mir ist nur gerade klar geworden, wie sehr ich dich will …"

Ihr ging das Herz über vor Glück. „Du hast mich, Nick. Du hast mich immer."

„Die Dinge haben sich verändert." Ihm fiel keine geeignete Umschreibung ein, die es vermochte, sie beide zufrieden zu stellen. Aber irgendwie musste er sich ihr verständlich machen. „Es ist nicht nur, weil wir zusammen ins Bett gehen. Was ich für dich empfinde, ist so anders, so viel stärker als alles, was ich jemals gefühlt habe."

„Nick." Von Liebe überschwemmt, zog sie seine Hand an ihre Wange. „So etwas hast du noch nie gesagt. Ich glaubte schon, du würdest es nie tun."

Er auch. Doch jetzt befürchtete er auf einmal, keine Worte mehr zu finden, nicht die richtigen jedenfalls. „Ich möchte nicht, dass wir irgendetwas überstürzen, Freddie, aber ich will, dass du weißt …“

Als eilige, schwere Schritte auf der Treppe ertönten, stieß Nick einen Fluch aus, und Freddie verwünschte das Schicksal. Keiner von beiden bewegte sich, als Rio mit Unheil verkündendem Gesicht auf der Schwelle erschien.

„Nick, du solltest besser runterkommen.“

Ihn durchfuhr ein eisiger Schreck. „Ist irgendwas mit Zack?“

„Nein, nicht Zack.“ Rio warf Freddie einen entschuldigenden Blick zu. „Aber du solltest trotzdem schnell kommen.“

„Bleib hier“, wies Nick Freddie an, doch Rio widersprach.

„Nein, sie sollte auch runterkommen. Sie kann helfen.“ Als Nick an ihm vorbeiging, legte Rio ihm schwer eine Hand auf die Schulter. „Es ist Marla.“

Nick zögerte und warf Freddie einen Blick zu. Es gab keine Möglichkeit, sie hier herauszuhalten. „Wie schlimm ist es?“

Rio schüttelte nur den Kopf und wartete darauf, dass Nick und Freddie sich ihm anschlossen.

Der Name sagte Freddie nichts. Womöglich handelte es sich um eine ehemalige Geliebte von Nick, die eifersüchtig oder gar betrunken in die Bar gekommen war, um ihn zur Rede zu stellen.

Doch der Anblick in der Küche belehrte sie eines Besseren.

Die Frau war dunkel und mager, und bevor die Sorgen und die Erschöpfung ihre unübersehbaren Spuren auf ihrem Gesicht hinterlassen hatten, war sie wahrscheinlich hübsch gewesen. Doch Genaues ließ sich wegen der Schwellungen und blauen Flecken, die das Gesicht bedeckten, nicht sagen.

Sie saß regungslos da, ihr zu Füßen hockte ein kleines Mädchen und lutschte am Daumen, während ein kleiner dünner Junge von hinten ihre Stuhllehne umklammerte. In ihrem Schoß weinte ein Baby von etwa drei Monaten leise vor sich hin.

Nick verspürte bei ihrem Anblick den Drang, sie anzuschreien, nur damit sie wütend wurde. Er wollte diese Frau, dieses Mädchen, das er einst gekannt und fast geliebt hatte, so lange schütteln, bis sie endlich diesen hoffnungslosen Blick verlor. Stattdessen ging er auf sie zu und hob sanft ihr Kinn. Als sie ihn anschaute, rollte ihr die erste Träne über die Wange.

„Es tut mir Leid, Nick. Es tut mir so Leid. Ich wusste nicht, wohin ich sonst gehen sollte."

„Es muss dir nicht Leid tun. He, Carlo." Er versuchte

den Jungen anzulächeln. Obwohl er ihm nur leicht die Hand auf die Schulter legte, versteifte sich Carlo und zog sich in sich zurück.

Großen Händen war nie zu trauen.

„Und wen haben wir denn da? Ist das Jenny?“ Nick hob das Mädchen auf und setzte sie sich auf seine Hüfte. Den Daumen noch immer im Mund, bettete sie den Kopf an seine Schulter.

„Rio, warum schmeißt du den Kindern nicht ein paar Hamburger in die Pfanne?“

„Sind schon in Arbeit.“

„Jenny, willst du dich auf den Tresen setzen und Rio beim Kochen zuschauen?“ Als sie nickte, setzte Nick sie dort ab. Ein Blick genügte, um Carlo zu veranlassen, sich zu seiner kleinen Schwester zu gesellen.

„Ich möchte dir keine Scherereien machen, Nick“, begann Marla, während sie das weinende Baby hin und her zu wiegen begann.

„Willst du einen Kaffee?“ Ohne eine Antwort abzuwarten, ging er zur Kaffeemaschine. „Das Baby ist hungrig, Marla.“

„Ich weiß.“ Mit einer Bewegung, die sie eine schier übermächtige Anstrengung zu kosten schien, bückte sie sich nach der Papiertragetasche zu ihren Füßen. „Ich kann sie nicht stillen. Ich habe keine Milch mehr. Aber ich habe Babynahrung und ein Fläschchen dabei.“

„Kann ich es vielleicht zurechtmachen?“ Freddie streckte die Arme aus. „Und wenn Sie möchten, können Sie mir die Kleine auch einen Moment geben.“

„Sicher. Sie ist ein gutes Baby, wirklich. Es ist nur, weil …“ Sie brach ab und begann still in sich hineinzuweinen.

„Es wird bald alles wieder gut“, tröstete Freddie die Frau, während sie ihr behutsam das Baby aus dem Arm nahm. „Alles wird bald wieder gut sein.“

„Ich bin so müde“, brachte Marla mühsam heraus. „Es ist nur, weil ich so müde bin.“

„Hör auf damit.“ Der Befehl klang schroff, während Nick eine Tasse Kaffee vor sie hinstellte. „Er hatte dich wieder in der Mangel, stimmt's?“

„Nick.“ Freddie warf einen warnenden Blick auf die Kinder.

„Glaubst du vielleicht, sie wissen nicht, was los ist?“ Aber er senkte die Stimme. „Willkommen in der Realität.“ Er setzte sich neben Marla, nahm ihre Hände und legte sie um den Kaffeebecher. „Hast du diesmal die Polizei gerufen?“

„Ich kann nicht, Nick.“ Angesichts seines angewiderten Schnaubens schien sie noch mehr zusammenzuschrumpfen. „Ich weiß nicht, was er dann tun würde. Er würde durchdrehen, Nick. Du weißt doch, wie Reece sein kann, wenn er getrunken hat.“

„Ja, das weiß ich sehr gut.“ Gedankenverloren strich er sich mit der Hand über die Brust. Er hatte die Narben, um sich zu erinnern. „Du hast gesagt, dass du ihn verlässt, Marla.“

„Das habe ich ja. Ich habe es wirklich, ich schwöre es. Ich würde dich nicht anlügen, Nick. Noch vor der Geburt des Babys bin ich in die Wohnung gezogen, die du mir verschafft hast. Ich würde ihn nie wieder zurücknehmen, nicht nach dem letzten Mal.“

Beim letzten Mal hatte Reece sie die Treppe hinuntergeworfen, wie Nick sich erinnerte. Sie war im sechsten Monat schwanger gewesen.

„Und woher hast du dann die aufgeplatzte Lippe und das blaue Auge?“

Marla schaute müde in ihren Kaffee, dann hob sie mechanisch die Tasse, um zu trinken.

Rio stellte einen Teller vor sie hin. „Ich nehme die Kinder mit nach draußen. Sie können dort essen.“

„Danke.“ Sie wischte sich noch eine Träne ab. „Seid schön brav, ihr beiden. Macht Mr. Rio keinen Ärger, habt ihr verstanden?“ Als Freddie sich auf einem Stuhl niederließ und begann, das Baby zu füttern, verzog sich Marlas Gesicht zu einem kleinen Lächeln. „Sie heißt Dorothy – wie die Dorothy aus ‚Der Zauberer von Oz‘. Die Kinder haben den Namen ausgesucht.“

„Sie ist ein süßes Baby.“

„Ja, das ist sie. Und so lieb. Sie weint fast nie und schläft die ganze Nacht durch."

Nicks Geduld war erschöpft. „Marla."

Sie hielt inne und holte tief Luft. „Er hat mich angerufen, behauptete, er wolle die Kinder sehen."

„Er macht sich einen Dreck aus den Kindern."

„Das weiß ich." Marlas Lippen zitterten, doch sie hielt die Tränen zurück. „Und sie wissen das auch. Aber er hörte sich so traurig am Telefon an. Und er ist auch einmal vorbeigekommen und hat ihnen ein Eis spendiert. Deshalb hoffte ich, dass es vielleicht dieses Mal ..."

Ihre Stimme erstarb. Ihr war klar, wie dumm diese Hoffnung war. Sie war nicht nur dumm, sie war tödlich.

„Ich wollte nicht zu ihm zurück. Ich dachte mir nur, er könnte ja ab und zu die Kinder sehen. Solange ich dabei war, um sicher zu sein, dass er nicht trank oder brutal wurde. Heute Abend ist er vorbeigekommen, als ich mit dem Baby im Schlafzimmer war. Jenny hat ihn hereingelassen. Es war zu spät, Nick. Ich sah sofort, wie betrunken er war. Ich habe ihm gesagt, er solle gehen. Aber es war zu spät."

„Okay, nur ruhig, ganz ruhig." Er hatte Eiswürfel in ein Handtuch gewickelt und kühlte Marlas geschwollene Lippe.

Aber sie konnte nicht ruhig sein, nicht jetzt, da sie mit dem Reden angefangen hatte und alles in ihr danach schrie, dieses Gift aus ihrem Körper ausströmen zu lassen. „Er hat Sachen durchs Zimmer geworfen, wie irre herumgeschrien. Ich habe die Kinder ins Schlafzimmer gebracht, damit er ihnen nichts antun kann. Das hat ihn nur noch wütender gemacht. Also ist er auf mich losgegangen, aber ich konnte mich auch ins Schlafzimmer flüchten und die Tür abschließen. Wir sind dann über die Feuertreppe hinunter. Und einfach gerannt."

„Nick", murmelte Freddie, „nimm du das Baby." Vorsichtig reichte sie ihm das schlafende Kind. „Erstmal werden wir Sie ein bisschen sauber machen." Sie ließ Wasser über Handtuch laufen und wischte damit behutsam über Marlas Gesicht.

Und während sie die Wunden reinigte und die Blutergüsse kühlte, redete sie unablässig leise auf Marla ein. Über die Kinder, über das wunderbare neue Baby. Und allmählich, ganz allmählich, reagierte Marla auf das Gespräch. Freddie setzte sich neben sie und nahm ihre Hand.

„Es gibt Stellen, an die Sie sich wenden können. Wo Ihre Kinder in Sicherheit sind."

„Zuallererst sollte sie die Cops verständigen." Auch wenn Nicks Stimme hart und unnachgiebig klang, hielt er das Baby ganz sanft in seinen Armen.

„Ich muss ihm Recht geben." Freddie reichte Marla das Handtuch mit den Eiswürfeln. „Aber ich verstehe auch, was es heißt, Angst zu haben. In einem Frauenhaus können sie Ihnen weiterhelfen. Und auch Ihren Kindern, Marla."

„Nick hat auch schon davon geredet, aber ich dachte, es sei besser, wenn ich allein damit fertig werde."

„Jeder Mensch braucht irgendwann mal Hilfe von anderen."

Marla schloss die Augen und sammelte ihren ganzen verbliebenen Rest an Mut zusammen. „Ich werde nicht zulassen, dass er den Kindern wehtut. Nie wieder. Nick, wenn du mir sagst, dass ich dorthin gehen soll, dann gehe ich."

Damit hätte er nie gerechnet. Er wusste, dass dieser Sieg vor allem Freddies ruhigem Beistand zu verdanken war. „Freddie, oben in der Küchenschublade beim Telefon ist eine Nummer notiert. Der Name Karen steht auf dem Zettel. Frage nach ihr und erklär ihr die Situation."

„Ja." Noch während sie zur Tür ging, hörte sie, wie Marla wieder zu weinen begann. Und sie hatte gerade den Telefonhörer wieder eingehängt, als Nick nach oben kam.

Für einen langen Moment betrachtete er sie – die schlanke Frau in dem eleganten Kleid. „Ich werde dich versetzen müssen, Freddie. Tut mir Leid, dass der Abend ruiniert ist. Und er ist noch nicht vorbei", setzte er murmelnd hinzu.

„Ist schon in Ordnung. Aber was meinst du? Mein Gott, Nick, die arme Frau."

Seine Augen waren dunkel und unergründlich. „Ich möchte, dass du sie und die Kinder zum Frauenhaus bringst. Es ist sowieso besser, die sind nie sonderlich begeistert, wenn ein Mann dort auftaucht. Ist ja auch kein Wunder. Ich bin beruhigter, wenn ich weiß, dass du dich um sie kümmerst."

„Ja, natürlich. Und wenn sie sicher untergebracht sind, komme ich zurück und …"

„Nein, geh nach Hause." Es war ein Befehl, hart und scharf. „Geh einfach nach Hause, wenn du fertig bist. Ich habe noch etwas zu erledigen."

„Aber, Nick …"

„Ich habe jetzt weder Zeit noch Lust, mich mit dir zu streiten." Er drehte sich um und warf die Tür hinter sich zu.

Er wusste, wo er seinen alten Bandenchef auftreiben würde. Reece bewegte sich noch immer in den selben Kreisen, in denen sie sich als Jugendliche zusammen bewegt hatten. Er trieb sich noch immer in den selben Straßen und den selben zwielichtigen Kneipen herum, in denen sie sich damals Abend für Abend herumgetrieben hatten.

Er fand Reece über einen Whisky gebeugt in einer

Kaschemme, weniger als fünfzehn Häuserblocks vom „Lower the Boom“ entfernt.

Die Atmosphäre war nicht geeignet, auch nur einen einzigen seriösen Gast anzuziehen. Der Raum war verräuchert, und in der Luft hing der Gestank nach altem Fett, der Fußboden war mit Zigarettenstummeln und Erdnussschalen bedeckt. Und die Drinks waren genauso billig wie die Hure, die allein am Ende der Theke hing und mit glasigem Blick in ihren Gin starrte.

„Reece.“

Der Alkohol hatte ihn über die Jahre aufgeschwemmt. Er drehte sich langsam auf dem Barhocker um.

„He, wen haben wir denn da? Wenn das mal nicht der rechtschaffene LeBeck ist. Bring meinem Kumpel einen Begrüßungsdrink, Gus, und gib mir auch gleich noch einen. Schreib sie beide auf seine Rechnung.“ Darüber musste Reece so wiehern, dass er fast vom Stuhl gefallen wäre.

„Sparen Sie es sich“, sagte Nick zu dem Barkeeper.

„Bist du dir zu schade, um mit einem alten Kumpel einen zu trinken, LeBeck?“

„Ich trinke nicht mit Leuten, die auf mich schießen, Reece.“

„Ey, ich hab doch gar nicht auf dich gezielt damals.“ Reece kippte seinen Whisky hinunter und knallte das leere Glas auf die Theke zum Zeichen, dass er Nachschub wollte. „Und ich habe meine Zeit abgesessen, erinnerst du dich? Volle fünf Jahre, drei Monate und zehn Tage." Er zog sich mit den Zähnen eine Zigarette aus einem verknitterten Päckchen. „Sag bloß, du bist noch sauer, weil ich damals was mit Marla angefangen hab? Sie war immer schon scharf auf mich, Kumpel, vergiss das nicht."

„Ein kluger Mann vergisst, was gestern war, Reece. Aber du warst ja nie sonderlich clever. Allerdings muss ich zugeben, dass ich tatsächlich wegen Marla hier bin."

„Meine Alte ist meine Sache. Und meine Gören auch."

„Sie waren es vielleicht." In Nicks Augen lauerte jetzt der Wolf, als er sich näher zu Reece herüberlehnte. Und dieser Wolf hatte Fänge. „Du wirst ihnen nie wieder zu nahe kommen. Nie. Und wenn du es doch tust, bring ich dich um." Er hatte es ruhig gesagt, mit einer Beiläufigkeit, die den Barkeeper veranlasste, mit der Hand unter der Theke nach seinem Totschläger zu tasten.

Reece gab nur ein verächtliches Schnauben von sich. „Die Schlampe ist wieder zu dir gerannt, stimmt's?"

„Ich wette, du denkst, sie ist diesmal leicht davongekommen – eine aufgeplatzte Lippe, ein blaues Auge, was ist das schon? Diesmal musste sie nicht ins Krankenhaus."

„Ein Mann hat das Recht, seiner Frau zu zeigen, wo's langgeht." Reece schwenkte nachdenklich sein Glas. „Und sie will es auch gezeigt kriegen, kapiert? Im Übrigen wusste sie ganz genau, dass ich dieses letzte Gör nicht wollte. Herrgott noch mal, das erste war ja nicht mal von mir, aber ich hab sie trotzdem genommen, oder vielleicht nicht? Sie und diesen verdammten kleinen Bastard. Also komm jetzt nicht daher und erzähl mir, was ich bei meiner eigenen Frau darf und was nicht, okay?"

„Ich werde dir gar nichts erzählen. Ich werde es dir zeigen." Nick rutschte vom Barhocker herunter. „Steh auf, Reece."

Angesichts der Aussicht, Blut fließen zu sehen, begannen Reece' gerötete Augen zu glitzern. „Willst du dich mit mir anlegen, Bruder?"

„Steh auf", wiederholte Nick. Aus den Augenwinkeln sah er, dass der Barkeeper eine Bewegung machte. Nick griff nach seiner Brieftasche, holte ein paar Scheine heraus und warf sie auf die Theke. „Das sollte den Schaden decken."

Der Barkeeper schnappte sich das Geld, zählte es durch und nickte. „Ich hab kein Problem damit."

„Irgendjemand muss dir anscheinend die eingebildete Fresse polieren, LeBeck." Reece stand ebenfalls auf. „Sieht ganz danach aus, als würde ich das übernehmen müssen."

Es war nicht hübsch anzusehen. Als das erste Blut floss, ließ das Flittchen seinen Gin im Stich und brachte sich draußen in Sicherheit. Die paar anderen Gäste, die die Bar bevölkerten, traten einen Schritt zurück, um sich besser an dem Schauspiel ergötzen zu können.

Der Whisky machte Reece nur noch bösartiger. Seine fleischige Faust krachte gegen Nicks Schläfe, so dass Nick Sterne sah, dann landete er einen rechten Haken in Nicks Eingeweiden. Nick krümmte sich vor Schmerz zusammen, aber als er wieder hochkam, versetzte er Reece einen donnernden Kinnhaken.

Geschickt das Überraschungsmoment für sich ausnutzend, ließ er einen Hagel aus Faustschlägen auf Reece niederprasseln, wobei er sich voll und ganz auf dessen Gesicht konzentrierte. Ein Blutstrom quoll aus Reece' Nase, während er um einen Tisch taumelte. Unter seinem Gewicht splitterte Holz.

Den Kopf gesenkt wie ein gereizter Stier, die Hände zu Fäusten geballt, stürzte sich Reece mit einem wütenden Aufheulen auf seinen Gegner. Nick wich geschmeidig aus und landete den nächsten Schlag. Aber in der engen Bar gab es wenig Manövrierspielraum. Beim nächsten Fausthieb ging Nick zu Boden.

Reece' Hände legten sich wie ein Schraubstock um seinen Hals und begannen ihn zu würgen. Nach Luft schnappend, zerrte Nick mit aller Kraft an Reece' Armen, während ihm das Blut wie ein Wasserfall in den Ohren rauschte. Er spürte, wie Reece' Zähne an seinen Knöcheln rissen, aber er ließ nicht nach in seinem Bemühen, bis sich der Würgegriff schließlich lockerte.

Der Hass machte ihn stark und wild und erbarmungslos. Nun hatte Reece keine Chance mehr. Ohnmächtig sackte er in sich zusammen, doch noch ließ Nick nicht von ihm ab.

„Genug." Es bedurfte des tatkräftigen Einschreitens des Barkeepers sowie zweier anderer Gäste, um Nick zum Aufhören zu bewegen. „Du hast bekommen, was du wolltest, Mann. Verschwinde jetzt."

Nick stand mühsam auf, er taumelte leicht, als er sich den Schmutz von den Kleidern klopfte und sich mit dem Handrücken das Blut vom Mund wischte. „Wenn er wieder zu sich kommt, sag ihm, dass ich ihn endgültig fertig mache, wenn er noch einmal die Hand gegen eine Frau erhebt."

10. KAPITEL

Nachdem Freddie Marla und die Kinder in dem Haus für misshandelte Frauen abgeliefert hatte, dachte sie daran, nach Hause zu gehen und Nick von dort aus wie versprochen anzurufen. Sie fühlte sich vollkommen ausgelaugt. Aber dann beschloss sie, doch noch einmal zu Nick zurückzugehen.

„Dachte mir, dass du noch mal zurückkommst", sagte Rio, als sie die Küche betrat. „Hast du Marla und die Kinder gut untergebracht?"

„Ja." Sie setzte sich und lehnte sich erschöpft in den Stuhl zurück. „Das Wohnheim macht einen ganz guten Eindruck. Auf jeden Fall sind sie zumindest fürs Erste in Sicherheit. Ich glaube, dass ihr gar nicht klar war, wo sie war. Sie hat sich einfach willenlos mitführen lassen, genau wie die Kinder."

„Du hast alles getan, was in deiner Macht stand." Mehr kannst du nicht tun, Freddie. Rio stellte einen Teller vor sie hin. „Du musst ein bisschen essen. Keine Widerrede."

„Ich wollte dir gar nicht widersprechen." Sie nahm die Gabel auf. „Wer ist sie, Rio?"

„Ein Mädchen aus Nicks Jugendzeit. Hat sie aus den Augen verloren, nachdem er bei Zack und Rachel untergekommen war. Als sie mit dem Jungen, Carlo, schwanger war, hat ihre Familie sie vor die Tür gesetzt."

„Wie können Menschen nur so herzlos sein?" murmelte sie entsetzt. „Und der Vater des Jungen?"

„Hat sich abgesetzt, schätze ich." Rio zuckte die Schultern, dann wurde ihm etwas bewusst. „Der Junge ist nicht von Nick."

„Das musst du mir nicht extra sagen, Rio. Nick hätte sie nie im Stich gelassen." Sie legte die Gabel beiseite und rieb sich über mit beiden Händen das Gesicht. „Dieser Mann, der ... der ihr das angetan hat – er ist aber nicht Carlos Vater, oder?"

„Nein. Mit dem hat sie sich vor ungefähr vier Jahren eingelassen. Der Junge kam zur Welt, da saß der Typ noch hinter Gittern."

„Ein richtiger Traumprinz."

„Oh ja, Reece ist ein absolut reinrassiger Bastard." Statt des üblichen Kaffees stellte Rio eine Tasse Kräutertee vor sie hin. „Sagt dir der Name was?"

„Nein." Sie runzelte die Stirn und roch an dem Tee. Kamille. Fast hätte sie gelächelt. „Sollte er denn?"

„Er hätte Nick fast umgebracht." Rios Blick wurde hart. „Vor ungefähr zehn Jahren ist er mit ein paar anderen dieser schleimigen Cobras hier eingebrochen, voll gepumpt mit Drogen und bewaffnet bis an die Zähne. Reece hat Nick angeschossen."

Alle Farbe wich aus ihrem Gesicht. „Mein Gott, ich erinnere mich. Nick hat Zack damals weggestoßen."

„Und sich die Kugel eingefangen. Ich dachte damals wirklich, wir hätten ihn verloren. Aber er kam durch. Nick ist zäh. Immer gewesen."

Sie erhob sich so langsam, als hätte sie Angst, ihre Knochen könnten splittern. „Wo ist er, Rio? Wo ist Nick?"

Er hätte sie anlügen können. Er zog es jedoch vor, ihr die Wahrheit zu sagen. „Ich könnte mir vorstellen, dass er sich auf die Suche nach Reece gemacht hat. Und ich könnte mir auch vorstellen, dass er ihn gefunden hat."

Sie schnappte vor Schreck nach Luft. Beim ersten Mal bekam sie keine, also versuchte sie es ein zweites Mal. „Wir müssen es Zack sagen. Wir müssen ..."

„Zack ist schon unterwegs und sucht nach ihm. Und Alex auch." Er legte ihr sanft eine riesige Hand auf die Schulter. „Für dich gibt es nichts zu tun, außer zu warten, Püppchen."

Also wartete sie. Oben in Nicks Wohnung. Ihre Nerven waren angespannt wie Gitarrensaiten, und bei jedem Geräusch unten auf der Straße oder in der Bar hielt sie den Atem an. Jedes Heulen einer Sirene ließ sie erzittern.

Er ist zäh. Nick ist schon immer zäh gewesen. Das waren Rios Worte.

Ihr war es egal, wie zäh er war. Sie wollte nur, dass er mit heiler Haut nach Hause kam.

Als die quälenden Bilder in ihrer Fantasie schließlich überhand zu nehmen drohten, fing sie an, die Wohnung sauber zu machen. Erst räumte sie auf, dann saugte sie Staub, und schließlich wischte sie.

Sie war gerade beim Fußboden in der Küche angelangt, als sie Nicks Schritte auf der Treppe hörte. Eilig rappelte sie sich auf und rannte zur Tür.

„Nick. Oh, mein Gott, Nick." Erleichtert warf sie sich in seine Arme.

Er ließ es einen Moment zu, dass sie sich an ihm festklammerte, obwohl es sehr schmerzhaft war. Als er endlich die Kraft fand, machte er sich von ihr frei.

„Ich hatte dir gesagt, dass du nach Hause gehen sollst, Freddie."

„Es ist mir egal, was du mir gesagt hast, ich war …. Oh mein Gott, du bist ja verletzt!" Voller Entsetzen sah sie ihn an. Sein Gesicht war blutverschmiert, ein Auge war fast zugeschwollen. Seine Kleider waren zerrissen und blutbefleckt. „Du musst ins Krankenhaus."

„Ich brauche kein verdammtes Krankenhaus." Er taumelte von ihr weg und ließ sich erschöpft in einen Sessel fallen. Und hoffte, dass er sich nicht übergeben musste.

„Starr mich nicht so an. Ich habe dasselbe eben schon mit Zack durchgemacht. Geh nach Hause, Freddie."

Statt seiner Aufforderung Folge zu leisten, ging sie wortlos ins Bad und kehrte einen Moment später wieder zurück, bewaffnet mit Verbandszeug, Desinfektionsmittel und nassen Handtüchern.

Er warf einen Blick auf sie und hätte finster das Gesicht verzogen, wäre da nicht seine Befürchtung gewesen, dass bei der geringsten Bewegung die Haut aufplatzen könnte. „Ich brauche keine Krankenschwester."

„Sei still." Ihre Hände waren um einiges ruhiger als ihre Stimme, als sie ihm behutsam das Blut abtupfte. „Ich nehme an, ich brauche nicht zu fragen, wie der andere Kerl aussieht. Du hattest kein Recht, auf ihn loszugehen, Nick."

„Selbstverständlich hatte ich ein Recht. Sie hat mir einmal etwas bedeutet." Er zog zischend die Luft ein vor Schmerz, dann lehnte er sich zurück und ließ es sich gefallen, dass sie ihm das kühle Handtuch auf das geschwollene Auge drückte. „Und selbst wenn ich sie vorher nie gesehen hätte – jeder Mann, der seine Hand gegen eine Frau und Kinder erhebt, verdient es, zusammengeschlagen zu werden."

„Deiner Theorie widerspreche ich nicht", murmelte sie. „Nur deiner Praxis. Pass auf, gleich brennt es ein bisschen."

Es brannte mehr als nur ein bisschen. Er fluchte wie ein Bierkutscher. „Ich wünschte, du würdest endlich verschwinden."

„Tu ich aber nicht." Sie versuchte sich selbst damit zu trösten, dass die Wunden in seinem Gesicht nicht so tief waren, dass sie genäht werden mussten. Dann sah sie seine Hände. Weiß glühender Zorn schoss in ihr hoch. „Deine Hände. Sieh doch nur, was du mit deinen Händen angestellt hast. Du Idiot! Warum kannst du nicht dein Hirn benutzen anstatt deine Drüsen?"

Sie hätte am liebsten weinen mögen. Seine schönen Klavierspielerhände waren aufgerissen und bluteten. An den Knöcheln waren sie blutunterlaufen und dick angeschwollen.

„Sie haben sich ein paar Mal direkt in seine Zähne gebohrt."

„Das ist wieder mal typisch für dich. Nicholas LeBecks Problemlösungsstrategie. Wenn man ein Problem nicht mit dem Verstand lösen kann, löst man es am besten mit den Fäusten." Sie wand ihm feuchte, kalte Tücher um die Hände, während sie sprach. „Du hättest Alex anrufen können."

„Nerv mich nicht, Freddie. Du hast sie gehört. Sie wird keine Anzeige erstatten."

„Sie ist sicher im Frauenhaus, oder nicht? Sie und die Kinder."

„Und er kommt so einfach davon? Oh nein, diesmal nicht.“ Versuchsweise streckte Nick behutsam seine Finger. Sie waren steif, und es schmerzte. „Er hat versucht, meinen Bruder umzubringen, und das hat ihm nicht einmal sechs Jahre eingebracht. Dann war man der Meinung, er wäre rehabilitiert, und hat ihn entlassen mit dem Erfolg, dass er jetzt seine Bösartigkeit an Marla auslässt. Ein schönes Rechtssystem, das wir da haben. Pfeif drauf! Ich verlasse mich lieber auf meine Fäuste. Das funktioniert wenigstens.“

„Und vorher hat er dich fast umgebracht.“ Ihre Lippen bebten, als sie sich erhob. „Er hätte es diesmal tun können.“

„Er hat es aber nicht, oder? Und jetzt lass mich in Ruhe.“

Nick stand mühsam auf und humpelte in die Küche. Er holte das Aspirin aus dem Küchenschrank, aber er schaffte es nicht, mit seinen verletzten Fingern den Deckel aufzubekommen.

Freddie kam ihm nach und nahm ihm die Flasche aus der Hand. Sie öffnete sie, nahm zwei Tabletten heraus, dann stellte sie den Behälter auf dem Tresen ab und füllte ein Glas mit Wasser.

„Du willst also, dass ich gehe, Nick?“ Ihre Stimme klang kontrolliert, zu kontrolliert.

Er wandte sich nicht um, sondern blieb einfach

stehen, wie er stand, aufgestützt auf den Tresen, während in seinem Körper der Schmerz tobte. „Ich kann jetzt nicht darüber reden. Wenn du etwas für mich tun willst, geh nach Hause. Lass mich allein. Ich will dich nicht hier haben."

„Schön. Ich hätte mich gleich daran erinnern sollen, dass der einsame Wolf es vorzieht, seine Wunden allein zu lecken. Ich bin schon weg." Jetzt ebenso verwundet wie er, drehte sie sich auf dem Absatz um und verließ die Küche.

Sie hatte das Wohnzimmer halb durchquert, als sie mit Zack zusammenstieß. Unwirsch wischte sie sich die Tränen von der Wange und eilte weiter.

„Pass besser auf", warnte sie ihn, „ich glaube, er hat Tollwut."

„Freddie …"

Aber sie war schon zur Tür hinaus, ihre Absätze klapperten auf der Flurtreppe. Zack marschierte in die Küche.

„Hej, du hast Freddie zum Weinen gebracht. Was hast du getan?"

Nick fluchte nur und legte sich vier Aspirin bereit. „Halt dich da raus." Er verzog das Gesicht vor Schmerz, als die Tabletten seine geschundene Kehle hinunterrutschten. „Im Moment ist mir nicht nach Gesellschaft, Zack."

„Setz dich, verdammt noch mal, bevor du umfällst.“

Die Idee war ihm bisher nicht gekommen, aber sie hörte sich vernünftig an. Also ließ er sich vorsichtig auf einem Küchenstuhl nieder.

Zack betrachtete Nick schweigend. Freddie hatte ihn so gut wie möglich verarztet, aber sein Bruder sah immer noch aus wie ein zerfledderter Punchingball. „Er hat dich ganz schön zwischengehabt, was?“

„Hat ein paar Treffer landen können.“

„Dann zieh aus, was von dem Hemd noch übrig ist, und lass uns den Schaden näher begutachten.“

„Ich will's gar nicht wissen.“ Aber er brachte nicht die Energie auf, sich gegen Zack zu wehren, als der ihm den Stofffetzen vom Körper löste. Zacks gemurmelte Flüche bestätigten seine ärgsten Vermutungen. „So schlimm?“

„Das sind mehr als nur ein paar Treffer gewesen. Verflucht, Nick, musstest du unbedingt Streit suchen?“

„Von Suchen kann keine Rede sein. Das hat sich schon lange angebahnt. Und jetzt ist es erledigt.“

Zack nickte nur. „Ist diese Schmerzsalbe hier noch irgendwo?“

„Weiß nicht. Schau mal in dem Schrank unter der Spüle.“

Zack fand die Salbe und vollendete damit, was Freddie begonnen hatte. „Morgen wirst du dich noch miserabler fühlen.“

„Danke für die Aufmunterung. Hast du eine Zigarette für mich? Ich hab meine verloren."

Zack zündete eine Zigarette an und steckte sie zwischen Nicks geschwollene Finger. „Ich hoffe, der andere sieht wenigstens genauso schlimm aus wie du."

„Nein, schlimmer." Das Grinsen tat weh. „Viel, viel schlimmer."

„Immerhin etwas. Wundert mich, dass du überhaupt noch die Kraft hattest, mit Freddie zu streiten."

„Ich hab mich nicht mit ihr gestritten. Ich wollte nur, dass sie geht. Sie hätte das Ganze überhaupt nicht mitkriegen dürfen."

„Vielleicht nicht. Aber ich bin sicher, sie wird damit fertig werden."

Nach zwei Tagen war Freddie klar, dass Nick fest entschlossen war, ihr aus dem Weg zu gehen. Wahrscheinlich leckt er noch wie ein Wolf immer seine Wunden, dachte sie auf dem Rückweg vom „Lower the Boom" nach Hause.

Mit seiner verschlossenen Wohnungstür hatte sie allerdings nicht gerechnet. Ihr einziger Trost war Zacks Versicherung, dass Nick sich auf dem Weg der Besserung befand.

Sie hatte es satt, sich Sorgen um ihn zu machen. Und da an Arbeit nicht zu denken war, ehe seine Hände nicht geheilt waren, hatte sie begonnen, ihre Zeit mit anderen Dingen zu füllen.

Heute war sie bei Marla im Frauenhaus gewesen und hatte den Kindern Spielzeug mitgebracht. Es hatte ihr Spaß gemacht. Marla wirkte noch immer nervös und angespannt, aber die Kinder begannen langsam aufzutauen. Der Höhepunkt von Freddies heutigem Tag war es gewesen, dass der ernste Carlo sie angelächelt hatte.

Zeit, dachte sie. Sie brauchen nur Zeit. Und jemanden, der sich um sie kümmerte.

Und was brauchte Nick? Offensichtlich nicht Freddie Kimball. Zumindest im Augenblick nicht. Deshalb würde sie ihm den gewünschten Abstand geben. Früher oder später jedoch würde sie krank davon werden, wenn sie sich immer nur im Hintergrund halten und warten musste.

Liebe sollte nicht so kompliziert sein, dachte sie, während sie mit gesenktem Blick die Straße entlangging. Am Anfang war ihr alles so leicht erschienen. Alles, was sie sich gewünscht und vorgenommen hatte, hatte sie Stück für Stück erreicht.

Doch jetzt, nachdem Nicks Vergangenheit das Haupt nur ein klein bisschen erhoben hatte, drohte es ihr wieder zu entgleiten.

Mit einem Seufzer schloss sie ihre Haustür auf. Angesichts des plötzlichen Stoßes von hinten wäre sie fast gefallen, wenn sich nicht ein Arm um sie geschlungen und festgehalten hätte.

„Lauf weiter", befahl die Stimme. „Und mach keinen Mucks. Spürst du das? Es ist ein Messer. Du willst bestimmt nicht, dass ich es benutze."

Bleib ganz ruhig, befahl sie sich. Keine Panik. Es war heller Tag. „In meiner Tasche ist Geld. Sie können es haben. Nehmen Sie es sich."

„Darüber reden wir später. Hol den Aufzug."

Die Vorstellung, mit ihm und einem Messer im Rücken in einem Aufzug eingesperrt zu sein, veranlasste sie, sich energisch zur Wehr zu setzen. Als sich das Messer fester in ihren Rücken bohrte, schluckte sie einen Schmerzensschrei hinunter.

„Mach die Tür auf, oder ich steche zu."

Sie sah keine andere Möglichkeit, als zu gehorchen. Als sie im Aufzug nach oben fuhren, trat er einen halben Schritt vor, und sie konnte sein Gesicht sehen.

Das ausgezehrte Gesicht, die glasigen Augen. Es war der Mann, den Nick Jack genannt hatte.

„Sie sind ein Freund von Nick." Sie schaffte es, ihre Stimme ruhig zu halten. „Ich war bei ihm in der Nacht, als er Ihnen Geld gegeben hat. Wenn Sie mehr brauchen, gebe ich Ihnen etwas."

„Du wirst mir mehr geben als nur Geld." Jack hob

das Messer und fuhr ihr mit der stumpfen Seite der Klinge über die Wange. „Es ist eine Sache der Ehre, Baby."

„Ich verstehe nicht." Ihre wilden Hoffnungen, ihm schreiend entkommen zu können, sobald sie aus dem Aufzug ausgestiegen waren, wurden zerschmettert, als er ihr den Arm auf den Rücken drehte.

„Keinen Mucks", warnte er. „Wir gehen auf kürzestem Weg zu deiner Wohnung, und ich weiß, welche es ist. Ich habe dich am Fenster gesehen. Du sperrst auf, und dann gehen wir rein, hast du verstanden?"

„Nick würde es nicht gefallen, wenn Sie mir etwas antun."

„Pech für Nick. Du holst nichts anderes aus dieser Tasche als deinen Schlüssel, Baby, oder du kriegst die Rechnung dafür."

In der Hoffnung, dass einer ihrer Mitbewohner vorbeikommen würde, kramte sie so umständlich wie möglich den Schlüssel aus ihrer Handtasche. Doch nichts geschah.

„Los, aufschließen." Jack verdrehte ihr den Arm noch weiter, so dass sie aufwimmerte vor Schmerz, während sie das letzte Sicherheitsschloss aufsperrte. Er schwitzte, als er sie in die Wohnung schob. „So, da wären wir." Er stieß sie in einen Sessel. „Nick hätte Reece nicht zusammenschlagen dürfen. Einmal Cobra, immer Cobra."

„Dann hat Reece Sie also aufgehetzt." Von neuer

Hoffnung beflügelt, fuhr sie eindringlich fort: „Jack, das müssen Sie nicht tun. Reece benutzt Sie nur."

„Reece ist mein Freund, mein Bruder." Seine Augen begannen zu glitzern. „Eine Menge der alten Kumpels denken nicht mehr an früher. Aber Reece ist anders. Er hält alten Freunden die Treue."

Unter anderen Umständen hätte Freddie Mitleid mit dem Mann gehabt, aber im Augenblick war ihre Angst vorherrschend. „Wenn Sie mir etwas antun, werden Sie dafür bezahlen müssen. Nicht Reece."

„Das lass nur meine Sorge sein, Kleine. Los, zieh dich jetzt aus."

Jetzt züngelte Angst in ihren Augen auf. Jack, der es sah, grinste. Er hatte das Gefühl zu fliegen. Für den Vorschuss, den er von Reece kassiert hatte, hatte er sich eine nette Portion Koks besorgt. Sie wirkte bereits.

„Wir können erst noch ein bisschen Spaß zusammen haben, Baby. Also runter mit den Klamotten."

Er wird dich vergewaltigen, dachte sie. Und so scheußlich das auch sein mochte, spürte sie doch, dass sie es überleben konnte. Aber irgendwo ganz hinten in ihrem Hinterkopf wusste sie, dass er an ihrem Überleben nicht interessiert war. Er würde sie vergewaltigen und dann umbringen.

Und er würde sich an dem einen wie an dem anderen ergötzen.

„Bitte, tun Sie mir nichts.“ Sie lauschte der Angst nach, die in ihrer Stimme mitschwang. Sie würde sie nützen, um zurückzuschlagen.

„Wenn du nett zu mir bist, passiert dir nichts.“ Er leckte sich die Lippen. „Steh jetzt auf und zieh dich aus, oder du zwingst mich, dir dein hübsches Gesicht zu zerschneiden.“

„Bitte, tun Sie mir nichts“, sagte sie so flehend wie möglich. Sie spannte ihren Körper an. Sie würde viel Schwung brauchen und eine große Portion Glück. Eine zweite Chance bekam sie nicht. „Ich tue alles, was Sie wollen. Alles.“

„Das wette ich. Steh jetzt auf.“

Grinsend fuchtelte er mit dem Messer in der Luft herum. Sie ließ ihren Blick durch den Raum zur Schlafzimmertür wandern, riss die Augen auf. Jack war dumm genug, ihrem Blick zu folgen.

Da sprang sie.

Die Schlüssel, die ihr abzunehmen er sich nicht die Mühe gemacht hatte, ragten zwischen ihren Fingern heraus wie Dolche. Ohne einen Augenblick des Zögerns oder der Reue stach sie sie ihm direkt in die Augen.

Er schrie. Sie hatte noch nie einen Mann so schreien gehört, so gellend und wild. Mit einer Hand schmerzerfüllt seine Augen bedeckend, schwang er das Messer. Freddie streckte blitzschnell die Hand nach ihrer Art-deco-Lampe aus und schlug sie ihm mit aller Kraft über den Kopf.

Das Messer fiel klappernd zu Boden, als er in die Knie ging und schließlich regungslos auf dem Boden liegen blieb. Schwer atmend starrte sie einige Sekunden auf ihn hinunter. Dann ging sie wie im Traum zum Telefon.

„Onkel Alex. Ich brauche Hilfe."

Sie fiel nicht in Ohnmacht. Sie hatte Angst, dass es passieren würde, aber sie schaffte es, Alex' telefonischen Anweisungen zu folgen und ihre Wohnung zu verlassen. Sie war draußen und stand schwankend an der Ecke, als das erste Polizeiauto vorfuhr.

Alex kam dreißig Sekunden später.

„Ist alles in Ordnung mit dir? Bist du okay?" Er nahm sie in den Arm und barg erleichtert sein Gesicht in ihrem Haar. „Ist dir auch wirklich nichts passiert, Baby?"

„Nein, ich glaube nicht. Mir ist nur schwindlig."

„Setz dich, Liebes. Komm, setz dich hierher." Er führte sie die Treppe zu ihrer Haustür hinauf und veranlasste sie, sich auf die oberste Stufe zu setzen. „Leg den Kopf zwischen die Knie und hol langsam und tief Atem. Geht nach oben", befahl er den beiden Uniformierten, die sich einen Moment später zu ihm gesellten. „Holt diesen Drecksack aus der Wohnung meiner Nichte und buchtet ihn wegen versuchter Vergewaltigung und Körperverletzung ein. Ich möchte, dass das Messer vermessen wird. Wenn es auch nur ein Minimum über dem legalen Limit ist, bekommt er dafür auch noch eine Anzeige."

„Er hat gesagt, dass Reece ihn angestiftet hat", sagte Freddie, noch immer wie betäubt.

„Keine Sorge, Kleines, wir kümmern uns darum. Ich bringe dich ins Krankenhaus. Ich will dich nicht allein hier lassen."

„Ich brauche kein Krankenhaus." Sie hob wieder den Kopf. Ihr Schwindel hatte sich gelegt, aber ihr Kopf war noch immer seltsam leer. „Er hat mich nur ein bisschen geritzt, glaube ich." Versuchsweise fuhr sie sich mit dem Finger über ihre Seite und starrte wie betäubt auf die Blutspur an ihrem Finger.

Einen Moment später fand sie sich erneut in Alex' Armen wieder. „Ins Krankenhaus", wiederholte er.

„Nein, bitte. Es ist nicht tief. Es brennt ein bisschen, aber es hat schon fast aufgehört zu bluten. Ich brauche nur ein Pflaster."

In diesem Moment hätte Alex ihr jeden Wunsch erfüllt. Und er wollte sie von hier weghaben. „Okay, Baby. Die Bar ist ganz in der Nähe. Ich bringe dich dorthin, und dann schauen wir uns den Schaden genauer an. Wenn mir nicht gefällt, was ich sehe, ist dein nächster Stopp die Notaufnahme."

„Na schön."

„Dieser Dreckskerl braucht einen Arzt", sagte einer der Polizisten zu Alex. „Und zwar dringend."

„Bringt ihn sofort in die Krankenstation und seht zu, dass ihn der Doc wieder ordentlich zusammenflickt. Ich will, dass er in Form ist, wenn er seine Haftstrafe antritt."

Das Einzige, an das sich Freddie von der kurzen Fahrt ins „Lower the Boom" erinnerte, war Alex' beruhigende Stimme. „Ich habe es nicht zugelassen, dass er mir etwas antut, Onkel Alex."

Rio stieß einen entsetzten Schrei aus, als er Freddie zu Gesicht bekam. „Setz dich, setz dich hierher, Püppchen. Wer hat meinem Baby etwas angetan? Nick!" donnerte er, bevor Alex oder Freddie etwas antworten konnten. „Beweg deinen Hintern nach unten, und zwar schnell!" Wie ein Bulldozer schob er sich auf die Tür zwischen der Küche und der Bar zu. „Muldoon, ich brauche einen Brandy hier drin, aber pronto. Und du bleibst einfach nur ganz ruhig sitzen", fuhr er mit einer Stimme fort, die sich um mehrere Dezibel gesenkt hatte und weich wie Seide war.

„Ich bin okay, Rio. Wirklich." Schon getröstet, lehnte sie ihr Gesicht in die große Pranke, die er auf ihre Wange gelegt hatte.

„Ist nur ein Kratzer", bemerkte Alex mit einem erleichterten Aufseufzer. Er hatte das Schlimmste erwartet, als er Freddie die Bluse aus dem Hosenbund gezogen hatte, um den Schnitt zu untersuchen. „Wir kleben ein Pflaster drauf."

„Was, zum Teufel, soll der Aufruhr?" Offensichtlich verärgert über die gebrüllten Befehle, kam Zack mit einer Flasche Brandy in die Küche. Ein Blick auf Freddie genügte, und schon kam er hervorgeschossen und beugte sich besorgt über sie.

„Lass ihr noch ein bisschen Platz zum Luftholen." Obwohl noch immer sichtlich erschüttert, schnappte Rio sich die Flasche und goss gut zwei Fingerbreit in einen Cognacschwenker. „Trink es auf ex, Freddie."

Sie hätte gehorcht, wenn nicht Nick in die Küche gekommen wäre. Sein lädiertes Auge war mittlerweile ein bisschen mehr offen, dafür war es ebenso wie sein Kinn und die rechte Wange in allen Regenbogenfarben erblüht.

Als er sie auf ihrem Stuhl erblickte, wich alles Blut aus seinem Gesicht.

„Was ist passiert? Hattest du einen Unfall? Freddie, bist du verletzt?" Er ergriff ihre freie Hand und zerquetschte ihr fast die Finger.

„Gib ihr eine Minute", befahl Alex. „Trink den Brandy, Freddie. Lass dir Zeit."

„Ich bin okay." Als ihr der Alkohol durch die Blutbahn schoss, wurde ihr Kopf wieder klar, und sie begann zu zittern.

„Ist das Blut?“ Nick starrte entsetzt auf den Fleck auf ihrer Bluse. „Um Gottes willen, sie blutet ja!“

„Wir kümmern uns schon darum.“ Alex nahm den Wattebausch mit Desinfektionsmittel entgegen, den Rio ihm hinhielt, und betupfte damit sanft die Wunde. „Ich will, dass du mit mir nach Hause kommst, Freddie. Wenn du dich besser fühlst, nehme ich deine Aussage auf.“

„Du kannst sie hier aufnehmen, Onkel Alex. Es wäre mir jetzt lieber.“

„Was soll das heißen, Aussage? Bist du ausgeraubt worden?“ wollte Nick wissen. „Verdammt, Freddie, wie oft habe ich dir schon gesagt, dass du vorsichtig sein sollst.“

„Sie ist nicht ausgeraubt worden“, fuhr Alex auf. „Dein alter Kumpel Jack war nicht an ihrem Geld interessiert.“

Kaum hatte Alex die Worte ausgesprochen, bereute er sie auch schon. Bleich wie der Tod ließ Nick Freddies Hand los und trat einen Schritt zurück.

„Jack.“ Seine Augen glitzerten hart. „Wo ist er?“

„In Haft. Was noch von ihm übrig ist.“ Alex streichelte Freddie übers Haar, ehe er einen kleinen Kassettenrecorder aus der Tasche zog und einschaltete. „Erzähl mir alles von Anfang an, so wie du es erinnerst.“

„Ich war auf dem Heimweg“, begann sie.

Nick hörte zu, die Bitterkeit brannte in seiner Kehle, seine Hilflosigkeit brachte ihn fast um.

Meinetwegen, dachte er erschüttert. Es ist alles nur meinetwegen passiert. Jeder Moment der schrecklichen Angst, den sie hatte durchleiden müssen, ging auf sein Konto. Sein Drang, Schulden auf seine Weise zu begleichen, hätte Freddie das Leben kosten können.

„Und dann habe ich dich angerufen“, beendete Freddie ihren Bericht. „Ich sah, dass er blutete. Seine Augen …“ Sie musste schlucken.

Erneut bot Alex ihr an, sie mit zu sich nach Hause zu nehmen, aber Freddie lehnte entschieden ab.

„Sturkopf.“ Er küsste sie zärtlich auf die Wange. „Wenn du deine Meinung änderst, ruf einfach an.“ Dann stand er auf und ließ seinen Blick über die drei Männer schweifen, die um Freddie herumstanden. „Passt auf sie auf. Ich muss aufs Revier und mich um die Angelegenheit kümmern.“ Er legte Nick die Hand auf die Schulter. „Sieh zu, dass sie sich ausruht. Auf dich hört sie.“

Nachdem er die Küche verlassen hatte, fühlte Freddie drei Augenpaare auf sich ruhen. „Ich falle schon nicht auseinander“, sagte sie.

Nick sagte nichts, sondern trat einfach auf sie zu und hob sie hoch.

„Ich kann laufen.“

„Halt den Mund. Halt einfach den Mund. Ich bringe sie nach oben. Sie muss sich hinlegen."

„Ich kann mich zu Hause hinlegen."

Ohne sie zu beachten, trug er sie die Treppe nach oben in seine Wohnung.

„Du willst mich nicht hier." Zu allem Überfluss fingen jetzt auch noch ihre Augen an zu brennen. „Glaubst du vielleicht, ich weiß nicht, dass du mich nicht hier haben willst?"

„Du bleibst trotzdem hier." Er trug sie kurz entschlossen ins Schlafzimmer. „Du wirst dich so lange hier ausruhen, bis du wieder Farbe hast. Du bist ja weiß wie die Wand."

„Ich will aber nicht hier sein."

Ihre Worte versetzten ihm einen Stich, doch er konnte ihr nichts vorwerfen. „Keine Sorge, ich lasse dich allein." Seine Stimme klang ruhig und distanziert. „Leg dich jetzt nicht mit mir an, Freddie. Bitte."

Er zog die zerknitterte Bettdecke über sie, ohne ihr die Schuhe auszuziehen. „Ich gehe nach unten." Er trat einen Schritt zurück und schob seine Hände in die Hosentaschen. „Kann ich noch irgendetwas für dich tun? Möchtest du, dass ich Rachel oder jemand anders anrufe?"

„Nein." Sie schloss die Augen. Jetzt, nachdem sie lag, war sie sich nicht sicher, ob sie wieder würde aufstehen können. „Ich will nichts."

„Versuch ein bisschen zu schlafen.“ Er trat ans Fenster und zog die Vorhänge zu. „Wenn du etwas brauchst, ruf einfach unten in der Bar an.“

Sie ließ ihre Augen geschlossen, wobei sie sich wünschte, er möge endlich gehen. Auch als die Tür schließlich mit einem leisen Klicken ins Schloss fiel, öffnete sie sie nicht.

Er hatte ihr weder das zärtliche Mitgefühl erwiesen, das sie von Alex erfahren hatte, noch war er so eindringlich besorgt gewesen wie Rio oder Zack. Oh, natürlich war er wütend und entsetzt über das, was ihr fast zugestoßen wäre. Sie wusste, dass sie ihm viel bedeutete. Sie kannten sich viel zu gut und zu lange, als dass es anders sein könnte.

Aber er hatte sie nicht gehalten. Nicht so jedenfalls, wie sie es sich in dieser Situation gewünscht hätte.

Sie fragte sich, ob er es je tun würde.

11. KAPITEL

Freddie hatte nicht geglaubt, dass sie schlafen könnte. Es war eine Überraschung, in der Dämmerung in Nicks Bett zerschlagen aufzuwachen. Sie war sich nicht sicher, ob es ein gutes Zeichen war oder ein schlechtes, dass sie sich sofort wieder an alles erinnerte.

Sie zuckte zusammen, als sie an der Seite, wo sie den Verband trug, ein leises Ziehen verspürte, und schlug die Decke zurück. Sie war unerträglich durstig, und der Brandy, den getrunken zu haben sie sich nur ganz vage erinnerte, bewirkte, dass sich ihr Kopf anfühlte wie mit Watte ausgestopft.

In der Küche füllte sie sich ein Glas mit Wasser bis zum Rand und stürzte es hinunter. Sie fand es seltsam und ärgerlich, dass sie sich noch immer so wacklig auf den Beinen fühlte. Dann fiel ihr ein, dass sie seit dem Frühstück nichts mehr gegessen hatte, und auch dieses Frühstück war nicht sonderlich reichhaltig gewesen.

Ohne große Hoffnung durchstöberte sie Nicks Kühlschrank. Sie hatte die Wahl zwischen einem Schokoriegel und einem Apfel. Heißhungrig verschlang sie beides. Sie war eben dabei, sich noch einmal Wasser nachzuschenken, als Nick mit einem Tablett in seinen Händen hereinkam.

Sein Herz machte einen kleinen Satz, als er sie so klein und zerbrechlich an seinem Tresen stehen sah. Und daran dachte, was ihr hätte passieren können. Zu seiner Verteidigung hielt er seinen Ton neutral. „Du bist ja auf."

„Scheint ganz so", sagte sie in demselben distanzierten Ton.

„Rio meinte, du könntest vielleicht etwas zu essen vertragen." Er stellte das Tablett auf den Tisch. „Du hast wieder Farbe bekommen."

„Mir geht es gut."

„Blendend, um genau zu sein."

„Ich sagte, dass es mir gut geht. Dafür siehst du aus, als hätte dich ein Laster überrollt."

„Ich habe mir meinen Kampf ausgesucht", sagte er ruhig. „Du nicht. Und wir wissen beide, wer die Schuld daran trägt."

„Reece."

Um Ruhe zu bewahren, zündete Nick sich eine Zigarette an. „Reece wäre nie auf die Idee gekommen, sich für dich zu interessieren, wenn ich nicht gewesen wäre. Und Jack hätte gar nicht gewusst, nach wem er suchen soll, wenn er dich nicht schon vorher mit mir gesehen hätte."

Sie brauchte einen Moment, um ihre Gedanken zu ordnen. „Aha, ich verstehe. Es ist also alles deine Schuld.

In deiner verdrehten Logik zumindest. Ich wurde mit einem Messer bedroht und fast vergewaltigt, weil du mich in jener Nacht gezwungen hast, mit dir diese Straße entlangzugehen."

Ein Messer. Vergewaltigt. Das Blut gefror ihm in den Adern. „An dieser Logik ist nichts verdreht. Reece wollte es mir heimzahlen, und er hat einen Weg gefunden. Ich kann nichts tun, da Alex ..."

„Tun?" unterbrach sie ihn. „Was würdest du denn tun, Nick? Reece gleich noch mal zusammenschlagen? Oder auch Jack? Glaubst du denn, dadurch wird irgendetwas besser?"

„Nein. Ich kann überhaupt nichts tun, damit irgendetwas besser wird." Und das war das Schlimmste daran. Es gab nichts, was er hätte tun können, um das, was geschehen war, rückgängig zu machen. Er konnte höchstens dafür sorgen, dass nicht noch einmal etwas Derartiges passierte. Er drückte die Zigarette aus. Sie schmeckte ihm nicht. „Aber wir müssen uns jetzt überlegen, wie wir zukünftig weitermachen. Ich denke, du solltest besser zu Hause arbeiten, wenn du wieder auf dem Damm bist. Ich könnte dir die Musik rüberschicken."

„Was genau soll das heißen?"

„Was ich sage. Ich finde, wir haben in der Partitur einen Punkt erreicht, wo es mindestens so effektiv, wenn nicht effektiver ist, getrennt zu arbeiten.“ Seine Augen glitzerten hart. „Und ich will nicht, dass du hier bist.“

„Ich verstehe.“ Sie brauchte ihren Stolz jetzt, jede Unze. „Ich nehme an, das betrifft sowohl unsere berufliche wie auch unsere private Beziehung.“

„Richtig. Es tut mir Leid.“

„Ach ja? Schrecklich nett von dir, wirklich. ‚Es tut mir Leid, Freddie, es ist vorbei.‘“ Sie wirbelte zu ihm herum. „Ich liebe dich schon mein ganzes Leben lang.“

„Ich mag dich auch sehr, und genau deshalb ist es so das Beste für uns beide.“

„Ich mag dich auch sehr“, äffte sie ihn nach und packte ihn außer sich vor Zorn vorn am Hemd. „Wie kannst du es nur wagen, mir mit einer so gönnerhaften, halbherzigen Erwiderung zu kommen, wenn ich dir sage, dass ich dich liebe!“

Sehr langsam und sehr entschlossen nahm er ihre Finger von seinem Hemd. „Ich habe einen großen Fehler gemacht, Freddie.“ Davon war er mittlerweile felsenfest überzeugt. „Und jetzt versuche ich ihn wieder gutzumachen. Im Übrigen scheint mir, dass du Gefühle mit Sex verwechselst.“

Sie schockierte sie beide, indem sie ihm eine schallende Ohrfeige versetzte, in die sie ihr ganzes Körpergewicht hineinlegte. Einen Moment lang hörte man nur das Geräusch ihres fliegenden Atems. Dann explodierte sie: „Du denkst, es war nur Sex? Ein Strohfeuer sexueller Leidenschaft? Verdammt, das war es nicht! Und das weißt du auch. Vielleicht war es der einzige Weg, wie ich dich bekommen konnte, der einzige, der mir einfiel, jedenfalls. Ich habe jeden einzelnen Schritt sorgfältig geplant, ich habe …"

„Geplant?" unterbrach er sie mit loderndem Blick. „Willst du damit sagen, dass du mit der festen Absicht, mich ins Bett zu zerren, hierher nach New York gekommen bist? Dass das alles Teil eines generalstabsmäßigen Plans war?"

Sie öffnete den Mund und schloss ihn wieder. Es klang so berechnend, so kalt. Das war es nicht gewesen. Nicht, wenn man ihre Liebe in Rechnung stellte.

„Ich habe es durchdacht", begann sie.

„Oh, da wette ich." Jetzt hatte er endlich etwas gefunden, woran er seinen Zorn und sein Bedürfnis nach Distanz festmachen konnte. „Ich wette, das hast du dir in deinem schlauen Köpfchen alles ganz genau zurechtgelegt. Du wolltest etwas um jeden Preis und warst bereit, alles zu tun, um es zu bekommen."

„Ja." Sie musste sich setzen. Sie fühlte sich plötzlich so beschämt, dass ihr ganz flau im Magen wurde. „Ich wollte, dass du mich liebst."

„Und was hast du sonst noch so geplant, Freddie? Mich in eine Ehe zu locken, mit einer Familie und einem Häuschen hinter einem hübschen weißen Gartenzaun?“

„Nein. Ich wollte dich in gar nichts reinlocken.“

„In deinen Augen vielleicht nicht, aber das war das Ziel, oder etwa nicht?“

„So ungefähr“, murmelte sie.

„Ich sehe sie richtig vor mir“, schnaubte er wütend, während er in der Küche im Kreis herum rannte. „Freddies Liste zum Abhaken. Nach New York ziehen. Mit Nick arbeiten. Mit Nick schlafen. Nick heiraten. Eine Familie gründen. Die perfekte Familie“, fügte er in einem Ton hinzu, der sie zusammenzucken ließ. „Es hätte alles perfekt sein müssen, richtig? Bei dir muss ja immer alles perfekt sein. Tut mir aufrichtig Leid, dich enttäuschen zu müssen. Ich habe kein Interesse.“

„Das ist deutlich genug.“ Sie machte Anstalten aufzustehen, aber er presste ihr eine Hand auf die Schulter und hielt sie auf dem Stuhl fest.

„Du glaubst, dass das so einfach ist? Ich möchte, dass du einen Blick, einen langen Blick auf das riskierst, wonach du die Hand ausstreckst. Ich bin nur zwei Schritte von dem Schweinehund, der dich mit einem Messer bedroht hat, entfernt. Ich weiß es. Die Familie weiß es – jene Familie, auf der deine ganzen unausgegorenen Fantasien basieren. Ist es nicht das, was du dir erträumst, Freddie? Eine Familie wie die Stanislaskis?“

„Und selbst wenn es so wäre, was wäre so schlimm daran?“ schleuderte sie ihm so gedemütigt entgegen, dass sie den Tränen nahe war.

„Weil ich aus der Gosse komme und du nicht. Uns trennen Welten, verstehst du?“ Er schlug mit der flachen Hand auf den Tisch. „Schau noch einmal ganz genau hin. Und denk daran, was du in den letzten Tagen von meiner Welt gesehen hast, Freddie. Misshandelte Frauen, verstörte Kinder, Schnorrer. Männer, die glauben, dass Vergewaltigung ein Freizeitspaß ist. Und mit so was willst du eine Familie gründen? Du lieber Himmel, Freddie, dafür bist du wirklich zu schade.“

„Du bist nicht verantwortlich für das, was Marla zugestoßen ist. Oder mir.“

„Nein?“ Seine Mundwinkel hoben sich. „Schau auf den roten Faden. Ich bin der rote Faden. Mag sein, dass ich mich aus diesem Sumpf herausgezogen habe“, fuhr er fort. „Aber das konnte ich nur mit Hilfe deiner Familie. Was glaubst du, würden sie sagen, wenn sie wüssten, dass ich mit dir geschlafen habe?“

„Mach dich nicht lächerlich. Sie lieben dich.“

„Ja, das tun sie. Und ich schulde ihnen eine Menge. Glaubst du vielleicht, ich vergelte es ihnen, indem ich mit dir über einer Bar zusammenziehe? Glaubst du wirklich, ich bin verrückt genug, um an Heirat und Kinder zu denken? Ich und Kinder, um Himmels willen!

Ich weiß ja nicht mal, wer mein Vater war. Aber ich weiß, wer ich bin, und ich gedenke nicht, das zu vergessen. Ich mache mir etwas aus dir, ganz sicher tue ich das – genug jedenfalls, um die Beine unter den Arm zu klemmen und davonzurennen."

„Du machst dir etwas aus mir", sagte sie langsam. „Deshalb machst du also Schluss."

„Sehr richtig. Ich muss nicht zurechnungsfähig gewesen sein, dass ich es überhaupt so weit habe kommen lassen, und ich hätte fast ..." Er brach ab, als ihm einfiel, wie nah dran er vor ein paar Tagen erst gewesen war, ihr eine Liebeserklärung zu machen. „Was zählt, ist, dass du deine Wirkung auf mich nicht verfehlt hast und dass mir die Dinge vorübergehend entglitten sind. Damit muss jetzt Schluss sein. Zum Wohl der Familie werden wir versuchen zu vergessen, dass irgendetwas geschehen ist."

„Vergessen?"

„Alles. Ich werde es nicht riskieren, dich noch mehr zu verletzen oder den Rest der Familie. Sie sind alles, was ich habe, die einzigen Menschen, denen ich je etwas bedeutet habe."

„Armer, armer Nick", sagte sie eisig. „Armer verlorener, unerwünschter Nick. Glaubst du wirklich, du bist der Einzige, der in seinem Leben Zurückweisung erfahren hat oder der darüber nachdenkt, was ihm das Leben vorenthalten hat? Nun, es wird Zeit für dich, damit zu leben. Ich habe es gelernt."

„Du weißt gar nichts davon."

„Meine Mutter hat mich nie gewollt."

„Das ist Blödsinn. Natasha ist …"

„Mama ist nicht meine leibliche Mutter", sagte sie beherrscht und kühl.

Das brachte ihn zum Schweigen. Es war so leicht zu vergessen, dass Spence vorher schon einmal verheiratet gewesen war. „Sie starb, als du noch ein Baby warst. Du weißt nicht, was sie gefühlt hat."

„Ich weiß es genau." In ihrer Stimme lag keine Bitterkeit. Das zerrte an ihm. Ihr Tonfall war gänzlich emotionslos. „Dad wollte es vor mir geheim halten. Ich bezweifle, dass er weiß, dass ich ein Gespräch mit seiner Schwester belauscht habe. Oder mit Mama. Ich war nicht mehr als ein Fehler, den meine leibliche Mutter gemacht und anschließend zu vergessen beschlossen hat. Sie ließ mich im Stich, als ich noch ein Säugling war, ohne mehr als einen Gedanken daran zu verschwenden. Und ihr Blut ist in mir. Aber ich habe gelernt, damit zu leben und mich damit abzufinden."

Er konnte sich nicht vorstellen, dass sie einen solchen Schmerz, einen solchen Zweifel in sich trug. „Das tut mir Leid. Ich wusste es nicht. Niemand hat je über sie gesprochen." Er wünschte sich, er könnte sie in den

Arm nehmen und trösten, bis ihr Körper diese für sie uncharakteristische Steifheit verlöre. Er wagte es jedoch nicht. „Aber das ändert überhaupt nichts an der Sache mit uns."

„Nein, das tut es nicht. Weil du es nicht zulässt." Freddie weinte jetzt, aber ihre Tränen waren heiß, es waren eher Tränen des Zorns als der Trauer. „Du weißt, dass ich dich liebe. Und du weißt, dass ich jeden Kompromiss eingegangen wäre, nur um dich glücklich zu machen. Aber du bist zu keinem Kompromiss bereit, Nicholas LeBeck."

„Du bist im Moment zu sehr außer dir, um die Dinge richtig zu sehen. Ich hole dir jetzt ein Taxi."

„Du wirst mir kein Taxi holen." Sie versetzte ihm einen Stoß vor die Brust. „Du wirst mich nirgendwohin schicken. Ich gehe, wenn ich bereit bin zu gehen, und ich komme allein zurecht. Das habe ich heute bewiesen, oder etwa nicht? Ich brauche dich nicht."

Sie ließ ihre Worte wirken und schloss für einen Moment die Augen. Als sie sie wieder öffnete, sprühten sie Funken. „Ich brauche dich nicht. Ich kann ohne dich leben, Nicholas, du brauchst dir also keine Sorgen zu machen, dass ich dir hinterherlaufe. Ich dachte nur, du könntest mich vielleicht lieben."

Sie bemühte sich, ruhiger zu atmen. „Es war mein Fehler. Du bist nicht fähig zu so einer Art von Liebe.

Ich habe so wenig von dir verlangt. So erbärmlich wenig, dass ich mich schäme."

Er konnte sich nicht davon abhalten, die Hand nach ihr auszustrecken. „Freddie."

„Nein, verdammt. Ich will das jetzt zu Ende bringen. Nicht ein einziges Mal hast du es geschafft, mir zu sagen, dass du mich liebst. Nicht so jedenfalls, wie ein Mann einer Frau sagt, dass er sie liebt. Und nicht ein einziges Mal hast du versucht, es mir zu zeigen, außer im Bett. Und das ist nicht genug. Nicht ein liebes Wort. Nicht eines. Du hast es nicht einmal geschafft – nicht ein einziges Mal –, mir zu sagen, dass du mich schön findest. Keine Blumen, keine Musik … Kein Abendessen bei Kerzenschein, mit der Ausnahme dessen, das ich selbst arrangiert hatte. Ich war bereit, mich mit deinen Krümeln zufrieden zu geben, und das war exakt das, was ich bekommen habe. Ich fühle mich erbärmlich."

„So war es nicht." Es entsetzte ihn, dass sie so denken könnte. „Natürlich finde ich dich schön."

„Und wer ist jetzt erbärmlich?" fauchte sie.

„Wenn ich nicht daran gedacht habe, die ganze Angelegenheit ein bisschen romantischer zu gestalten, dann nur deshalb, weil sich die Dinge so überstürzt haben." Das war eine Lüge, und er wusste es. Und doch fragte er sich, warum er sich selbst verteidigte, warum er angesichts des harten, uninteressierten Blicks, den sie ihm zuwarf, eine solche Panik verspürte, wenn er doch so wild entschlossen war, sie von sich zu stoßen. „Ich kann dir das, was du brauchst, nicht geben."

„Das ist offensichtlich. Ohne dich bin ich tatsächlich besser dran. Das ist auch offensichtlich. Deshalb machen wir es so, wie du vorgeschlagen hast. Wir werden es vergessen."

Er legte ihr eine Hand auf den Arm, als sie sich anschickte, die Küche zu verlassen. „Freddie, warte eine Minute."

„Fass mich nicht an", sagte sie mit einer so tiefen, zornigen Stimme, dass er die Hand sinken ließ. „Wir werden unsere Zusammenarbeit mit dem Musical beenden. Wenn die ganze Familie zusammen ist, werden wir uns wie zivilisierte Menschen unterhalten. Und ansonsten will ich dich nicht mehr sehen."

„Du wohnst nur drei Häuserblocks entfernt", rief er ihr nach.

„Das lässt sich ändern."

„Willst du dich wieder in den Schoß deiner Familie flüchten?"

Sie warf ihm einen frostigen Blick über die Schulter zu. „Nie im Leben."

Er dachte daran, sich sinnlos zu betrinken. Es war ein einfacher Ausweg, der niemandem wehtun würde außer ihm selbst. Aber am Ende konnte er für diese Idee doch keine Begeisterung aufbringen.

Nick überstand die Nacht, obwohl er nicht schlafen konnte. Die Musik, die er in den frühen Morgenstunden zu schreiben versuchte, war flach und nichts sagend.

Ich habe getan, was ich tun musste, versicherte er sich immer wieder selbst. Warum nur war er dann so unendlich traurig?

Sie hatte kein Recht, ihn zu attackieren. Nicht nachdem sie ihm erzählt hatte, dass alles, was seit ihrer Ankunft in New York geschehen war, zu einem ausgeklügelten Plan gehörte. Er war das Opfer, und doch hatte er am Ende sein Bestes getan, um sie zu beschützen.

Sich vorzustellen, er verheiratet und dann auch noch Kinder! Er schnaubte angewidert, dann ließ er sich kraftlos in einen Sessel fallen, weil ihm dieses Bild plötzlich so anziehend erschien.

Verrückt vielleicht, aber nichtsdestotrotz anziehend. Eine eigene Familie, eine Frau, die ihn liebte. Gewiss war das verrückt.

Verrückt oder nicht, es war jetzt ohnehin hoffnungslos. Die Frau, die am Vortag von ihm weggegangen war, liebte ihn nicht mehr. Alles, was sie für ihn empfand, war Verachtung.

Das hast du ja fein hingekriegt, LeBeck. Du Idiot.

Er hatte seine Chance gehabt. Es war alles so klar, jetzt, da es vorbei war. Er hatte eine Chance gehabt, zu lieben und geliebt zu werden, sich ein Leben einzurichten mit der einzigen Frau, die ihm jemals wirklich etwas bedeutet hatte. Jetzt war sie vertan.

Wie hatte er nur so töricht, so blind sein können? Es war immer nur sie gewesen. Wenn er gute Nachrichten hatte, war sie die Erste gewesen, die sie erfuhr. Wenn er niedergeschlagen gewesen war, hatte er gewusst, dass es nur ihrer Stimme am Telefon bedurfte, um ihn wieder aufzurichten.

Freunde. Sie waren Freunde gewesen. Und als es mehr als Freundschaft geworden war, hatte er versucht, es abzublocken, seine Gefühle zu leugnen. Er hatte nach jeder möglichen Ausrede gegriffen, nur um sich seinen wirklichen Gefühlen nicht stellen zu müssen.

Er hatte geglaubt, sie nicht zu verdienen.

Selbst als sich ihre Beziehung verändert hatte, hatte er noch einen Teil von sich selbst zurückgehalten. Sie hatte Recht gehabt. Er hatte ihr nie zärtliche Worte gesagt. Er hatte sie nie umworben.

Jetzt hatte er sie verloren.

Nick ließ den Kopf in den Nacken fallen und schloss die Augen. Sie war ohne ihn besser dran. Dessen war er sich sicher.

Ein Klopfen an der Tür veranlasste ihn, aufzuspringen. Sie kommt zurück, war alles, was er noch denken konnte.

Seine Freude fiel schlagartig von ihm ab, als er Rachel hereinkommen sah.

„Na, das ist mir ja eine schöne Begrüßung."

„Entschuldige." Pflichtschuldigst gab er ihr ein Begrüßungsküsschen auf die Wange. „Ich war ... ach nichts. Was führt dich zu mir?"

„Ich muss für die nächsten zwei Stunden nicht im Gericht sein, deshalb dachte ich mir, ich könnte kurz mal bei dir reinschauen." Sie ging zu einem Sessel, setzte sich und deutete auf einen anderen. „Setz dich, Nick. Ich möchte mit dir reden."

Das war die Stimme, die er von ihr noch als Rechtsanwältin kannte. Er wurde argwöhnisch. „Gibt's ein Problem?"

„Ja, das gibt es. Du bist das Problem. Setz dich endlich." Als er es tat, legte sie ihre Hand auf seine. „Ich liebe dich."

„Ja, ich weiß. Und?"

„Ich wollte das nur noch mal klarstellen. Damit ich dir sagen kann, was für ein Volltrottel du bist." Die Hand, die so sanft auf seiner gelegen hatte, ballte sich zur Faust und schlug kräftig auf seine Schulter. „Was für ein völlig verblödeter, idiotischer, rücksichtsloser, absolut blinder, bemitleidenswerter Tölpel du bist!"

„Was soll das Ganze?“ Er biss die Zähne zusammen, als sie ihn, um ihre Worte zu bekräftigen, erneut in die Seite boxte und eine Stelle traf, die noch wund von dem Zusammenstoß mit Reece war. Er sagte sich, dass er die Schmerzen verdient hatte.

„Ich war gestern Abend bei Freddie. Sie wollte eigentlich niemanden sehen, aber wir haben sie gezwungen, uns zu ertragen.“

„Und?“ Er atmete vorsichtig aus. „Wie geht es ihr?“

„Was den Überfall betrifft, hält sie sich gut. Was dagegen deinen Angriff betrifft, ist sie am Boden zerstört.“

„Moment mal, ich habe sie nicht angegriffen …“

„Einspruch abgelehnt! Immerhin habe ich das Meiste von dem, was hier abgelaufen ist, von ihr erfahren können. Es ist schlimm genug, dass du ihr das Herz gebrochen hast, Nick, aber gleichzeitig auch noch dein eigenes Leben zu versauen, das ist schon wirklich eine Leistung!“

Er ging automatisch in Verteidigungsstellung, bevor er es verhindern konnte. „Hör zu, wir haben ein paar Mal miteinander geschlafen. Dann wurde mir klar, dass es ein Fehler war, und ich habe die Notbremse gezogen.“

„Beleidige mich nicht, indem du mich für dumm hältst, Nick“, sagte sie kühl. „Oder Freddie. Oder dich selbst.“

Er schloss die Augen und murmelte einen Fluch.

Ach, was soll's, dachte er. Zum Teufel mit seinem Verteidigungsmechanismus, mit seinem Stolz, mit allem, was ihm im Weg stand. „Ich liebe sie, Rachel. Ich wusste nicht, wie sehr ich sie liebe, bis sie zu dieser Tür hinausgegangen ist."

Das war hart, aber Rachel unterdrückte das Mitgefühl und den Drang zu trösten erbarmungslos. „Hast du dir je die Mühe gemacht, ihr zu sagen, dass du sie liebst?"

„Nein. Nicht auf die Art, die sie versteht. Das ist nur eines der vielen Dinge, die ich stiefmütterlich behandelt habe."

„Das dachte ich mir."

„Ich war einfach nicht vorbereitet darauf. Es kam so plötzlich." Er schob sich aus dem Sessel hoch und begann im Raum auf und ab zu tigern. „Sie hatte sich alles genauestens zurechtgelegt. Es war einer von ihren ‚Schritt- für-Schritt'-Plänen."

„Und das hast du als beleidigend empfunden", ergänzte Rachel. „Was nur beweist, was für ein Narr du bist. Jeder Mann mit nur einem Funken Verstand würde es als Kompliment auffassen, dass eine attraktive, verführerische Frau ihn haben will."

„Es hat mich umgehauen, okay? Alles hat mich umgehauen, die Gefühle, die ich für sie empfinde, haben mich einfach überrollt. Ich wusste überhaupt nicht, dass es so was gibt."

„Also dann, bring es wieder in Ordnung. Du hast sie schließlich rausgeworfen.“

„Sie ist gegangen.“

„Willst du, dass sie noch weiter von dir fortläuft? Denn das wird sie tun. Und erzähle mir nicht, du seist nicht gut genug für sie, dass du sie nicht glücklich machen könntest. Denn dann muss ich dir wirklich einen richtigen Schlag verpassen. Von dem Jungen, den man mir vor Jahren vor die Nase gesetzt hat, ist nur noch ein kleiner Teil in dir übrig geblieben, Nick. Aber das ist der beste Teil.“

Wie gern wollte er das glauben. Immerhin hatte er mehr als ein Jahrzehnt daran gearbeitet, es Wahrheit werden zu lassen. „Ich weiß nicht, ob ich ihr geben kann, was sie braucht.“

„Dann tu's eben nicht“, fauchte Rachel kalt. „Sie wird's überleben. Sie hat keine einzige Träne mehr übrig, und die erste Wut ist verraucht. Die Frau, von der ich mich gestern Abend verabschiedet habe, war sehr beherrscht, gefasst und kühl. Und fest entschlossen, dich zu vergessen.“

„Ich will sie zurück. Ich will Freddie zurück.“ Der Gedanke war gar nicht so erschreckend, wie er befürchtet hatte. Im Gegenteil, es war ein guter, ein richtiger Gedanke. „Ich will alles zurück.“

„Dann solltest du dich schnellstens an die Arbeit machen, Freund." Sie stand auf, nahm ihn bei den Schultern und gab ihm einen Kuss auf die Wange. „Ich setze auf dich. Du schaffst es."

Nick stand, mit Tüten beladen, vor Freddies Haus und schaute zum fünften Stock hinauf, wo ihre Wohnung lag. Auf jeden Fall würde es eine Menge Arbeit erfordern, eine ganze Brautwerbung in eine einzige gedrängte Balkonszene zu quetschen.

Nachdem er dies gedacht hatte, beeilte er sich, zu der Feuertreppe zu kommen.

„Wohin gedenken Sie zu gehen, wenn ich fragen darf, LeBeck?"

Der betagte Streifenpolizist, den Nick schon sein halbes Leben lang kannte, wippte mit seinem Schlagstock.

„Wie geht's, Officer Mooney?"

Aber der Polizist ließ sich nicht ablenken und beäugte misstrauisch Nicks Tüten. „Meine Frage war, wohin Sie wollen."

„Ich möchte, dass Sie kurz ein Auge zudrücken, Mooney."

„So? Jetzt? Warum erzählen Sie mir nicht ein bisschen mehr darüber?"

„Sehen Sie das Fenster dort oben?" Nick deutete nach oben und wartete, bis Mooneys Augen es erfasst hatten. „Die Frau, die ich liebe, wohnt dort oben."

„Dort oben wohnt Captain Stanislaskis Nichte. Und das Mädchen hat ein Talent, sich in Schwierigkeiten zu bringen."

„Ich weiß. Sie ist die Frau, die ich liebe. Aber im Moment ist sie ein bisschen böse auf mich."

„Könnten Sie sich vielleicht ein bisschen genauer ausdrücken?"

„Ich habe ein Chaos angerichtet, und jetzt muss ich es wieder in Ordnung bringen. Verstehen Sie, wenn ich klingle, wird sie mich nicht reinlassen."

„Und Sie glauben ernstlich, ich lasse es zu, dass Sie auf dieser Feuerleiter zum Fenster der besagten Dame hochklettern?"

Nick nahm seine Tüten in die andere Hand. „Mooney, wie lange kennen Sie mich schon?"

„Zu lange." Aber er lächelte ein bisschen. „Also erzählen Sie schon, LeBeck, was haben Sie vor?"

Nachdem Nick es ihm erklärt hatte, grinste Mooney. „Schön, dann will ich ausnahmsweise mal ein Auge zudrücken. Ich bleibe hier unten stehen und halte Ihnen die Daumen. Aber wenn die Dame nicht willens ist, Sie zu empfangen, kommen Sie augenblicklich wieder runter."

„Abgemacht. Aber hören Sie, es kann einen Augenblick dauern. Sie hat einen ganz schönen Dickkopf."

„Haben sie das nicht alle? Warten Sie, Junge, ich helfe Ihnen mit der Feuerleiter."

Mit Mooneys Hilfe klappte Nick das untere Ende der Feuerleiter herunter. Nach einem Aufstieg, der ihn daran erinnerte, dass er noch immer überall blaue Flecken hatte, klopfte er an Freddies Fenster.

Einen Augenblick später schob sie es hoch.

Ihre Augen waren ein bisschen verschwollen, und das spornte ihn an. Auch wenn sie ihn nicht unbedingt willkommen hieß.

„Freddie, ich möchte …"

Bei seinem Anblick zog sie das Fenster wieder herunter und verriegelte es.

„Fehlschlag Nummer eins, Nick!" brüllte Mooney von unten. Ein Mann kam aus der Bäckerei hinter ihm und gesellte sich zu ihm.

„Was ist denn da los?"

„Der Junge dort oben versucht, der Lady einen Heiratsantrag zu machen."

Nick betete, dass es nur der Zorn war. Wenn sie ihn mittlerweile doch abgeschrieben haben sollte, hätte er das verloren, was ihm das Meiste im Leben bedeutete. Du musst es nur schaffen, ihre Aufmerksamkeit zu bekommen, versuchte er sich Mut zu machen und wischte sich eine feuchte Hand an seiner Hose ab. Die Blumen holte er zuerst heraus. Sie waren ein bisschen zerdrückt, aber das fiel kaum ins Gewicht. Er klopfte wieder, lauter diesmal.

„Mach auf, Freddie. Ich habe dir Blumen mitgebracht. Schau.“ Mehr als nur ein bisschen verzweifelt wedelte er mit dem Strauß, als ihr Gesicht auf der anderen Seite der Fensterscheibe auftauchte. „Gelbe Rosen, deine Lieblingsblumen.“

Ihre Antwort bestand darin, dass sie die Vorhänge vorzog.

„Fehlschlag Nummer zwei, Nick!“

„Klappe, Mooney“, brummte Nick.

Unten begann sich jetzt eine größere Menschenmenge anzusammeln, während Nick seine nächste Waffe herauszog. Nachdem er die Kerzen in den Leuchter gesteckt hatte, zündete er sie an. Er wandte sich zu dem verhüllten Fenster und versuchte so laut zu sprechen, dass Freddie ihn hören konnte, aber nicht laut genug, um mit Kommentaren von unten eingedeckt zu werden.

„He, ich habe Kerzen aufgestellt hier draußen, Freddie … Habe ich dir je gesagt, wie schön du bei Kerzenlicht bist? Dass dann deine Augen funkeln wie Diamanten und deine Haut glüht? Aber ehrlich gesagt, siehst du bei jedem Licht schön aus, bei Sonnenlicht und im Mondschein. Das hätte ich dir schon längst sagen sollen. Ich hätte dir eine Menge Dinge schon längst sagen sollen.“

Nick schloss für einen Moment die Augen und holte tief Atem. „Ich hatte nur Angst, dass ich ein großes Durcheinander veranstalte und dir dein Leben ruiniere, Freddie, deshalb habe ich ein noch größeres Durcheinander veranstaltet und unser beider Leben ruiniert." Er presste seine Hände jetzt gegen die Scheibe, als könne er sie so dazu bringen, das Fenster zu öffnen. „Lass es mich wieder gutmachen. Ich bin dabei, es wieder gutzumachen. Lass mich dir alles sagen, was ich dir schon längst hätte sagen sollen. Zum Beispiel, wie mich dein Duft verfolgt. Ich rieche dich noch Stunden, nachdem du weg bist, fast so, als wärst du in mir."

„Das ist stark", sagte Mooney zu einigen Leuten, die neben ihm stehen geblieben waren. Sie stimmten ihm alle zu.

„Mach bitte das Fenster auf, Freddie. Ich muss dich berühren."

Er war sich nicht einmal sicher, ob sie zuhörte. Alles, was er sehen konnte, war die Barriere, die die Vorhänge bildeten. Unter Pfiffen und ermunternden Zurufen von unten baute er das transportable Keyboard auf.

„Wir haben diesen Song für uns geschrieben, Freddie, und ich wusste es nicht einmal."

Er spielte den Anfangsakkord von „Immer nur Du", warf seinen Stolz über Bord und fing an zu singen.

Er war bei der zweiten Strophe angelangt, als sie die Vorhänge beiseite zog und das Fenster öffnete.

„Hör sofort auf“, verlangte sie. „Du machst dich zum Narren und bringst mich in eine peinliche Lage. Ich will jetzt, dass du auf der Stelle …“

„Ich liebe dich.“

Das bremste sie. Er sah die Tränen in ihren Augen, bevor sie sie wegblinzelte. „Oh nein, Nick, das mache ich nicht noch einmal durch. Geh jetzt.“

„Ich habe dich immer geliebt, Freddie“, sagte er leise. „Das ist der Grund dafür, weshalb mir sonst keine Frau wirklich etwas bedeutet hat. Ich habe mich geirrt, es war dumm von mir zu denken, dass ich dich gehen lassen muss. Du musst mir verzeihen, Freddie, du musst mir noch eine Chance geben, weil ich ohne dich nicht leben kann.“

Die erste Träne fiel. „Oh, warum tust du das? Mein Entschluss steht fest.“

„Ich hätte das alles schon vor langer Zeit tun sollen, Freddie. Verlass mich nicht. Gib mir eine Chance.“ Nick griff wieder nach den Blumen und hielt sie ihr hin.

Nach einem Augenblick des Zögerns nahm sie sie. „Es ist nicht nur wegen der Blumen, Nick. Ich war wütend. Es ist, weil …“

„Ich hatte Angst, dich zu lieben“, murmelte er. „Weil es ein so riesiges Gefühl war. Ich dachte, es würde mich auf einen Satz verschlingen. Und ich wagte nicht, es dir zu zeigen.“

Sie nahm den Blick von den Blumen und schaute ihn an. Früher hatte sie immer davon geträumt, diesen Ausdruck in seinen Augen zu sehen. Die Zärtlichkeit, die Stärke und die Liebe. „Ich wollte nie, dass du etwas anderes bist als das, was du bist, Nick."

„Komm raus." Sein Blick ließ den ihren nicht los, als er ihr die Hand hinstreckte. „Willkommen in meiner Welt."

Sie schniefte, dann willigte sie lachend ein. „Also gut, aber wir könnten womöglich wegen Brandstiftung verhaftet werden."

„Kein Problem. Da unten ist ein Cop, der aufpasst."

Als sie auf die kleine Plattform trat, schaute sie nach unten. Irgendjemand aus der kleinen Menschenmenge winkte ihr zu.

„Nick, das ist lächerlich. Wir können das drinnen besprechen."

„Es gefällt mir aber hier draußen." Sie hatte es romantisch haben wollen. Und das bekam sie jetzt, bei Gott. „Und viel zu besprechen gibt es ohnehin nicht – sag mir nur einfach, dass du mich noch liebst."

„Das tue ich." Von einer Welle der Liebe überschwemmt, streichelte sie seine Wange. „Ich liebe dich über alles."

„Verzeihst du mir?"

„Ich hatte es nicht vor. Nie. Ich war entschlossen, ohne dich zu leben, Nick.“

„Das habe ich befürchtet.“ Er legte eine Hand über ihre, die noch immer an seiner Wange ruhte. „Und jetzt?“

„Du hast mir ja keine Wahl gelassen.“ Sie wischte sich eine Träne ab. „Was hast du dir eigentlich bei den Kerzen und der Musik noch vor dem Mittag gedacht?“

„Dass es höchste Zeit für die Brautwerbung ist. Willst du, dass ich den nächsten Schritt in deinem Generalstabsplan mache?“

„Ich muss mich dafür entschuldigen.“

„Ich hoffe, dass du das nicht tust.“ Er hob ihre Hand und küsste sie in einer Geste, bei der sie unwillkürlich zwinkern musste. „Ich beabsichtige nämlich, dich für den Rest unseres Lebens daran zu erinnern, dass du hinter mir her warst. Und ich bin dir dankbar dafür.“ Wieder küsste er ihre Hand. „Ich werde viel Zeit brauchen, um dir meine Dankbarkeit zu beweisen.“ Ohne sie aus den Augen zu lassen, griff er in seine Tasche und holte eine kleine Schachtel heraus. „Ich hoffe, du gibst sie mir. Heirate mich, Freddie.“ Er klappte den Deckel der Schatulle auf und nahm einen mit einem Diamanten besetzten Ring von schlichter Eleganz heraus. „Niemand hat dich je so geliebt, wie ich es tue. Und niemand wird dich je so lieben.“

„Nick." Sie presste ihre Hand an den Mund. Nein, das war kein Traum. Keine Fantasie und auch keine Stufe in einem sorgsam ausgetüftelten Plan. Es war real und völlig überraschend.

Und perfekt.

„Ja. Oh, ja." Mit Tränen des Glücks in den Augen warf sie sich lachend in seine Arme.

„Scheint, als hätte der Junge am Ende ein Heimspiel gewonnen", folgerte Mooney. Anschließend gestattete er sich das Vergnügen, dem Paar fünf Stockwerke höher bei einem Kuss zuzuschauen, der bis in alle Ewigkeit zu dauern schien.

Dann wippte er mit seinem Schlagstock und sagte: „Okay, Leute, gehen wir, damit sie ihre Ruhe haben."

Fröhlich vor sich hin pfeifend schlenderte Mooney weiter. Einmal schaute er noch zurück und sah, wie die hübsche Frau überglücklich lachend ihren Blumenstrauß hoch in die Luft warf.

Nick LeBeck, dachte Mooney. Der Junge hatte einen weiten Weg hinter sich.

EPILOG

Broadway Rhythm
Nach der gestrigen Broadway-Premiere von „First, Last and Always" kann keiner mehr daran zweifeln, dass die wunderbaren Hauptdarsteller auf dem Höhepunkt ihrer Broadway-Karriere stehen. In der vom Publikum frenetisch bejubelten Aufführung haben die beiden einmal mehr ihr unvergleichliches Können bewiesen.

Getragen wurde die faszinierende Produktion allerdings auch von der Musik. Seit gestern hat der Broadway zwei neue Lieblinge. Nicholas LeBeck und Frederica Kimball haben in Zusammenarbeit ein Werk kreiert, das alle Tiefen und Höhen der menschlichen Existenz in sich vereint, ein Werk, das ohne Ausnahme jeden im Saal mitgerissen hat. Bei dem Stück „Immer nur Du" musste auch der letzte Hartgesottene das Taschentuch zücken.

Musik und Text sind immer das Herzstück eines jeden Musicals, und das Herz dieses Werks schlug voller Energie, Frische und Elan. Mit seinem Erstlingswerk „Last Stop" hat Mr. LeBeck bereits sein kreatives Potenzial bewiesen, mit „First, Last and Always" hat er sich seinen Platz auf dem Olymp des Broadway-Musicals gesichert.

Seine Partnerin steht ihm in nichts nach. Miss Kimballs Text umfasst alle Bereiche, von poetischem Sanftmut über ironischen Sarkasmus bis hin zu herzerfrischendem Humor. Musik und Text ergänzen sich so harmonisch, dass es unmöglich ist herauszufinden, was zuerst geschaffen wurde. Wie bei jeder großartigen Zusammenarbeit, so sind auch hier die Übergänge perfekt und nahtlos.

Vielleicht lässt es sich darauf zurückführen, dass LeBeck und Kimball nicht nur Partner, sondern auch frisch verheiratete Eheleute sind. Und nach drei Monaten Ehe haben Braut und Bräutigam nun, nach der erfolgreichen gestrigen Premiere, noch mehr Grund zu lächeln.

Ich wünsche den beiden eine glückliche und produktive Partnerschaft.

Angela Browning

„Wie oft willst du den Artikel eigentlich noch lesen?“

Freddie seufzte. Sie saß im Schneidersitz mitten auf dem Bett, den Kulturteil aller heute erschienenen Zeitungen um sich herum verteilt. Und auf Nick. Der elegante Chignon, zu dem sie ihr Haar gestern Abend hochgesteckt hatte, hatte sich längst aufgelöst. Das kleine Schwarze, für das sie tagelang durch die teuersten

Geschäfte New Yorks gestöbert war, lag achtlos zusammengeknüllt auf dem Boden – an der Stelle, wo Nick es ihr von den Schultern gestrichen hatte.

Sie waren erst im Morgengrauen nach Hause gekommen, übermütig kichernd und angeregt von Champagner, Erfolg und Lust.

„Es war einfach wunderbar."

Er grinste selbstzufrieden. „Danke."

Lachend zog sie ihm eins mit der zusammengefalteten Zeitung über und sah zu, wie ein Strahl der aufgehenden Sonne sich in dem Gold ihres Eherings fing. Es zauberte immer wieder ein glückliches Lächeln auf ihr Gesicht, wenn sie den Ring an ihrem Finger betrachtete. „Das meinte ich nicht – obwohl, das war auch nicht schlecht." Sie schloss die Augen, um sich die Bilder besser ins Gedächtnis rufen zu können. „All die Leute, die Lichter, die Musik. Der wahnsinnige Applaus. Gott, ich liebe Applaus. Weißt du noch, wie die Leute aufgestanden sind und gejubelt haben?"

Er verschränkte die Arme hinter dem Kopf und grinste einfach nur weiter. Sie sah süß aus, niedlich, wie sie da in seinem T-Shirt saß, das Haar wirr, mit leuchtenden Augen.

Sie sah einfach so … sie sah aus, als würde sie ganz allein ihm gehören.

„Wirklich? Ist mir gar nicht aufgefallen."

„Klar. Deshalb hast du mir ja auch fast die Finger gebrochen, als du meine Hand gehalten hast.“

„Ich habe lediglich versucht, dich davon abzuhalten, auf die Bühne zu springen und alle zu umarmen.“

„Du hast Recht, das hätte ich zu gern getan. Am liebsten wäre ich auf und ab gehüpft und hätte getanzt. Sie lieben es, Nick. Sie lieben, was du und ich zusammen geschaffen haben.“

„Ich auch. In der ersten Reihe zu sitzen und auf der Bühne zu hören, was wir zwei auf meinem alten Klavier in der Bar gespielt haben. Mich daran zu erinnern, was alles passiert ist, während wir Worte und Musik geschrieben haben.“

Sie verschränkte ihre Finger mit seinen. „Es war die aufregendste Zeit meines Lebens. Und der gestrige Abend hat es noch schöner werden lassen. Jeder sah so wunderbar aus. Die ganze Familie. Fast wie auf unserer Hochzeit, jeder so schick und vor Freude strahlend. Und du warst genauso nervös wie damals.“

„Dafür warst du genauso schön wie damals.“ Er sah, wie ihr das Blut sanft in die Wangen schoss. Sie war nicht daran gewöhnt, dass er es ihr sagte, oder dass es ihm so leicht fiel, es ihr zu sagen. Er setzte sich auf und vergrub seine Finger in ihrem Haar. „Ich liebe dich, Mrs. LeBeck“, murmelte er an ihren Lippen.

„Nick.“ Sie schmiegte ihre Wange an seine und hielt

ihn ganz fest. „Es ist einfach so perfekt. Ich wusste, dass es so sein würde, wenn ich nur geduldig genug sein könnte. Und ich weiß, dass es noch viel besser werden wird. Wir sind ein Team.“

„Und wir sind der Hit. LeBeck und Kimball, die neuen Lieblinge des Broadway.“

Sie kicherte leise und küsste ihn auf den Hals. „Diesmal liest du.“

Er ließ seine Hand unter ihr T-Shirt gleiten. „Jetzt sofort?“

„Nachher“, murmelte sie und rollte sich lachend auf ihn.

– ENDE –

Nora Roberts
Die Stanislaskis 1
Melodie der Liebe
Band-Nr. 25116
6,95 € (D)
ISBN: 3-89941-152-8

Nora Roberts
Die Stanislaskis 2
Verführung in Manhattan
Band-Nr. 25125
6,95 € (D)
ISBN: 3-89941-164-1

Nora Roberts
Die Stanislaskis 3
Gegen jede Vernunft
Band-Nr. 25132
6,95 € (D)
ISBN: 3-89941-171-4

Nora Roberts
Die Stanislaskis 4
Heißkalte Sehnsucht
Band-Nr. 25144
6,95 € (D)
ISBN: 3-89941-183-8

Sandra Brown

Nur wer Liebe lebt

Jennys Gefühle für Bruce Hendren sind aufregend, prickelnd – und verboten. Denn alle in der strengen Pfarrersfamilie, die sie aufgenommen hat, erwarten von ihr, dass sie seinen Bruder Hal heiratet ...

Band-Nr. 25154

6,95 € (D)

ISBN: 3-89941-193-5

Jennifer Crusie

Manche mögen's richtig heiß

Zwei aufregende Liebesromane aus Jennifer Crusies bewährter Feder – prickelndes Lesevergnügen pur!

Band-Nr. 25155

6,95 € (D)

ISBN: 3-89941-194-3

Nora Roberts

Einklang der Herzen
Hörbuch

Band-Nr. 45001
3 CD's nur 9,95 € (D)
ISBN: 3-89941-206-0

Nora Roberts

Dreams of Love 1
Rebeccas Traum
Hörbuch
Band-Nr. 45003
3 CD's nur 9,95 € (D)
ISBN: 3-89941-219-2

Nora Roberts

Ein Meer von Leidenschaft
Hörbuch

Band-Nr. 45004
4 CD's nur 10,95 € (D)
ISBN: 3-89941-220-6